LÀ OÙ LA VIE T'APPELLE

Née à Leeds en Angleterre, Barbara Taylor Bradford vit aux États-Unis, partageant son temps entre New York et le Connecticut. Depuis son premier roman, *L'Espace d'une vie*, en 1979, elle a publié quinze best-sellers dont *À force d'aimer, Passions dangereuses, Pouvoir d'une femme.*

Déjà paru dans Le Livre de Poche :

À FORCE D'AIMER

ACCROCHE-TOI À TON RÊVE

L'AMOUR EST AILLEURS

ANGEL, MON AMOUR

L'ESPACE D'UNE VIE

L'HÉRITAGE D'EMMA HARTE

JAMAIS JE N'OUBLIERAI

PASSIONS DANGEREUSES

POUR QUE TRIOMPHE LA VIE

POUVOIR D'UNE FEMME

QUAND LE DESTIN BASCULE

UN AMOUR SECRET

UN SOUDAIN MOUVEMENT DU CŒUR

LES VOIX DU CŒUR

BARBARA TAYLOR BRADFORD

Là où la vie t'appelle

ROMAN TRADUIT DE L'ANGLAIS PAR MICHEL GANSTEL

ALBIN MICHEL

Titre original :

WHERE YOU BELONG

Pour Bob, comme toujours, avec toute mon affection.

Première partie

UN PROBLÈME D'HONNÊTETÉ

CHAPITRE UN

1

Kosovo, août 1998. Nous attendions un peu à l'écart du village, sous les arbres d'un petit bois qui nous abritait de la chaleur écrasante de cette journée d'été. La Jeep était garée au bord de la route et je me demandais pourquoi Adjet, notre chauffeur, guide et conseiller, tardait tant à revenir du village où il s'était rendu à pied. Quelques jours auparavant, il avait organisé notre rencontre avec un de ses vieux camarades d'école qui devait nous présenter des dirigeants de l'UCK, dont un important camp d'entraînement se trouvait à proximité. Adjet nous avait affirmé pendant le trajet que les chefs présents au camp seraient enchantés que leurs photos et leurs interviews soient publiées dans la presse internationale. « Notre cause est juste, le monde entier doit connaître la vérité », nous répétait-il.

Heureux de revoir son ami, il était parti le sourire aux lèvres depuis ce qui me paraissait une éternité. Je l'avais vu s'éloigner d'un pas allègre sur la route poussiéreuse, mais il n'était toujours pas revenu au bout de trois heures et je ne pouvais m'empêcher de craindre qu'il ne soit survenu quelque malheur à ce sympathique jeune Kosovar qui nous rendait d'inestimables services. N'y tenant plus, j'allai scruter la route, une main en visière pour m'abriter du soleil éblouissant. Aucune trace d'Adjet ni d'autres signes d'activité, d'ailleurs. Je ne perdais toutefois pas l'espoir de le voir enfin reparaître.

Je m'appelle Valentine Denning, je suis New-Yorkaise de naissance et, depuis plusieurs années, je réside à Paris où j'exerce la profession de reporter photographe pour l'agence internationale Gemstar. À l'exception de mon grand-père, nul dans ma famille ne s'était jamais imaginé que je choisirais un jour une telle carrière. Ma vocation remonte pourtant à loin. Toute petite, déjà, je voulais garder une trace de tout ce que je voyais au point que mon grand-père, qui s'en était rendu compte, m'avait fait cadeau de mon premier appareil photographique. Mes parents, il est vrai, ne m'accordaient guère d'attention et se souciaient fort peu de ce que je ferais plus tard. Mon frère Donald, dont j'étais très proche à l'époque et que j'avais tendance à houspiller parce qu'il était mon cadet, voulait à toute force que je devienne mannequin, métier pour lequel je n'éprouvais aucun attrait, sous prétexte que j'étais grande et mince. Si je ne me trouve pas trop laide sur les photos que mes amis ont prises de moi, je ne suis certes pas assez jolie pour orner les couvertures de magazines. De toute façon, la mode ne m'intéresse pas. Je n'aime que les vêtements confortables et pratiques, les T-shirts, les pantalons de toile, les sahariennes, qui conviennent parfaitement au métier que j'exerce.

À trente et un ans, je passe le plus clair de mon temps à courir le monde, et mes bagages constituent mon vrai domicile. Les horaires impossibles et l'absence totale de confort sont devenus pour moi un mode de vie, sans parler des dangers que je dois affronter lorsque je vais en première ligne couvrir les guerres ou les catastrophes naturelles qui frappent notre planète. Je préfère pourtant de loin mener cette existence plutôt que d'arpenter les podiums pour présenter les dernières créations des couturiers.

Me résignant à délaisser mon inutile faction sur la route, j'allai rejoindre sous les arbres Jake Newberg et Tony Hampton, mes « frères d'armes » comme Tony nous a baptisés. Ces deux hommes constituent ma vraie famille. Nous travaillons ensemble depuis des années, nous sommes inséparables, nous ne faisons rien les uns sans les autres et nous nous arrangeons toujours pour que nos agences nous assignent les mêmes missions. Ils sont tous deux mes meilleurs amis. Mais si Jake l'est resté, Tony a franchi depuis près d'un an un degré supplémentaire dans mon intimité en devenant mon amant.

Assis sur la souche d'un arbre abattu, Tony rechargeait ses appareils. Jamais il ne m'avait paru en meilleure forme. De dix ans plus âgé que moi, brun, athlétique, Tony est anglais, à demi irlandais par sa mère de laquelle il tient le charisme et la séduction des Celtes. Mais c'est surtout, je crois, la virilité presque provocante émanant de sa personne qui fascine les femmes et le rend irrésistible, ainsi que j'en ai moi-même fait l'expérience. Considéré par ses pairs comme un très grand correspondant de guerre, de la trempe du regretté Robert Capa, il oublie volontiers le danger quand il juge qu'une photo le mérite. Confiante dans sa bonne étoile, je ne m'en inquiète pas outre mesure, bien que sa témérité préoccupe Jake Newberg qui m'a souvent fait part ces derniers temps de ses soucis à ce sujet.

Nonchalamment assis dans l'herbe, adossé à un arbre, Jake révisait ses notes dans le calepin de cuir bleu dont il ne se sépare jamais. Comme moi, Jake est américain mais il est originaire du Sud — « un Juif de Géorgie, c'est-à-dire une espèce en voie de disparition », précise-t-il avec ironie. À trente-huit ans, il a lui aussi atteint le sommet de sa profession et s'est vu décerner autant de prestigieuses distinctions que Tony. Si j'en ai pour ma part obtenu un certain nombre, je n'ai jamais pensé égaler mes deux compagnons, même s'ils prétendent que je les vaux.

Grand et mince, Jake est doté d'une force physique si évidente qu'il paraît indestructible, de mon point de vue du moins. Sans être beau, il est plaisant, avec un visage expressif, des cheveux châtain clair qui bouclent naturellement et des yeux d'un bleu extraordinaire. En dépit de l'éclat souvent ironique qui les fait briller, je ne connais pas d'homme plus sensible et plus généreux que Jake. J'admire depuis longtemps sa compréhension du cœur humain et son indulgence envers les faiblesses dont nous sommes tous affligés.

Me voyant approcher, Tony leva les yeux et remarqua mon expression soucieuse.

— Tu parais inquiète, me dit-il. Pourquoi ?

— J'espère qu'il n'est rien arrivé à Adjet. Il est parti depuis...

— Mais non, je suis sûr qu'il va bien, m'interrompit-il avec un sourire rassurant. Le secteur est très calme.

— Trop calme. Je dirais plutôt qu'il n'y a aucun signe de vie.

— Rien d'étonnant, le village est presque désert.

Les habitants ont déjà dû s'enfuir vers l'Albanie pour échapper à l'avance des Serbes.

— Tu as sans doute raison, ai-je soupiré.

Je me suis assise dans l'herbe en proie à de sombres réflexions. Jake m'observa un moment sans mot dire.

— Laissons tomber et filons d'ici, Tony, dit-il au bout d'un long silence. Ce calme est anormal, j'ai un mauvais pressentiment.

— Nous ne retrouverons pas de sitôt une pareille occasion de reportage, me suis-je crue obligée de lui faire observer.

Avant que l'un ou l'autre ait pu me répondre, Adjet reparut, l'air insouciant et plutôt content de lui.

— Tout est arrangé, nous annonça-t-il dans l'anglais presque parfait qu'il avait acquis pendant ses huit ans de séjour à Brooklyn, où vivaient encore son oncle et ses cousins. J'ai vu mon copain, nous avons longuement parlé. Il vient de fermer sa boutique pour aller à la ferme où l'UCK a établi son quartier général. Les chefs viendront avec lui au village dans une heure, précisa-t-il en consultant sa montre. Nous les rencontrerons à sa boutique. D'ici là, nous n'avons rien de mieux à faire qu'attendre tranquillement et nous reposer.

— Bon travail, Adjet, le félicita Tony. Et puisque nous avons une heure à tuer, autant reprendre des forces. Je vais chercher les sandwiches et les bidons d'eau dans la Jeep, ajouta-t-il en se levant.

— Mais non, Tony ! protesta Adjet. Ne vous dérangez pas, je me charge de rapporter les provisions.

— Je n'ai pas faim, mais je boirais volontiers, ai-je dit.

— Moi aussi, approuva Jake. Il fait trop chaud pour manger.

— J'ai envie d'aller faire un tour au village, ai-je dit à mes compagnons pendant qu'Adjet s'éloignait. Qu'en pensez-vous ?

Jake fit un geste évasif. Tony me releva en me tirant par la main.

— Je n'aime pas te voir aller seule dans un endroit que nous ne connaissons pas, Val. Mais puisque Adjet a l'air rassuré, il n'y a sans doute pas grand risque.

Puis, me prenant d'un bras par la taille, il me serra contre lui.

— J'espère que nous pourrons rentrer à Belgrade ce soir, me dit-il à l'oreille. Ta chambre d'hôtel a quelque chose de très attirant, je me demande bien pourquoi.

— Peut-être parce que j'y suis, ai-je répondu avec un sourire en lui donnant un petit baiser.

— C'est sûrement ça ! dit-il en riant. Ne t'éloigne quand même pas trop, poursuivit-il en reprenant son sérieux. Garde les yeux ouverts et reviens avec nous à la première alerte. D'accord ?

— Ne t'inquiète donc pas, je ne suis plus un bébé. Au fait, je ne t'ai pas encore dit aujourd'hui que je t'aime.

— Moi aussi je t'aime, Val.

Adjet revint à ce moment-là, chargé de la boîte en carton contenant les sandwichs et les boissons préparés par notre hôtel. Il la déposa sur une grosse pierre et entreprit de nous servir avec des mimiques de maître d'hôtel stylé qui nous firent rire de bon cœur.

2

J'avais parcouru une centaine de mètres sur la route en direction du village quand un groupe d'enfants attira mon attention. Ils étaient cinq assis dans l'herbe, adossés à un mur à demi effondré, et semblaient attendre Dieu sait qui ou quoi. Leur pâleur, leur expression terrifiée, visible même de loin à travers le viseur de mon appareil, me serrèrent le cœur. Une aussi belle journée d'été aurait dû être pour eux le temps des jeux et des vacances, pas des violences de la guerre.

Je commençais à prendre quelques photos quand le vacarme éclata d'un seul coup autour de moi — explosions d'obus de mortier, rafales d'armes automatiques, sourd grondement de moteurs de chars qui se rapprochaient. Dans le village retentissaient les cris, les bruits de course des quelques habitants se hâtant de chercher un abri.

Tous les sens en alerte, je m'apprêtais à rebrousser chemin quand je vis Tony sortir en courant du sous-bois et foncer vers la ligne de feu. Par réflexe, je me suis élancée à sa suite en entendant vaguement derrière moi Jake qui s'égosillait :

— Val ! Val ! Reviens, bon sang ! C'est trop dangereux ! Reviens !

Bien entendu, je n'en tins aucun compte. Tony était un peu notre chef, toujours en quête de la meilleure photo, quels que soient les risques encourus. Nous connaissions son mépris du danger et, malgré ses propres mises en garde, nous choisissions en pleine connaissance de cause de l'accompagner au cœur de toutes les mêlées.

Une fois encore, j'entendis les appels angoissés de Jake dont la voix parvenait à couvrir le fracas de la canonnade :

— Val ! Stop ! Arrête ! Ne suis pas Tony !

Je ne me suis pas arrêtée, je n'ai pas même regardé en arrière. Je courais de toutes mes forces derrière Tony en ne pensant qu'à une chose : pratiquer mon métier en professionnelle, prendre les meilleures photos dont j'étais capable. J'entendais derrière moi les pas de Jake lancé à notre poursuite. À l'évidence, il avait oublié pour lui-même ses conseils de prudence et décidé de me rattraper pour m'entraîner de gré ou de force à l'écart du danger. Des rafales de kalachnikov, des explosions, des cris de douleur ou de colère retentissaient de toutes parts tandis que les odeurs de poudre et de poussière empuantissaient l'air au point, je l'avoue, de me faire regretter que nous soyons venus ici.

Nous étions arrivés en fin de matinée sans autre but que de prendre quelques photos, recueillir de brèves interviews de dirigeants de l'UCK et nous nous trouvions pris au beau milieu d'un violent accrochage entre l'UCK et les troupes serbes. Avions-nous été entraînés dans un piège ? me suis-je demandé malgré moi. Car si nous savions que les Serbes poursuivaient méthodiquement leur offensive de « nettoyage ethnique », nous pensions disposer d'une certaine avance. Et qu'était devenu Adjet ? S'il était, comme nous, victime de cette mauvaise surprise, j'espérais qu'il avait eu la présence d'esprit de rester caché à l'abri du sous-bois et d'y mettre notre Jeep en sûreté.

J'en étais là de mes réflexions quand un petit garçon surgi de nulle part apparut sur la route en trottinant tout droit vers le cœur de la bataille, inconscient du danger qu'il courait. À peine l'eus-je aperçu que je réagis d'instinct en me jetant sur lui pour le protéger. Autour de nous, des obus explosaient, des éclats, des débris volaient dans toutes les directions comme de mortels flocons de neige. Couchée sur lui, je le sentais trembler de peur entre mes bras.

Un long moment s'écoula ainsi puis, peu à peu, le calme revint. Le fracas du combat paraissant s'éloigner, je me suis hasardée à relever la tête. Le soleil brillait dans le ciel d'un bleu immaculé. Un temps idéal pour passer ses vacances dans une paisible station balnéaire, ai-je pensé, pas pour être couchée sur une route poussiéreuse dans un obscur village des Balkans en proie à la folie meurtrière des hommes.

Sentant sous moi le petit garçon se débattre, je me suis relevée en le remettant debout. Il me lança un regard mi-apeuré, mi-étonné accompagné d'un sourire. Je le lui rendis en le poussant vers une jeune femme qui accourait en criant des mots que je ne comprenais pas. Elle me remercia à la hâte, empoigna l'enfant par le bras et l'entraîna en courant avant de disparaître derrière une maison qui paraissait intacte.

Rassurée sur le sort du petit garçon, je pris le temps de regarder autour de moi. La canonnade avait fait des ravages. Partout, des maisons flambaient, des pans de murs s'écroulaient dans des nuages de poussière. Je me demandais où étaient Jake et Tony quand je les aperçus qui s'engouffraient dans une ruelle au moment même où les combats, après avoir marqué une pause, redoublaient d'intensité.

Je me suis élancée à leur suite mais, pour la première fois, je me rendais compte avec angoisse que j'agissais à contrecœur. Jusqu'alors, j'avais toujours suivi Tony avec une confiance aveugle. Cette fois, alors même que je courais de toutes mes forces pour ne pas me laisser distancer, une vague d'appréhension me submergea avec une telle force que je me suis arrêtée net, hors d'état de faire un pas de plus.

C'est alors que ce que je redoutais depuis toujours se produisit comme dans mes pires cauchemars. Je vis Tony, balayé par une rafale d'arme automatique, s'écrouler et rester allongé, inerte, sur le pavé de la ruelle. Je me suis précipitée vers lui en criant son nom. Jake, qui me précédait de quelques pas, allait le rejoindre quand il tomba à son tour à une dizaine de mètres de Tony. Sans penser à ma propre sécurité, j'ai parcouru les dernières foulées en me disant qu'il fallait à tout prix porter secours à mes amis — mais quoi faire et comment ?

Hors d'haleine, je me suis d'abord penchée sur Jake :

— Es-tu gravement touché ?

— Une balle à la jambe et une autre à la hanche, mais rien de grave. Ne t'occupe pas de moi, c'est Tony qui m'inquiète.

J'ai bondi jusqu'à Tony et me suis agenouillée près de lui.

— C'est moi, mon chéri, ai-je dit en écartant les cheveux de son front moite. Je suis là, avec toi.

— Pars vite, Val, murmura-t-il en ouvrant les yeux. Mets-toi à l'abri, c'est trop dangereux ici.

— Non, je ne t'abandonnerai pas.

La vue de ses blessures me plongeait dans l'horreur. Il était touché à la poitrine, aux épaules, aux jambes, ailleurs peut-être, car il était couvert de sang comme s'il avait reçu dans le corps un chargeur complet. Je parvins à ravaler le cri de détresse qui me montait aux lèvres.

— Je reste avec toi, Tony, ai-je répété en me penchant plus près.

— Va-t'en, parvint-il à m'ordonner d'une voix rauque. Fais-le pour moi, Val. Je t'en prie.

Me rendant alors compte que ma présence, loin de l'apaiser, l'agitait davantage, je me suis résignée à lui obéir. Il fallait surtout que je trouve de toute urgence de l'aide pour les deux blessés.

— D'accord, ai-je dit en lui donnant un baiser. Ne bouge pas, reste calme, je vais chercher de l'aide, je serai vite de retour.

Je me suis éloignée en rampant à demi pour offrir moins de prise aux balles que j'entendais siffler autour de moi. J'allais atteindre l'abri d'une maisonnette encore debout quand je sentis l'impact d'un projectile dans ma cuisse ; je me suis écroulée en serrant mon Leica sur ma poitrine. Mon pantalon kaki se couvrait déjà de sang, ma jambe était hors d'état de me porter. Et c'est avec un profond désarroi que je pris conscience de ne plus pouvoir me rendre utile à mes deux amis.

Tombée près de Jake, j'ai réussi à lui parler malgré le vacarme.

— Tu ne souffres pas trop ?

— Non, ça va. Et toi, Val, c'est grave ?

— Je ne crois pas, ai-je répondu afin de le rassurer.

De fait, je souffrais horriblement.

— Et Tony ? demanda-t-il avec angoisse.

— Il est très mal en point, beaucoup plus que nous. Il faudrait le soigner le plus vite possible, il perd son sang en abondance. J'ai vu une ambulance de la Croix-Rouge à une centaine de mètres, j'espère que les brancardiers ne tarderont pas trop. J'ai bien peur que...

Ma voix se brisa, je ne pus en dire davantage. Visiblement affecté par ce que je venais de lui apprendre, Jake garda le silence un long moment.

— Allons, Val, rassure-toi, parvint-il à me dire enfin. Tony est un dur à cuire, tu sais, il en a vu d'autres. Il répète volontiers qu'il a hérité de la bonne étoile des Irlandais, ne l'oublie pas. Il s'en sortira.

J'entendais à peine ce qu'il disait, car le fracas des combats se rapprochait. Nous étions maintenant entourés de partisans de l'UCK et de militaires serbes que je n'arrivais pas à distinguer les uns des autres, car ils portaient les mêmes tenuès camouflées sur lesquelles leurs insignes respectifs étaient invisibles du sol où nous gisions. Les yeux clos, je m'efforçais de passer pour morte afin d'éviter que les uns ou les autres s'avisent de m'achever d'une rafale. Il n'était déjà plus question de parcourir en rampant les quelques mètres qui me séparaient de Tony. J'en étais physiquement incapable et les soldats étaient trop nombreux autour de nous. Il ne me restait plus qu'à espérer l'arrivée prochaine de l'ambulance de la Croix-Rouge.

Glissant une main sous ma chemise, j'ai trouvé à tâtons la chaîne d'or à laquelle j'avais accroché la bague donnée par Tony quand nous étions ensemble à Paris, à peine quinze jours plus tôt. Les larmes aux yeux à l'évocation de ces souvenirs heureux, j'adressai à Dieu une fervente prière tandis que les combats faisaient rage autour de moi.

3

Une lumière blanche, éclatante, m'envahissait et prenait possession de chaque fibre de mon être. Je n'étais plus moi-même, je devenais cette lumière...

J'ouvris les yeux et les refermai aussitôt, aveuglée, désorientée. Un instant, je crus ne pas être réveillée et me trouver toujours dans mon rêve. Puis, en clignant des yeux à plusieurs reprises, je repris peu à peu mes esprits, mais sans parvenir encore à saisir la réalité de ma situation. Les murs et le plafond blancs, le sol de carrelage blanc, inondés d'un soleil éblouissant qui brillait par la large fenêtre, me paraissaient encore plus étranges que le blanc éclatant de mon rêve.

Couchée dans un lit, je fis pour me redresser un léger mouvement qui provoqua aussitôt un cuisant élancement dans ma cuisse et ranima ma mémoire. Je me trouvais dans une chambre d'hôpital, bien sûr. À Belgrade. Nous avions été recueillis tous les trois par la Croix-Rouge et soignés sommairement sur place avant notre évacuation.

L'ambulance que j'avais vue au village nous avait d'abord transportés à Pécs. Ainsi que je m'en doutais, Jake et moi étions beaucoup moins gravement atteints que Tony, dans un état critique causé par ses abondantes pertes de sang. Dieu merci, l'antenne chirurgicale de Pécs avait pu procéder à une transfusion avant notre embarquement dans l'avion sanitaire.

Les détails de ce vol me revinrent en mémoire à mesure que je retrouvais ma lucidité. Assise à côté de Tony étendu sur une civière, je lui tenais la main, je lui parlais, je le suppliais de ne pas abandonner sa lutte pour la vie. Les médecins nous avaient rassurés de leur mieux, Jake et moi. Ils affirmaient que Tony était doté d'une robuste constitution et que ses chances de s'en sortir étaient supérieures à la moyenne. Il avait dormi pendant une grande partie du vol, mais il paraissait calme et reposé et nous gardions bon espoir.

Quand ce vol avait-il eu lieu ? me suis-je demandé. Étions-nous à Belgrade depuis un jour, deux jours, plus peut-être ? Ma montre ne se trouvait pas à mon poignet. Je ne vis aucun objet sur le meuble métallique au chevet de mon lit. Il fallait que je sache.

Repoussant le drap, je parvins à me redresser avec précaution et à m'asseoir au bord du lit. Ma cuisse entourée d'un épais pansement était douloureuse, mais pas au point de m'empêcher de me mettre debout et de constater avec soulagement que je pouvais marcher sans trop souffrir jusqu'à la minuscule salle d'eau attenante à la chambre. Après m'être aspergé le visage à l'eau froide, je me suis regardée dans le miroir et mon image me déplut. J'étais pâle, j'avais les traits tirés, les yeux cernés. Mais après tout, me suis-je dit, c'était prévisible.

À pas lents, je suis retournée m'asseoir au bord du lit. Que devais-je, que pouvais-je faire ? Le sort de Tony et de Jake m'angoissait, celui de Tony surtout, le plus sévèrement touché de nous trois. Où était-il, dans quelle chambre de l'hôpital ? Et Jake ? Mes vêtements n'étaient pas dans la penderie près de la porte, je ne portais qu'une chemise de nuit réglementaire, ouverte dans le dos et retenue par un simple galon noué autour du cou. Je ne pouvais pas me lancer à leur recherche dans cette tenue. Et j'avais beau regarder partout, ma chambre ne comportait pas de téléphone.

J'allais sonner une infirmière quand on frappa à ma porte ; je vis Jake entrer en claudiquant, appuyé sur des béquilles. Pas rasé depuis notre arrivée, affublé d'un pyjama hospitalier chiffonné, il avait encore plus mauvaise mine que moi. Il appuya ses béquilles contre le mur, fit les derniers pas à cloche-pied et s'assit à côté de moi sur le bord du lit.

— Alors, Val, comment t'en sors-tu ?

— Si tu voulais m'inviter à danser ce soir, je crois que c'est raté. Tu parais doué pour l'équilibrisme avec ces béquilles, dis-moi.

— Encore un peu de travail et je me produirai dans un cirque.

Notre badinage sonnait faux. En hésitant, je lui ai enfin posé les questions qui me brûlaient les lèvres :

— Comment va Tony ? L'as-tu vu ? Où est-il ? Quand pourrai-je aller le voir ?

Jake ne me répondit pas. Nous nous sommes dévisagés en silence. C'est alors seulement que j'ai remarqué ses yeux rouges et gonflés, comme s'il avait pleuré. Mon cœur cessa de battre. Je savais déjà ce qu'il allait me dire, tout mon être refusait de l'entendre et, pourtant, je savais que c'était vrai.

— Réponds-moi, Jake, ai-je réussi à articuler.

— Écoute, Val...

Il dut s'interrompre, déglutit avec peine.

— Val, Tony n'a pas... Il était déjà trop affaibli quand nous sommes arrivés, poursuivit-il d'une voix presque inaudible.

Le silence retomba. Mon cœur s'était remis à battre, mais avec tant de force et sur un rythme tel que j'en étais assourdie.

— Je n'aurais jamais cru que..., reprit-il.

Jake ne put en dire davantage. Il se contenta de me fixer des yeux. J'ouvris la bouche sans pouvoir en faire sortir un son. Un long cri silencieux faisait écho dans ma tête aux battements fous de mon cœur. Je me sentais peu à peu saisie d'un tremblement convulsif que j'étais hors d'état de maîtriser.

Une seconde plus tard, Jake me prit par les épaules, m'attira contre lui. Alors, je me suis laissée aller à sangloter sans retenue, le visage enfoui au creux de son épaule. Je sentais ses larmes ruisseler dans mes cheveux. Et nous avons pleuré ensemble la perte d'un homme que nous aimions, que la mort avait trop tôt et trop injustement arraché à notre affection.

CHAPITRE DEUX

1

Paris, septembre 1998. J'ai toujours adoré l'appartement de la Rive gauche où je vis depuis sept ans. Il est spacieux et lumineux, grâce aux six fenêtres qui éclairent ses trois pièces en enfilade. Leurs harmonieuses proportions satisfont mon sens de l'ordre et mon goût de la symétrie hérités de mon grand-père architecte. Pourtant, depuis mon retour de Belgrade le mois dernier, j'y souffre d'un sentiment de claustrophobie que j'ai le plus grand mal à surmonter. Sans pouvoir en cerner la cause, j'éprouve tous les jours le besoin impérieux de fuir mon appartement aussitôt réveillée.

Non que ce lieu évoque pour moi de déchirants souvenirs de Tony, il n'en abrite aucun. Si nous étions amis de longue date, nos rapports amoureux ne dataient que d'à peine un an et, de toute façon, nous n'avions pour ainsi dire jamais passé plus de quelques heures ensemble chez moi puisque nous étions constamment en déplacement ou que nous nous rencontrions à Londres, où Tony habitait. En fait, je crois que mon désespoir est le vrai responsable de cette fièvre qui me pousse à courir les rues, parfois dès l'aube.

Les rues de Paris sont à la fois mon réconfort et ma guérison. Physiquement, car mes longues marches quotidiennes m'aident à fortifier ma jambe blessée. Moralement, car me trouver au grand air environnée de gens normaux qui vaquent à leurs occupations contribue à adoucir mon chagrin, à me distraire et me sortir ainsi peu à peu de mon état dépressif.

Aujourd'hui, comme à mon habitude, je me suis levée de bonne heure. Après un café-crème et un croissant au café du coin de ma rue, j'ai entamé ma longue déambulation quotidienne ; c'est devenu une sorte de rite dont je ne peux plus me passer — pour le moment, du moins. J'espère que ma jambe ne tardera pas à guérir complètement afin que je puisse enfin reprendre mon travail.

En ce vendredi matin de la mi-septembre, il faisait un beau temps tiède, encore estival. Dans le ciel d'un bleu tendre, le soleil posait des touches dorées sur les façades des vénérables maisons. Une brise légère traversait la Seine. L'instant était d'une perfection si merveilleuse que j'en eus une bouffée de plaisir qui me fit oublier ma tristesse.

Aussi loin que remontent mes souvenirs, Paris est la seule ville au monde où j'aie jamais souhaité vivre. J'en étais tombée amoureuse en y venant pour la première fois, toute jeune encore, avec mes grands-parents Cecilia et Andrew Denning. Je disais souvent à Tony que Paris m'était indispensable parce que c'était le seul endroit où je me sentais bien. Jake, s'il était présent, approuvait sans réserve et déclarait qu'il s'était lui aussi fixé à Paris pour les mêmes raisons. Tony me regardait avec étonnement, comme s'il ne comprenait pas ce que je disais. Né à Londres où il avait toujours vécu, la capitale du Royaume-Uni lui était indispensable, précisait-il en adressant à Jake un clin d'œil complice, parce que c'était « une ville d'hommes ».

Je croyais qu'il faisait allusion aux clubs privés peuplés de vieux messieurs qui lisaient religieusement le *Times*, aux pubs où aucune femme respectable n'osait se hasarder, aux matchs de cricket ou de football, ou encore aux tailleurs de Savile Row, grands prêtres d'une élégance masculine inégalée. Mais il n'avait jamais daigné approfondir le sujet avec moi, de même qu'il éludait volontiers certaines questions qui le gênaient ou ne l'intéressaient pas.

Penser ainsi à Tony dissipa l'humeur presque joyeuse et le sentiment de bien-être que j'éprouvais. Soudain saisie par une angoisse qui me serrait la poitrine à m'étouffer, je dus m'arrêter et m'appuyer à un mur le temps de retrouver ma respiration et de reprendre ma marche à son rythme normal.

Je n'arrivais pas encore à m'expliquer mes continuelles sautes d'humeur, qui me faisaient passer de l'abattement à des accès de fureur angoissée. Certains jours, je croyais que je ne me remettrais jamais de sa mort, qui avait été si soudaine et si tragique que la douleur me tombait dessus comme une chape de plomb, pesante au point de me terrasser. Ces jours-là, ma peine me paraissait insoutenable.

Et puis, comme par miracle, mon désespoir s'évanouissait et je me sentais de nouveau en paix avec moi-même. Je me réjouissais déjà de ces instants de répit quand, sans prévenir, la fureur me saisissait. J'enrageais parce que Tony était mort alors qu'il aurait dû vivre, je lui reprochais l'inexcusable imprudence avec laquelle il prenait des risques inutiles. Des risques qu'il avait payés de sa vie.

Ne fallait-il pas plutôt en blâmer le destin ? me suis-je alors demandé en m'arrêtant à nouveau. Le destin d'un être n'est-il pas, en quelque sorte, inscrit dans son caractère ?

La question me frappa, car je me la posais pour la première fois. Un long moment, le front plissé par la réflexion, je la retournai dans ma tête et je compris alors que, peut-être, Tony était destiné à mourir de cette façon tragique. À cause de son caractère et de l'homme qu'il était.

2

Après avoir traversé la place Saint-Michel, je me suis engagée dans la rue de la Huchette, qui évoque pour moi tant de souvenirs. C'est là, dans un petit hôtel à l'enseigne du Mont Blanc, que j'ai logé pendant mes trois années d'études à la Sorbonne. En levant les yeux vers la fenêtre de mon ancienne chambre, une vague de nostalgie m'assaillit.

Treize ans, déjà... Ce n'était pas si lointain et, pourtant, cette époque-là me semblait aujourd'hui à des années-lumière. Le temps de ma jeunesse insouciante où tout était tellement plus simple. Il m'est arrivé tant de choses, depuis. Au cours de ces treize ans, j'ai vécu une vie entière, une vie marquée par des joies et des peines. Une vie qui a fait de moi une femme. Une femme adulte et pleine d'expérience.

Souvent, lors de nos passages à Paris, Jake nous invitait Tony et moi à passer la soirée dans un des nombreux petits clubs de jazz du quartier. Jake était un fervent amateur de jazz, il l'est encore d'ailleurs. Il pouvait passer des heures entières dans ces lieux exigus et enfumés à écouter la musique en battant la mesure avec son pied, perdu dans son ravissement au point d'oublier le reste du monde.

Je ne me lasse jamais de me promener dans ce quartier de Paris que je connais si bien. Il y a toujours des découvertes à y faire, une galerie d'art, un restaurant grec ou chinois, une nouvelle boutique attirant les promeneurs, touristes ou autochtones, par des étalages colorés d'objets exotiques importés du monde entier. Mais je l'aime surtout parce qu'il me rappelle les souvenirs de ma jeunesse studieuse à la Sorbonne, l'une des périodes les plus heureuses de ma vie. La plus heureuse, peut-être.

3

Andrew Denning, mon grand-père, vivait encore quand j'ai décidé de poursuivre mes études à Paris. Il venait souvent m'y rendre visite en bravant ma mère, qui avait interdit tout contact entre nous à la suite de ma décision, car elle était furieuse que j'aie choisi de venir poursuivre mes études en France. Je n'ai jamais compris son attitude : depuis ma naissance, elle ne me manifestait qu'une parfaite indifférence. Que lui importait donc, dans ces conditions, que j'étudie ici ou là ?

Mon grand-père ne nourrissait guère d'affection pour sa belle-fille, qu'il avait toujours jugée froide et insensible, et il ne s'occupait pas de ce qu'elle disait. Il s'était contenté de lui rappeler que j'étais la seule fille de son fils unique et qu'il ne permettrait à personne de lui interdire de venir me voir quand et aussi souvent qu'il lui plairait. Il avait ajouté que personne n'avait le droit de lui dicter sa conduite ou la manière de dépenser son argent, sa bru moins que n'importe qui. Mon grand-père m'avait raconté l'incident par la suite, car nous n'avions pas de secrets l'un pour l'autre. Je l'ai toujours considéré en ami plus qu'en aïeul, sans doute parce qu'il était resté très jeune d'allure et plus jeune encore de caractère.

Folle de rage de n'avoir pu imposer ses volontés à son beau-père, ma mère s'était vengée en disant tout le mal qu'elle pensait de lui. Cela, je l'avais appris par mon frère Donald, le cancanier de la famille, qui confirma plus tard la piètre opinion que j'avais de lui en faisant ses premiers pas de journaliste sous l'égide d'un échotier. Selon ses dires, ma mère ne cessait de fulminer tandis que mon père, comme d'habitude, restait muet — mutisme dont je le soupçonne d'avoir été affligé depuis le jour où il est entré dans ce qu'il est convenu d'appeler la « félicité conjugale » avec la belle Margot Scott. Jusqu'au jour de sa mort, nul n'a pu se vanter de l'entendre prononcer une phrase, peut-être parce qu'il n'arrivait jamais à placer un mot.

C'est donc mon grand-père seul qui m'avait soutenue, financièrement et moralement, pendant que j'étudiais à Paris. Mais surtout, il était mon meilleur et mon plus fidèle ami.

Ma mère ne le lui a jamais pardonné, ni à moi d'ailleurs. Mais je crois que ma mère ne m'a jamais non plus pardonné d'être venue au monde, je me demande bien pourquoi. Quoi qu'il en soit, du jour de ma naissance jusqu'à présent, elle ne m'a jamais manifesté le moindre signe d'affection ni accordé la plus légère attention. Non que Margot Scott Denning soit allergique aux enfants, nul n'ignore l'adoration que lui inspire mon jeune frère Donald le Magnifique, comme je le surnommais quand nous étions enfants. C'est moi seule qui lui inspire de l'aversion et dont, dans toute la mesure du possible, elle évite la compagnie.

Mon grand-père et moi en avions toujours été conscients et il m'avait souvent dit combien cette situation le préoccupait. De mon côté, j'avais appris à la traiter par le mépris. Je ne lui accorde aujourd'hui encore que de l'indifférence. Il est mort depuis cinq ans et il me manque toujours autant. Il était le seul à me donner le sentiment d'avoir une famille, sentiment que mes parents n'ont jamais su éveiller en moi, bien au contraire. Je regrettais amèrement qu'il ne soit pas en ce moment avec moi pour me prodiguer le réconfort, les paroles de sagesse, la compréhension que je trouvais toujours auprès de lui. Avec ma grand-mère et Tony, il était la seule personne au monde qui m'ait jamais aimée. Et ils sont morts tous les trois...

Pourquoi mes pas m'ont-ils portée aujourd'hui dans ce quartier de Paris ? Parce que c'était un des préférés de mon grand-père, parce qu'il évoque tant d'heureux souvenirs de lui et des moments que nous y avons passés ensemble. « Je vais t'apprendre Paris », me disait-il quand il m'emmenait visiter la ville. Si j'en connais maintenant les monuments, leur histoire, jusqu'aux noms des architectes qui les ont édifiés et des sculpteurs qui les ont décorés, c'est à lui que je le dois.

J'ai quitté la rue de la Huchette pour la rue de la Bûcherie, à l'ombre de Notre-Dame. La vue de ce merveilleux édifice me donna soudain envie d'y entrer. Je ne l'avais pas fait depuis des années. En fait, je l'avais visité pour la dernière fois avec mon grand-père.

De sa brillante carrière d'architecte à New York,

Andrew Denning avait gardé un regard très sûr et une admiration toujours vivace pour les beaux bâtiments, qu'ils soient anciens ou modernes. Les grandes cathédrales d'Europe l'émerveillaient pour leur majesté, leur spiritualité et les prouesses techniques accomplies par leurs bâtisseurs. Aussi, à chaque fois qu'il venait me voir à Paris, il m'emmenait visiter certaines de ses préférées, Chartres ou Rouen en France et, de l'autre côté de la Manche, Saint Paul de Londres ou York, ma favorite. C'est à l'éducation artistique prodiguée par mon cher grand-père que je dois la sûreté de coup d'œil qui m'a tant servie dans mon métier. C'est aussi de lui que je tiens mon amour des cathédrales.

Il ne me fallut qu'un instant pour traverser le quai, franchir le pont et me trouver devant la majestueuse façade de Notre-Dame dont le porche de droite, ouvert, paraissait m'inviter à entrer. Une fois à l'intérieur, je suis restée un moment immobile.

J'avais oublié à quel point la cathédrale était belle. En cette heure matinale, les touristes ne l'avaient pas encore envahie, les messes étaient finies et j'étais presque seule dans l'immense vaisseau, libre d'admirer en silence la perspective de la nef dont les voûtes semblaient « se perdre dans les cieux », disait mon grand-père. Avec lui, j'avais visité la plupart des églises de Paris et assisté à de nombreux offices, que nous suivions de notre mieux. Nous avions aussi voyagé dans d'autres pays d'Europe et du Proche-Orient, où nous explorions les mosquées et les synagogues, car les sanctuaires exerçaient sur mon grand-père une profonde fascination. « Si tu aimes Dieu, me disait-il, peu importe où tu Le vénères. Il y a beaucoup de salles dans la maison du Père. » Ses paroles résonnaient dans ma tête tandis que je descendais la nef à pas lents vers le transept, où je m'assis sur une chaise pour mieux admirer les jeux de la lumière dans les vitraux.

Le calme du lieu, la subtile beauté des couleurs dans lesquelles je baignais eurent bientôt sur moi leur effet apaisant. Je me sentais bien loin de la violence du monde dans lequel mon travail m'entraînait. Gagnée par l'atmosphère recueillie du sanctuaire, je plongeai en moi-même et, comme je devais m'y attendre, mes pensées me ramenèrent à Tony, à sa mort, à l'avenir. Je me suis demandé pour la énième fois comment je pourrais continuer à vivre sans plus l'avoir à mes côtés et, pour la énième fois, ma question resta sans réponse.

La fallacieuse sensation de bien-être éprouvée en sortant de chez moi ne tarda pas à me déserter. Plus abattue que jamais, vidée de toute mon énergie, je suis restée ainsi les yeux clos, prostrée sur ma chaise, sans plus aucune notion du temps qui s'écoulait. Je n'avais nulle part où aller, personne ne m'attendait ni ne se souciait de mon sort. Et c'est au bout d'un long moment que j'entendis dans le silence de la cathédrale la voix de mon grand-père me chuchoter à l'oreille une de ses maximes favorites : « Souviens-toi toujours, Val, que Dieu ne nous impose jamais de fardeau trop lourd à porter. »

4

Lorsque j'ouvris la porte de mon appartement une heure plus tard, le téléphone sonnait. Je me suis précipitée pour répondre mais, alors même que je disais « Allô ! », j'entendis raccrocher à l'autre bout du fil. Dépitée, j'ai refermé la porte et suis allée à la cuisine.

Longue et étroite, c'est une de mes pièces préférées. J'aime faire la cuisine, c'est une activité qui me repose et me distrait quand je reviens du théâtre d'une guerre ou d'un cataclysme. Pourtant, obnubilée par ma douleur, je n'avais plus touché à mes casseroles depuis mon retour. Cuisiner pour moi seule me rebutait, je ne mangeais presque rien depuis des semaines et je perdais du poids. Or ce jour-là, je ne sais pourquoi, je me sentais affamée. Un coup d'œil à mon réfrigérateur presque vide suffit toutefois à me couper l'appétit. En guise de déjeuner, j'allais devoir me contenter d'une tasse de thé et de deux biscuits avant d'aller dans l'après-midi faire mes courses pour le dîner.

Je venais de poser la bouilloire sur le feu quand le téléphone se remit à sonner. Cette fois, je réussis à décrocher à la deuxième sonnerie et je n'avais pas eu le temps de dire « Allô » que la voix de Jake, à la fois inquiète et irritée, résonnait dans l'écouteur :

— Où étais-tu passée toute la journée ?

— D'abord, il est à peine une heure de l'après-midi. Ensuite, j'étais sortie faire ma promenade quotidienne. Tu sais bien que je marche tous les matins, Jake.

— Incroyable ! Si on t'enfermait dans une pièce vide avec un morceau de papier et un crayon en te demandant de dessiner un plan de Paris, tu le ferais les yeux fermés.

— C'est bien possible. Mais tu aimes marcher, toi aussi. Alors, pourquoi me critiquer ?

— Je ne te critique pas, je t'appelais simplement pour t'inviter à dîner ce soir et j'étais inquiet que tu ne répondes pas. Nous ne nous sommes pas vus depuis plus de huit jours, Val. C'est trop long.

— Tu as raison et je serai ravie de dîner avec toi, mais c'est moi qui ferai la cuisine.

Le son de sa voix me remettait de bonne humeur. Jake m'avait manqué pendant sa convalescence dans le Midi et je savais qu'il appréciait à leur juste valeur mes talents culinaires.

— L'offre est tentante, mais je préfère que nous sortions. Ce sera moins fatigant pour toi.

— Puisque tu insistes, d'accord.

Jake se racla la gorge deux ou trois fois et reprit, avec une hésitation :

— J'ai reçu un coup de téléphone de Londres, ce matin. De l'agence de Tony. Ils organisent un hommage funèbre à sa mémoire et nous demandent d'y venir.

Déconcertée, je ne sus que répondre.

— Il faut que nous y allions, Val, insista Jake.

— Je... je ne crois pas que j'en sois capable, Jake.

— Nous étions ses meilleurs amis, Val. Ses frères d'armes, comme il nous appelait.

— Je sais, je sais. Mais pour moi, ce sera dur.

— Écoute, Val, le monde entier sait que nous étions avec lui au Kosovo et que nous en sommes revenus sans lui. Que pensera-t-on si nous sommes absents ?

Incapable d'articuler un mot, je serrais le combiné d'une main tremblante. Que devais-je faire ? M'attirer la réprobation de Jake et de tous les autres en n'y allant pas ? Y aller et m'exposer à Dieu sait quelles nouvelles souffrances, que je n'étais sans doute pas en état d'affronter ? Depuis des semaines, je m'efforçais en vain de dominer les sentiments qui bouillonnaient en moi. Alors, rouvrir des plaies encore à vif, au risque de ne jamais en guérir ?

— Tu es toujours là, Val ? demanda Jake, inquiet de mon silence.

— Oui, oui.

— J'ai l'impression que tu ne veux pas y aller.

— Non, je... je réfléchis, voilà tout.

Le silence retomba. Jake attendit patiemment que je reprenne la parole.

— Écoute, entendre prononcer son éloge funèbre... je ne sais pas si je pourrais le supporter, ai-je bredouillé. Je sangloterais pendant tout le service... Ici, seule, j'ai déjà du mal à maîtriser mon chagrin...

— Je te comprends, Val. Si tu veux tout savoir, je ne sais pas moi non plus si je serai capable de me tenir correctement. Mais nous n'avons pas le choix. Tony lui-même aurait souhaité notre présence.

— Peut-être...

— Nous en reparlerons ce soir. D'accord ?

— D'accord, ai-je répondu en soupirant.

— Je passerai te chercher vers huit heures. À ce soir, Val.

Jake raccrocha sans me laisser le temps de placer un mot. Et je suis restée là, le combiné toujours serré dans ma main crispée, en me traitant de tous les noms. Quelle idiote je suis ! me disais-je. J'aurais dû me douter que les collègues de Tony voudraient rendre hommage à la mémoire du plus célèbre d'entre eux, tombé en héros et en victime du devoir. Si seulement je m'y étais préparée...

Oui, ai-je pensé avec un bruyant soupir, je m'étais laissé prendre au dépourvu et je ne voyais aucune échappatoire. Ne serait-ce que pour sauver les apparences, j'étais obligée d'aller à cette cérémonie où j'avais de grandes chances de me trouver face à face avec... *elle*.

C'était là le fond du problème, bien sûr. Ma répugnance à me rendre à Londres venait de mon refus de rencontrer Fiona Hampton, l'ex-femme de Tony. Il était pourtant peu probable qu'elle soit présente à la cérémonie, compte tenu de leur récent divorce et des affrontements qui l'avaient précédé. D'après le portrait que m'en avait fait Tony, c'était une femme dure, autoritaire, dont les exigences avaient fini par détruire leur couple et anéantir les derniers vestiges de sympathie, voire de simple courtoisie, ayant pu subsister entre eux. Une telle femme irait-elle prêter une oreille complaisante à l'hommage rendu à sa mémoire par les amis et collègues d'un homme qui n'était plus rien pour elle ? Rien de moins sûr. Cette réflexion me rasséréna un peu et dissipa mon anxiété.

Entre-temps, l'eau avait bouilli, je me suis préparé une théière et j'ai bu mon thé en grignotant des biscuits, debout dans ma cuisine, pendant que ma bonne humeur revenait peu à peu.

Mais comment aurais-je pu prévoir que Fiona assisterait à l'office funèbre et que notre rencontre bouleverserait ma vie de fond en comble ?

CHAPITRE TROIS

1

Fatiguée par mes longues marches matinales, je devais presque toujours me reposer l'après-midi. Ce jour-là ne faisant pas exception, j'ai troqué ma tenue de ville pour un peignoir et je suis allée m'étendre sur mon lit. Mais ma tête avait à peine touché l'oreiller que la sonnerie du téléphone sur la table de chevet me fit sursauter. Je me redressai sur un coude et décrochai en maudissant l'importun.

— Bonjour, Val, fit la voix chaleureuse de Mike Carter. Comment va ma photographe préférée, aujourd'hui ?

Mike était le directeur du bureau de Paris de Gemstar et l'un des fondateurs de l'agence. Il était surtout un très vieil et très cher ami.

— Pas trop mal, Mike, merci. Je dirais même plutôt mieux et je suis ravie de t'entendre. Alors, quoi de neuf ?

— Oh ! rien qui sorte de l'ordinaire. Tu sais, attentats terroristes, détournements d'avions, meurtres en série, guerres civiles, tremblements de terre, inondations, bref, l'éventail des désastres habituels. Un de ces jours, les hommes réussiront à faire sauter la planète mais, d'ici là, il faut se contenter de ces enfantillages, répondit-il avec un éclat de rire. Tu vois ce que je veux dire ?

— Je vois très bien, ai-je répondu en riant à mon tour.

J'appréciais l'humour noir de Mike et son penchant, qui confinait parfois au génie, pour le canular. Depuis sept ans que je travaillais à l'agence, il était mon plus sûr allié et une solide amitié s'était développée entre nous. Mon grand-père et lui s'étaient découvert des atomes crochus dès leur première rencontre ; ils étaient restés bons amis jusqu'à la disparition de mon grand-père.

— Je ne te téléphone pas pour te forcer la main, Val. Reviens quand tu veux, repose-toi aussi longtemps qu'il le faudra. Tu es seule juge. Nous savons tous ce que tu dois éprouver, moi surtout.

— Merci, Mike, je sais. Mais je pense reprendre le collier dans une quinzaine de jours.

Ma réponse me stupéfia. J'avais prévu de prendre trois mois de convalescence et voilà que j'écourtais mon repos de moi-même !

— J'en serai ravi. Tu nous manques, tu sais. Mais ce n'est pas pour cela que je t'appelais. Le frère d'Adjet, votre chauffeur au Kosovo, a appelé l'agence aujourd'hui. Il voulait te faire savoir qu'Adjet a pu passer en Macédoine et qu'il est en sûreté.

— Voilà qui me fait plaisir. Jake et moi nous inquiétions beaucoup à son sujet, nous craignions qu'il ait été tué. Pourquoi nous a-t-il laissés si longtemps sans nouvelles ? Son frère te l'a dit ?

— Oui. Adjet a été blessé lui aussi ce jour-là. Il avait quitté le petit bois où il vous attendait pour aller à votre recherche, mais il a été touché avant de vous avoir retrouvés. Des soldats de l'UCK l'ont secouru et fait passer en Albanie d'où il a pu ensuite gagner la Macédoine, son frère ignore comment. En tout cas, Adjet est maintenant hors de danger. Il a insisté pour que son frère, qui vit à Paris la plupart du temps, t'en avertisse.

— J'en suis vraiment très heureuse pour lui, Mike. Il a eu de la chance de se sortir de ce guêpier.

— C'est vrai. Mais il faut que je te quitte, mon chou, j'ai un emploi du temps chargé. N'hésite pas à m'appeler si tu as besoin de quoi que ce soit. N'importe quand, de jour comme de nuit, d'accord ?

— Merci pour tout, Mike, ai-je réussi à répondre, la gorge soudain nouée par l'émotion.

— Soigne-toi bien et reviens-nous vite, dit-il avant de raccrocher.

J'éprouvais une réelle affection pour Mike Carter. Grand reporter photographe, il avait parcouru le monde avant de fonder avec quelques collègues l'agence Gemstar, en s'inspirant de la création de Magnum par Robert Capa à la fin des années quarante. Après la mort de sa femme Sarah dans un accident de la route aux environs de Paris, Mike avait préféré occuper un poste fixe à l'agence afin de pouvoir élever ses deux enfants, encore jeunes. Je savais que le chagrin et le deuil étaient pour lui de vieux compagnons, je savais quelles épreuves il avait traversées. Pourtant, Mike réussissait toujours à dissimuler sa mélancolie derrière une bonne humeur bourrue et une réelle chaleur humaine.

Mais en pensant ensuite à Adjet, je revécus ce jour funeste dont le souvenir était encore trop frais dans ma mémoire. Aussi me suis-je forcée à chasser ces images de violence et à fermer les yeux pour accueillir le sommeil dont j'avais un impérieux besoin, car c'était lui mon seul refuge contre la peine qui me rongeait. En fait, j'aurais voulu tout effacer — jusqu'au monde entier.

2

J'ai dû rester longtemps assoupie car, quand je me suis réveillée, ma chambre ne baignait plus dans le brillant soleil du début de l'après-midi. Les ombres envahissaient tous les recoins, comme si elles étaient lancées à l'assaut des murs et retombaient du plafond en longues écharpes grisâtres qui donnaient à ma chambre, pourtant gaie et lumineuse, un aspect presque sinistre qui me fit frissonner.

Un coup d'œil au réveil sur la table de chevet m'apprit qu'il était près de six heures du soir. J'avais donc dormi quatre heures ? Incroyable ! me suis-je dit en me levant pour aller regarder par la fenêtre.

Pendant mon sommeil, le beau ciel bleu de la matinée avait fait place à d'épais nuages noirs et menaçants, annonciateurs de pluie ou d'orage. Voulant dissiper la pénombre, j'ai allumé la lampe posée sur mon petit bureau et la lumière se réfléchit sur la photo de Tony dans son cadre d'argent. Jake l'avait prise l'année précédente, quand nous étions ensemble en vacances dans le midi de la France.

Au bout d'un instant, je dus m'en détourner, elle ravivait trop ma douleur. Parfois, comme maintenant, je ne pouvais même plus regarder cette photo, tant Tony y incarnait la joie de vivre. Il était sur le pont du sloop que nous avions loué, le vent lui ébouriffait les cheveux, son teint hâlé rendait ses dents plus blanches, ses yeux noirs pétillaient de gaieté. L'image même d'un homme dans la force de l'âge, sûr de lui et confiant dans l'avenir.

Quand le corps de Tony avait été rapatrié en Angleterre, son fils Rory l'avait fait inhumer en Irlande, dans le caveau de famille où reposaient ses parents. Rory assisterait sans doute à l'office funèbre, ai-je pensé. Je rencontrerais donc enfin ce fils dont Tony m'avait tant parlé et dont il était si fier.

De nouveau en proie à mon chagrin, je me suis recouchée en chien de fusil, l'esprit envahi de souvenirs, en tournant distraitement autour de mon doigt la bague que Tony m'avait offerte. C'était un large anneau d'or serti de turquoises. « De la couleur de tes yeux, m'avait-il dit en la choisissant. Ni bleus, ni gris, ni verts, mais d'une rare nuance de turquoise. Tu as les yeux de la mer, Val. » Le visage dans l'oreiller, j'ai tenté de refouler les larmes que je sentais soudain venir. J'entendis la voix de Tony murmurer à mon oreille, je sentis sa main me caresser la joue, le cou, descendre vers mes seins...

Je me suis arrachée à ce fantasme et j'ai sauté de mon lit. Non, me suis-je dit en courant presque vers la salle de bains, je *dois* me ressaisir. Je ne *dois* plus rêver à lui de cette manière sensuelle. Je *dois* l'oublier puisqu'il ne reviendra pas. Tony est mort. Enterré. Il n'appartient plus au monde des vivants.

Pourtant, j'avais beau me le répéter, je savais que son souvenir resterait à jamais dans ma mémoire. Et au plus profond de mon cœur.

3

Une fois dévêtue, je suis entrée dans la douche, j'ai laissé l'eau ruisseler longuement sur mon corps, comme pour me laver de mes pensées morbides. Puis, après m'être séchée, j'ai examiné ma blessure ainsi que je le faisais tous les jours.

Je ne m'inquiétais pas trop de l'aspect bizarre de la cicatrice, mon médecin m'avait assuré qu'elle finirait par disparaître sans laisser de trace, ou presque. J'avais eu de la chance, m'avait-il expliqué. La balle avait traversé la chair sans toucher l'os ni léser de muscles. L'orifice était béant et le chirurgien de Belgrade avait eu du mal à en extraire les fibres de mes vêtements, mais il avait accompli un excellent travail. J'avais échappé à l'infection, fréquente dans ce genre de plaies quand elles ne sont pas traitées sur-le-champ, et je n'avais à craindre aucune séquelle.

Une fois encore, je me dis que la chance était avec moi ce jour-là. Avec Jake, aussi. Nous avions lui et moi bénéficié d'une protection que j'hésitais à peine à qualifier de surnaturelle.

4

Je finissais de m'habiller quand l'orage éclata. Il faisait si sombre que j'ai laissé les lampes allumées dans ma chambre avant d'aller au salon, où j'ai également dû éclairer la pièce.

J'avais beau la connaître par cœur, j'éprouvais toujours autant de plaisir à la regarder. Car c'est mon grand-père qui en avait conçu la décoration et en avait choisi le mobilier, jusqu'aux lampes et aux tableaux, qui conféraient à ce salon une atmosphère chaleureuse et une élégance discrète que je ne retrouvais nulle part ailleurs. Les deux autres pièces de l'appartement étaient plus simples pour la bonne raison que je les avais aménagées moi-même. Non que j'y aie fait preuve de mauvais goût, j'étais à bonne école ; mais c'est le « salon de Bon Papa », comme je l'appelais, qui est sans contredit le plus bel endroit.

Après l'avoir admiré, j'ai redressé pour la forme les coussins du canapé, humé les roses dans leur vase et je suis allée à la cuisine m'assurer que le vin blanc était au réfrigérateur avant de retourner dans ma chambre finir de me préparer.

L'image que me renvoya le miroir me plut. Cela faisait des jours que je n'avais pas eu aussi bonne mine — mais ce n'était, je le savais, qu'une illusion créée artificiellement par les produits de beauté. Ma pâleur maladive et mes cernes disparaissaient sous un fond de teint doré, tandis qu'un peu d'ombre à paupières et de mascara soulignait mes yeux et qu'une touche de poudre et de rouge à lèvres complétait le tableau. En réalité, pendant toutes ces dernières semaines, j'avais eu une tête à faire peur, j'étais livide, j'avais les yeux rouges et gonflés à force de pleurer sans arrêt, aussi n'avais-je pas voulu que Jake me voie comme cela ce soir, il s'inquiétait déjà bien assez sur mon compte.

Ne sachant pas où il m'emmènerait dîner, j'avais choisi une tenue sobre et passe-partout, un pantalon noir, un chemisier blanc et un blazer noir. Avec mes cheveux châtain tirés en queue de cheval, je n'avais pas de quoi faire tourner les têtes dans la rue mais, au moins, j'étais présentable. Pour compléter ma tenue, je pris dans un tiroir mes petites boucles d'oreilles en perles. J'étais en train de les mettre quand la sonnette de la porte d'entrée tinta ; je courus ouvrir à Jake, que je n'avais pas revu depuis plus de huit jours.

— Que voilà un plaisant spectacle, dit-il en franchissant le seuil.

Puis il me tendit les bras et me serra sur sa poitrine, si fort et si longtemps que j'en fus un instant désarçonnée.

5

Quand Jake me lâcha enfin, il me fit un sourire un peu gêné et se détourna pour fermer la porte restée ouverte. Je le crus d'abord déconcerté, lui aussi, par l'ardeur et la durée inattendues de nos embrassades. Puis je me dis que je faisais une montagne de rien. Jake était mon meilleur, mon plus intime ami. Quoi de plus normal que de manifester ainsi son plaisir de me revoir à son retour de voyage, surtout dans les circonstances exceptionnelles que nous traversions l'un et l'autre ? Il n'empêche qu'une sorte de gêne s'était établie entre nous.

— La pluie s'est arrêtée, n'est-ce pas ? ai-je dit enfin pour rompre le silence.

— Il ne pleut plus, en effet. L'orage n'a pas duré plus de quelques minutes et les nuages s'en vont.

Tout en parlant, nous nous dirigions vers la cuisine. Je sortis du réfrigérateur le pouilly-fuissé préféré de Jake, qui prit un tire-bouchon dans le tiroir à ustensiles, déboucha la bouteille et remplit les deux verres que je venais de poser sur le plan de travail.

— J'ai une bonne nouvelle à t'apprendre, lui ai-je dit quand il me tendit mon verre. Adjet est en sécurité en Macédoine. Son frère a téléphoné à Mike pour lui demander de nous le dire.

— Rien ne pouvait me faire plus de plaisir. À Adjet, répondit-il en levant son verre.

Nous avons trinqué à sa santé avant de passer au salon, nos verres à la main. Je pris ma place habituelle au bout du canapé et Jake s'assit en face de moi, dans un fauteuil près de la cheminée. Tout en lui relatant ce que Mike m'avait appris, je constatai en le voyant que ses dix jours de repos dans le Midi lui avaient été profitables. Il m'avait proposé de l'accompagner à Saint-Jean-Cap-Ferrat, mais j'avais refusé et je commençais presque à le regretter. Ce changement d'air m'aurait certainement fait autant de bien qu'à lui, que je n'avais pas vu depuis longtemps en aussi bonne forme.

— Tu m'observes comme une bête curieuse, dit-il en souriant. Qu'est-ce que j'ai de bizarre ?

Depuis que nous avions fait connaissance à Beyrouth, Jake avait pris l'habitude de m'interroger sur mes moindres faits et gestes, habitude qu'il ne perdrait sans doute jamais.

— Rien du tout. Je me disais simplement que tu avais si bonne mine que j'aurais dû accepter ton invitation.

— Oui, tu aurais dû, approuva-t-il avec conviction. Tu as grand besoin de vacances et tu as beau t'imaginer que cela ne se voit pas, tu as une mine de déterrée. Ton maquillage ne me trompe pas, moi. Et tu as beaucoup trop maigri.

C'était bien la peine de m'escrimer avec mes tubes et mes pots...

— Mais non, ai-je protesté. Le noir me mincit, voilà tout.

— À d'autres, Val. Je te connais comme si je t'avais faite.

Il posa son verre sur la table basse et parut vouloir se lever, mais il se rassit et s'appuya au dossier, les yeux clos.

— Tu ne te sens pas bien, Jake ? lui ai-je demandé.

— Si, je vais très bien. C'est toi qui m'inquiètes, Val.

— Je t'en prie ! Tu n'as aucun souci à te faire à mon sujet, je me porte comme un charme et je n'ai pas perdu un gramme, ai-je menti.

Jake n'insista pas, mais je vis qu'il n'en pensait pas moins.

— Mike t'a-t-il demandé de reprendre le travail ? s'enquit-il au bout d'un long silence.

— Il m'a dit de revenir quand je voudrais, que la décision dépendait de moi.

— Plus tôt tu retourneras à l'agence, mieux cela vaudra, à mon avis. Tu as besoin de t'occuper, Val, pas de déambuler tous les jours dans les rues et de rester seule ici à ressasser ton chagrin quand tu rentres. Tu souffres, je sais. Moi aussi, Tony était mon meilleur ami. Mais nous ne devons pas nous arrêter de vivre à cause de sa mort, c'est ce que lui-même nous aurait dit.

— Je sais, Jake, et je fais de mon mieux, crois-moi. Quant à mes longues promenades dans les rues, elles me font du bien. Je ne sais pas pourquoi au juste, mais c'est comme ça.

— Parce que tu te sens moins seule dans la foule, c'est un phénomène classique. T'ai-je jamais raconté ce qu'a fait John Steinbeck en apprenant la mort de Robert Capa en Indochine ?

Je gardais un vague souvenir de l'anecdote, sans pouvoir me rappeler si c'était Jake, Tony ou un autre qui me l'avait rapportée. Nous avions tous un profond respect pour la mémoire de Capa, un des plus grands correspondants de guerre qui ait jamais existé.

— Je ne sais plus. Sûrement, mais tant pis, répète-le-moi.

— Capa a été tué en 1954, le 25 mai. Bien entendu, la nouvelle de sa mort a fait le tour du monde en quelques heures. Steinbeck, qui était un de ses meilleurs amis, se trouvait à Paris à ce moment-là. En l'apprenant, il a marché dans les rues quatorze heures d'affilée, parce que le choc avait été tel qu'il était incapable de rester en place. Tu fais la même chose, Val, sauf que tu le fais tous les jours.

— Mais je ne marche pas quatorze heures par jour ! ai-je protesté.

Jake se contenta de me lancer un regard qui en disait long ; j'eus honte de ma réaction puérile.

— Bon, tu as raison, ai-je admis. Ce que je fais est peut-être du même ordre. Et je me rappelle maintenant que c'est toi qui me l'as raconté, un jour où tu étais remonté contre Tony à qui tu reprochais de prendre trop de risques ; tu le comparais à Capa.

— Pas du tout ! Capa n'a jamais été imprudent, lui. En Indochine, il couvrait sa cinquième guerre, ne l'oublie pas. Il avait trop d'expérience pour s'exposer inutilement au danger sans avoir calculé ses risques. Il ne laissait rien au hasard, tous ceux qui l'ont connu te le diront. S'il voyait la possibilité de faire une photo exceptionnelle au prix d'un risque *calculé*, je le répète, il prenait ce risque en toute connaissance de cause. Tony, lui, fonçait dans la bagarre sans...

Il s'interrompit brusquement et but une gorgée de vin, confus de ternir la mémoire de son ami.

— Sans réfléchir, ai-je complété à sa place. Tu as raison.

Nos verres étaient vides. Je me suis levée pour aller chercher la bouteille de vin restée à la cuisine.

— Sais-tu quand doit avoir lieu la cérémonie funèbre ? ai-je demandé en nous versant à boire.

— Mardi prochain, à l'église catholique de Brompton.

Sans répondre, j'ai bu une gorgée de vin, les yeux baissés.

— J'ai retenu nos chambres au Milestone, à Kensington, reprit-il. Je sais que cet hôtel te plaît.

Tout allait trop vite pour moi. Il ne restait que quatre jours et je n'étais pas prête. Prête à me retrouver au milieu des amis, des collègues de Tony, les miens aussi pour la plupart. Prête à écouter l'éloge funèbre d'un homme dont je n'acceptais toujours pas la perte.

Jake disait quelque chose dont je n'entendis que des bribes :

— ... Clee Donovan y sera sûrement, les frères Turnley aussi.

La seule idée d'aller à Londres me terrifiait. J'ai levé les yeux vers lui avec une expression qui lui fit froncer les sourcils.

— Qu'est-ce qui ne va pas, Val ?

— Je... j'ai peur, Jake. Tous ces gens...

— Je comprends, dit-il après un bref silence. Mais nous devons être heureux et fiers, au contraire, que ceux qui veulent honorer la mémoire de Tony soient si nombreux. Parce que c'est de cela qu'il s'agit, Val. Cette cérémonie célébrera son souvenir et nous permettra de manifester notre reconnaissance que Tony ait partagé notre vie.

— Oui, sans doute...

Jake se leva, vint s'asseoir à côté de moi sur le canapé et me prit la main avec tendresse.

— Je sais que c'est pénible pour toi, Val. Mais Tony est mort. Tu dois t'y résigner, parce que...

— Je sais ! l'ai-je interrompu.

— Écoute, il faut que tu fasses quelque chose, que tu te remettes au travail. Tu ne peux pas continuer à... dériver comme cela.

Le voilà, me suis-je dit, qui retrouve son côté mi-protecteur, mi-autoritaire — et totalement macho ! — qui m'exaspérait parfois.

— Tu ne te surmènes pas depuis notre retour de Belgrade, que je sache ! me suis-je écriée plus sèchement que j'aurais voulu.

Je me sentis rougir et j'aurais voulu ravaler mes mots.

— J'aurais préféré reprendre mon travail plus vite, Val, répondit-il calmement. Mais ma jambe est en mauvais état, elle met plus longtemps à se rétablir que je le prévoyais.

— Pardonne-moi, Jake. Je sais que tes blessures sont plus graves que la mienne. Je n'aurais jamais dû te dire...

— Mais non, c'est sans importance entre nous. Et si nous faisions un pacte ? Jurons-nous de nous aider l'un l'autre à avancer à partir du point où nous en sommes ce soir. À progresser. À revivre. Reprenons nos appareils, Val, et remettons-nous au travail. D'accord ?

— Je serais incapable de retourner au Kosovo, Jake.

— Je n'y pensais même pas, voyons ! Je n'ai aucune envie d'y aller moi non plus, mais il n'y a pas que les guerres, Dieu merci. Nous pouvons couvrir d'autres événements.

— C'est pourtant notre spécialité.

— Peut-être, mais nous pouvons choisir nos missions, Val. Mike te l'a d'ailleurs rappelé.

— Oui, c'est vrai.

Jake jugea plus sage de changer de sujet.

— J'ai retenu nos places d'avion pour Londres lundi soir..., commença-t-il.

— Parle-moi plutôt de tes vacances dans le Midi, l'ai-je interrompu avec une gaieté un peu forcée.

— Merveilleuses, mais trop courtes. Je regrette vraiment que tu ne sois pas venue...

La sonnerie du téléphone l'interrompit de nouveau. Intriguée, car je n'attendais d'appel de personne à pareille heure, je me suis levée pour aller répondre.

6

À ma profonde stupeur, je reconnus la voix de mon frère Donald qui m'appelait de New York. Une fois remise de ma surprise, je me suis apprêtée à écouter ce qu'il avait à me dire, sans l'interrompre mais avec méfiance. Donald avait toujours été sournois. La dissimulation était chez lui une seconde nature.

— Je ne peux absolument pas venir maintenant, ai-je dit quand il eut fini son long et tortueux exposé. Je dois aller à Londres la semaine prochaine assister à une cérémonie à la mémoire d'un de nos collègues tué au Kosovo et j'ai des dizaines de missions en retard.

Une fois encore, je dus dominer mon impatience pour écouter ses arguments.

— Je suis désolée, Donald, ai-je répondu, je ne peux vraiment pas en ce moment. Et je dois te quitter, j'ai des invités qui m'attendent, il faut que j'aille les rejoindre. Merci de ton appel.

Avec son égoïsme habituel, Donald ne se le tint pas pour dit. À moins de lui raccrocher au nez, je n'eus d'autre choix que de l'écouter discourir. Mais quand il s'interrompit une seconde, le temps de reprendre haleine, j'ai saisi au vol l'occasion de lui répéter que je ne pouvais m'absenter sous aucun prétexte. Puis, sans lui laisser cette fois le temps de recommencer son discours, je lui ai dit un bref au revoir et je me suis hâtée de raccrocher.

— Quel culot ! me suis-je exclamée en revenant m'asseoir. Il ose m'appeler pour me débiter ses sornettes !

— Puis-je te demander qui t'a appelée et quelles sornettes il t'a débitées pour te mettre dans un état pareil ? s'étonna Jake.

— C'était mon frère Donald qui m'apprenait que ma mère n'est pas en bonne santé — je devrais plutôt dire *sa* mère, parce qu'elle n'a jamais manifesté son instinct maternel envers moi. Et il voudrait que je saute dans le premier avion pour New York !

— Qu'est-ce qu'elle a ? Elle est gravement malade ?

À sa mine sincèrement décontenancée, je me suis rappelé que Jake n'avait jamais compris la nature de mes rapports avec ma mère. Mais comment l'aurait-il pu, alors qu'ils étaient toujours pour moi une énigme ? D'après ce qu'il m'avait dévoilé de son enfance, je savais que Jake avait grandi dans une famille unie où chacun, frères, sœurs, parents et grands-parents, faisait assaut d'affection, de compréhension et d'entraide alors que j'avais connu dans la mienne le sort d'une orpheline. Sans mes grands-parents, j'aurais littéralement dépéri et je serais sans doute morte de carence affective. Je ne devrais d'ailleurs pas employer le terme de « rapports » au sujet de ma mère, nous n'en avons jamais eu aucun. Mon grand-père la surnommait « l'Iceberg » et se demandait ce que son fils, mon père, avait pu voir d'attirant en elle. Elle avait été très belle, certes, elle l'était peut-être encore, bien que je ne l'aie pas revue depuis des années, mais cela ne suffisait pas.

— Ta mère est-elle vraiment malade ? insista Jake.

— Donald n'a pas été très explicite. Il m'a simplement dit qu'elle n'allait pas bien et voulait me voir le plus tôt possible. En fait, il se contentait de me transmettre le message. De toute façon, ce ne doit pas être très grave, sinon il me l'aurait dit. Donald a toujours été son chouchou, il lui obéit comme un toutou, et s'il s'agissait d'un problème sérieux, il se serait empressé de me le décrire en détail, j'en suis convaincue.

— Peut-être veut-elle battre sa coulpe, suggéra Jake. Tenter un rapprochement.

— Elle ne s'est jamais souciée de mon sort depuis trente et un ans, je ne vois pas pourquoi elle changerait d'un seul coup. En tout cas, il n'est pas question que j'aille à New York.

— Tu pourrais lui téléphoner.

— Je n'ai rien à lui dire, Jake. Et je n'éprouve aucun sentiment, bon ou mauvais, envers une femme pour qui je n'ai jamais existé.

Le silence retomba. Jake but pensivement une gorgée de vin.

— Je n'ai jamais pu comprendre son attitude à ton égard, Val, dit-il enfin. C'est tellement... anormal pour une mère de ne pas aimer son enfant. Que pouvait-elle reprocher à un nouveau-né ?

— Je l'ignore, ai-je répondu avec un haussement d'épaules. Mes grands-parents Denning étaient aussi perplexes que moi et je n'ai jamais vraiment connu ma grand-mère Scott, la mère de ma mère, car elle paraissait m'éviter. Je me suis même longtemps demandé si je n'étais pas une enfant illégitime et si ma mère n'était pas enceinte d'un autre homme avant d'épouser mon père, ai-je ajouté avec un rire amer. J'ai compris ensuite que c'était impossible à cause des dates. Ils étaient mariés depuis plus d'un an au moment de ma naissance.

— Elle a peut-être trompé ton père après leur mariage.

— J'y ai pensé aussi, mais je ressemble trop à ma grand-mère paternelle au même âge. Tiens, ai-je poursuivi en me levant pour aller chercher une boîte en carton dans un tiroir de la commode, regarde ces photos et dis-moi ce que tu en penses.

Jake examina sans mot dire les vieilles photos de ma grand-mère.

— C'est vrai, dit-il enfin, la ressemblance est frappante. Avec des vêtements plus modernes, on jurerait que c'est toi... Oh ! celle-ci, c'est moi qui l'ai prise ! ajouta-t-il en brandissant une photo de moi.

Il me la tendit en riant et je ne pus moi-même m'empêcher de sourire de mon image. J'étais devant l'hôtel Commodore à Beyrouth, à l'époque où j'avais fait la connaissance de Jake. En saharienne et pantalon kaki, bardée d'appareils pendus à mon cou ou en bandoulière, j'avais l'air de me prendre terriblement au sérieux.

— Grands dieux, que j'avais l'air idiote et suffisante ! me suis-je écriée.

— Pas du tout, tu étais la fille plus ravissante sur laquelle j'aie jamais jeté les yeux et...

Il s'interrompit, comme étonné de ses propres paroles. Puis, après s'être éclairci la voix pour reprendre contenance, il revint à notre conversation sur ma mère.

— La manière dont ta mère t'a toujours traitée est vraiment inexplicable, Val. Quand on pense à tout ce que tu as accompli, elle devrait être fière de toi.

— Oui, c'est un mystère, ai-je répondu en faisant une moue désabusée. Mais un mystère que je n'ai pas l'intention de résoudre, j'ai mieux à faire. Et maintenant, Jake, si tu m'emmenais dîner ?

CHAPITRE QUATRE

1

Londres, septembre 1998. Au prix d'un immense effort, j'étais parvenue depuis quelques jours à ne plus penser à l'hommage funèbre. Maintenant que j'étais au pied du mur, je sentais la panique me gagner. En un mot, je refusais d'y aller et ma répugnance était si forte que je m'en étonnais moi-même. Plus tard, avec le recul, je me suis demandé si je n'avais pas été alertée par un pressentiment, mais je ne le saurai sans doute jamais avec certitude. Quoi qu'il en soit, j'attendais Jake dans le hall du Milestone en cherchant quelle excuse invoquer pour me dérober à cette épreuve. J'en étais incapable, bien entendu. D'abord, parce qu'il était beaucoup trop tard pour m'esquiver et, surtout, parce que je ne pouvais pas faire ce mauvais coup à Jake.

J'en étais là de mes réflexions quand je le vis sortir de l'ascenseur en complet bleu marine avec, pour une fois, une cravate. Mais s'il était élégant, sa mine était aussi sombre que sa mise et il boitait plus que la veille, quand nous avions atterri à Heathrow sous une pluie torrentielle qui n'arrangeait pas mon humeur. Je m'abstins toutefois d'en faire état ou même de lui demander comment il se sentait, il m'avait pratiquement étranglée la veille au soir parce que je m'inquiétais de sa santé. Je me suis donc contentée de lui prendre le bras et de l'embrasser fraternellement sur la joue.

— Désolé de t'avoir fait attendre, s'excusa-t-il avec un sourire. Nous voilà en retard à cause de moi, il va falloir se dépêcher.

Le ciel se déchaîna de nouveau à l'instant même où nous descendions le perron de l'hôtel. Le chasseur n'eut que le temps de se précipiter pour nous abriter sous un parapluie.

— Tu verras, Val, tout se passera bien, me dit Jake d'un ton rassurant quand nous fûmes en voiture. Ce sera bientôt fini.

Je n'ai jamais aimé extérioriser mes sentiments, c'est pourquoi je préférais pleurer Tony chez moi et sans témoins, pas dans un lieu public, même une église que beaucoup jugeaient l'une des plus belles de Londres. Au bout d'un moment, j'ai détourné mon regard du spectacle déprimant des rues noyées de pluie et j'ai fermé les yeux.

Arrivée à destination, j'ai lissé mes cheveux coiffés en un austère chignon, j'ai rajusté la veste de mon tailleur noir. Puis, après avoir pris une profonde inspiration, j'ai mis pied à terre et me suis dirigée vers le porche de l'église avec toute la dignité dont j'étais capable.

2

La foule qui se pressait à l'entrée était telle qu'il me fut impossible d'y distinguer nos amis et collègues, ni même de reconnaître qui que ce soit. Tous les arrivants étaient vêtus de sombre, leurs visages exprimaient le recueillement ou le chagrin, le plus souvent les deux. J'avais pris la précaution de mettre des lunettes noires avant de descendre de voiture. Si elles ne me rendaient pas invisible, elles dissimulaient mes yeux rouges et me donnaient au moins l'illusion de passer inaperçue. Je me suis accrochée au bras de Jake comme à une bouée de sauvetage et nous nous sommes mêlés à la longue file de ceux qui pénétraient dans l'église.

Le porche à peine franchi, je sentis qu'on me tapait doucement sur l'épaule. En me retournant, j'ai reconnu le visage amical de Nicky Wells, directrice du bureau de Paris d'ATN, la plus sérieuse des chaînes câblées américaines d'information continue. Nous étions ensemble à Pékin sur la place Tienanmen pendant les émeutes étudiantes de 1989. À l'époque, j'étais encore novice dans le métier. De quinze ans mon aînée, Nicky m'avait prise sous son aile et rendu d'inestimables services. Depuis, nous étions restées amies et nous retrouvions de temps à autre à Paris, à l'occasion d'un dîner ou d'une réception.

Elle était venue avec son mari, Clee Donovan, reporter photographe réputé et fondateur de l'agence Image. Après la naissance de son premier enfant, Nicky avait décidé de ne plus partir en mission sur le terrain, jugeant plus sûr de rester à Paris et de ne couvrir que les événements locaux. Clee et Jake étaient amis depuis des années, comme peuvent l'être des compatriotes établis à l'étranger mais aussi des collègues titulaires du prix Robert-Capa. Instituée en 1955 sous l'égide du magazine *Life* et du Press Club, cette distinction était décernée à l'auteur du « meilleur reportage photographique réalisé sur un théâtre extérieur avec un esprit d'initiative et un courage exceptionnels ». Les deux hommes étaient particulièrement fiers d'avoir obtenu cette récompense.

Nous sommes restés un peu à l'écart et avons parlé quelques instants de Tony avant de convenir de nous revoir et de dîner ensemble à Paris, si nous y étions tous les quatre en même temps et pour plus de deux jours d'affilée.

— Nous ne pourrons pas nous rendre ensuite à la veillée, dit alors Clee. Nicky et moi devons reprendre le premier avion pour Paris après la cérémonie. Vous comptez y aller, Val et toi ?

J'en fus si abasourdie que je ne pus proférer un mot.

Jake se racla la gorge avec un certain embarras. Puis il marmonna quelque chose que je n'entendis pas, avant d'ajouter :

— Nous sommes dans le même cas que vous, Clee, nous devons rentrer le plus tôt possible. Mais nous essaierons d'y faire au moins une apparition.

Nous n'avons rien pu dire de plus, car la foule nous poussait en avant. La bousculade nous sépara de Clee et de Nicky et, vers le milieu de la nef, on nous fit asseoir dans une stalle. Furieuse, j'ai empoigné Jake par le bras et me suis penchée vers lui.

— Tu ne m'as jamais parlé d'une veillée, lui ai-je chuchoté à l'oreille.

— J'ai pensé qu'il valait mieux attendre que nous soyons ici, répondit-il d'un air contrit.

— Et qui l'organise, je te prie ?

J'avais du mal à maîtriser ma colère et à parler à voix basse.

— Les enfants de Tony, Rory et Moira. J'ai la nette impression que tu n'as pas envie d'y aller, n'est-ce pas ?

— Sous aucun prétexte !

3

Dieu merci, plusieurs personnes entrèrent à ce moment-là dans notre stalle, sinon la discussion aurait dégénéré. J'étais folle de rage contre Jake de ne pas m'avoir prévenue qu'il y aurait une veillée et je m'envoyais mentalement des gifles de ne pas y avoir pensé de moi-même, puisque Tony était irlandais. D'un autre côté, la tradition irlandaise voulait que la veillée se tienne après un enterrement, pas un simple office funèbre. Alors ? Les obsèques de Tony ayant eu lieu en Irlande, peut-être avait-on voulu offrir ainsi à sa famille et à ses amis l'occasion de se réunir, d'évoquer leurs souvenirs du défunt, de célébrer sa mémoire. Pour ma part, en tout cas, je me savais hors d'état de supporter une telle réunion, surtout après l'épreuve de l'office. Ce que je ne comprenais pas, c'est que Jake n'y ait pas même pensé.

Pendant que la musique d'orgue se répercutait sous les voûtes, j'ai discrètement regardé autour de moi. Ici et là, je reconnus dans la foule les visages familiers de ceux avec qui nous avions travaillé, ainsi que nombre de personnalités du journalisme et autres célébrités que je ne connaissais pas personnellement mais qui étaient faciles à identifier. Tony aurait été heureux et flatté qu'un aussi grand nombre d'amis, de confrères ou de simples connaissances se soient déplacés en son honneur.

N'ayant pu repérer dans l'assistance Rory et Moira, les enfants de Tony dont il m'avait maintes fois montré les photos, j'ai fermé les yeux un instant. La musique était mélancolique, comme il convient à une cérémonie funèbre, mais apaisante plutôt que triste, et je constatai avec soulagement que je réussissais à maîtriser mes sentiments — pour le moment, du moins.

Peu après, l'orgue cessa de jouer. Un prêtre récita des prières avant de prononcer une brève homélie à la mémoire de Tony, évoquant ce qu'il avait accompli dans le cours de sa vie et dont il pouvait être légitimement fier. J'ai préféré ne pas écouter, de peur de ne plus pouvoir me dominer et de me donner en spectacle ; je sentais déjà les larmes me monter aux yeux et je devais faire des efforts désespérés pour ne pas les laisser couler.

Mais mes efforts furent vains. Car lorsque le prêtre cessa de parler, un chant s'éleva sous les voûtes, la voix de soprano d'un jeune garçon d'une pureté si bouleversante qu'elle me donna la chair de poule et fit voler en éclats la fragile maîtrise de moi que je maintenais à grand-peine depuis le début de la cérémonie. Je dus précipitamment me cacher le visage dans les mains et mes larmes se mirent à couler sans que je puisse les retenir. Sentant le bras de Jake me prendre aux épaules afin de me réconforter, je me suis appuyée contre lui avec gratitude et, en redoublant d'efforts, j'ai réussi à me ressaisir. Mais quand le garçon cessa de chanter, je fis une fervente prière pour qu'il ne recommence pas, car j'étais hors d'état d'en supporter davantage.

Ce qui suivit ne fut pas moins bouleversant pour moi. Niall, le frère de Tony, prononça d'abord son éloge funèbre. Ce fut ensuite le tour d'Eddie Marsden, son plus vieil ami et collègue de l'agence, qui évoqua longuement leurs souvenirs communs. Rory prit la parole en dernier. J'aurais juré voir Tony lui-même plus jeune, dont Rory avait hérité non seulement le physique, mais jusqu'aux gestes et aux intonations. Il nous rappela combien son père séduisait tous ceux qui l'approchaient, il parla de ses talents, de sa modestie, de son horreur de la violence et des guerres dont il rapportait des images plus éloquentes que des livres, de sa profonde humanité et de sa compassion pour les victimes de la cruauté des hommes. Quand il évoqua l'amour de son père pour l'Irlande et sa famille, je sentis une fois de plus ma gorge se nouer et les larmes me venir aux yeux.

— La mort l'a emporté bien avant son heure, conclut-il. Mais il est mort en faisant ce qui le passionnait, être témoin de l'Histoire et l'enregistrer pour les générations futures. Peut-être n'est-il pas de plus belle mort que celle qui survient dans de telles conditions.

Et pourtant, me suis-je dit pendant que Rory terminait son allocution, il aurait pu vivre beaucoup plus longtemps. S'il n'avait pas pris autant de risques insensés, nous ne serions pas tous ici aujourd'hui en train de le pleurer. Je m'en voulus d'avoir eu cette pensée, mais elle ne faisait qu'exprimer la stricte vérité.

4

Rory s'était posté près du porche pour saluer les amis de son père à mesure qu'ils quittaient l'église. Un sourire chaleureux apparut sur ses lèvres aussitôt qu'il eut reconnu Jake. Il était flanqué de sa sœur Moira et, de l'autre côté, d'une femme mince et rousse qui, même de loin, paraissait très belle. Il ne me fallut qu'une seconde pour comprendre qu'il s'agissait de Fiona, l'ex-femme de Tony, et me sentir saisie d'un tremblement difficile à maîtriser.

Comme s'il l'avait deviné, Jake me prit le bras pour me soutenir.

Visiblement enchantée de le voir, Fiona lui fit un large sourire. Jake me lâcha quand nous fûmes devant elle et lui donna l'accolade avant de faire de même avec Moira et Rory.

— Fiona, je te présente Val Denning, dit-il un instant plus tard en me poussant en avant.

— Bonjour, Val, répondit-elle avec un sourire et en me tendant la main.

Je ne pus que bredouiller un vague salut et j'inclinai la tête en évitant de la dévisager avec trop de curiosité. Elle avait un ravissant visage aux traits réguliers, des yeux très noirs, les pommettes hautes, une fossette au menton et le teint laiteux propre aux Irlandaises rousses. Une vraie beauté celte, ai-je pensé malgré moi.

— Je suis si heureuse que vous ayez pu venir à Londres, dit-elle à Jake avec cet accent chantant qui trahissait ses origines. Franchement, j'avais peur que vous soyez tous les deux en mission. Merci de votre présence. Je compte sur vous tout à l'heure à la maison, n'est-ce pas ?

Jake hésita, me lança un bref regard interrogateur.

— C'est-à-dire que... Val ne se sent pas bien depuis hier soir.

Je ne pouvais faire autrement que de lui donner la réplique.

— C'est vrai, je suis mal fichue. J'ai bien peur d'avoir attrapé la grippe ou quelque chose de ce genre.

— Oh ! quel dommage, Val ! dit Fiona avec sincérité. J'aurais tant voulu vous donner à tous les deux un souvenir de Tony. La maison en est pleine, vous auriez pu choisir ce que vous vouliez, un de ses appareils par exemple — connaissant Tony, aucun objet ne lui a jamais été plus cher, ajouta-t-elle avec un demi-sourire.

— Faites quand même l'effort de venir, Jake, intervint Rory, vous avez si longtemps travaillé avec papa. Et vous aussi, Val. Si vous ne vous sentez pas trop mal, bien entendu. Ce ne sera pas une vraie veillée mortuaire, vous savez. Il y aura juste quelques amis qui se réuniront pour évoquer le souvenir de mon père dans son cadre familier, avec les membres de sa famille.

— C'est vrai, renchérit Fiona. Et ça n'aurait pas le même sens sans toi, Jake. Vous étiez si intimes, Tony et toi. Les enfants et moi comptons sur ta présence.

Je n'entendis pas la réponse de Jake car, depuis un instant, je fixais Fiona des yeux. Je savais désormais avec certitude qu'elle n'était pas du tout l'ex-femme de Tony, mais bel et bien sa femme.

Ou, plutôt, sa veuve.

CHAPITRE CINQ

1

— Tony m'avait affirmé à la fin de juillet qu'il était divorcé. Pourquoi m'as-tu caché qu'il ne l'était pas ?

— Parce que je croyais qu'il l'était, répondit Jake.

— Et pourquoi, je te prie ? Tu étais son meilleur ami, tu es visiblement en excellents termes avec Fiona. Tu devais quand même être au courant de ce qui se passait entre eux !

Nous nous affrontions dans ma chambre de l'hôtel Milestone où Jake m'avait raccompagnée en sortant de l'église. Foudroyée par la vérité, je m'étais hâtée de prendre congé de Fiona en prétextant un malaise, mais Jake avait fini par céder à son insistance et accepter d'aller chez elle après m'avoir déposée à l'hôtel. En chemin, quand il m'avait demandé les raisons de mon départ précipité, j'avais refusé de lui répondre en présence du chauffeur. Maintenant seulement, nous pouvions parler à cœur ouvert.

Il fit un pas vers moi d'un air conciliant, les bras tendus.

— Non, Jake, ai-je répliqué en reculant, je ne

suis pas d'humeur à me laisser consoler ! De toute façon, je veux aller au fond du problème. Je t'ai toujours considéré comme un ami sûr, mon meilleur ami en fait, mais je commence à me poser des questions.

Jake le prit mal. Je vis ses mâchoires se crisper, ses yeux bleus prendre la nuance de l'acier.

— Ah non ! protesta-t-il. Je ne te permettrai pas de mettre en doute mon amitié et ma loyauté ! Et cesse de me rendre responsable de ta déception, Val, je ne suis dans cette affaire qu'un témoin innocent. Écoute-moi un moment, je te prie.

— Je ne demande que cela.

— Tony et moi étions très intimes, c'est vrai, mais il ne me faisait jamais de confidences sur sa vie privée. J'étais au courant de ses nombreuses aventures, bien entendu, mais...

Jake s'interrompit, gêné d'avoir laissé échapper des mots pouvant me chagriner. Ce n'était pourtant pas le cas.

— Continue, Jake, je n'en ignore pas grand-chose moi non plus.

— Puisque tu le prends ainsi... Tu n'étais donc pas sa première conquête, mais Tony n'a jamais quitté Fiona. Elle était son amour de jeunesse, la mère de ses enfants ; en un sens elle était sacrée. C'est du moins ce que j'ai toujours cru car, comme je viens de te le dire, Tony ne me parlait pas plus de sa vie conjugale ou de ses problèmes que moi de mon divorce avec Sue Ellen. Il nous arrivait d'y faire allusion, bien sûr, mais juste en passant. Ce n'est que lorsque c'est devenu plus... sérieux avec toi l'année dernière que j'ai envisagé l'impensable, c'est-à-dire qu'il quitterait Fiona. Non qu'il m'en ait jamais rien dit, remarque, pas plus qu'il ne m'a soufflé mot à ton sujet. Pourtant, quand il est venu à Paris en juillet, il m'a annoncé à brûle-pourpoint qu'il était divorcé et...

— Et tu en étais resté baba, comme on dit vulgairement, l'ai-je interrompu.

— En un sens, oui. Comme je le savais très catholique, je croyais que, pour lui, le divorce était hors de question. D'un autre côté, je comprenais qu'il veuille reprendre sa liberté pour une femme aussi exceptionnelle que toi.

— Pourtant, il nous a menti à tous les deux. Il n'était pas divorcé.

— Nous n'en sommes pas certains, Val...

— Oh, que si ! Moi, en tout cas, j'en suis persuadée.

— Ne nous emballons pas. Considère, par exemple, l'attitude de Fiona aujourd'hui. Elle ne jouait pas les veuves éplorées. Elle était un peu triste, certes, mais pas accablée. De plus, elle ne reçoit chez elle que quelques amis. Autrement dit, elle ne semble pas accorder une importance démesurée à cette commémoration.

— Tes arguments ne sont pas très convaincants, Jake.

— Tu supposes qu'ils n'étaient pas divorcés parce que Fiona a dit que la maison était pleine des affaires de Tony et que Rory a parlé de lui comme s'il avait toujours vécu au sein de sa famille ?

— C'est un élément.

— Mais cela ne veut pas dire qu'il était toujours marié avec Fiona au moment de sa mort ! Réfléchis un instant, Val. S'ils étaient vraiment divorcés, personne n'y ferait allusion un jour comme aujourd'hui, son fils moins que tout autre. Ses amis et ses proches ont voulu honorer sa mémoire, sa situation conjugale n'a rien à y voir.

— Peut-être. Mais il y a aussi le comportement

de Fiona à mon égard. S'ils étaient divorcés à cause de moi, pourquoi s'est-elle montrée aussi gentille ? Je dirais même aussi amicale ?

— Parce qu'elle ignorait tes rapports avec Tony, voilà tout. Tu aurais tort d'en tirer des conclusions hâtives, Val.

Avant de répondre, j'ai réfléchi un moment à ce qu'il venait de dire en me mordillant les lèvres.

— Admettons. La meilleure manière de savoir la vérité serait de demander à Fiona si Tony et elle étaient ou non divorcés.

— Tu ne ferais pas une chose pareille ! protesta Jake.

— Moi, non. Mais toi, tu pourrais.

— Ah non ! Pas moi. Et encore moins aujourd'hui.

Une fois de plus, je dus remettre de l'ordre dans mes pensées.

— Écoute, Jake, je vais te poser une question à laquelle je te demande de répondre aussi sincèrement que tu le pourras. As-tu réellement cru que Tony et Fiona étaient divorcés ?

Jake réfléchit un instant.

— Honnêtement, oui...

Il marqua une longue pause. Une lueur de doute apparut dans son regard quand il reprit la parole.

— Très franchement, Val, je n'en suis plus aussi certain. Mais d'un autre côté, pourquoi m'aurait-il annoncé la nouvelle en même temps qu'à toi ? Pourquoi inventer une chose pareille ? ajouta-t-il avec un geste fataliste. Dans quel but ?

— Je ne sais pas, Jake. Mais fie-toi à l'instinct d'une femme — de *l'autre* femme, en l'occurrence. Tony et Fiona n'ont jamais divorcé.

2

J'ai quand même fini par accompagner Jake chez Fiona à Hampstead. Ma décision ne lui plaisait guère, à vrai dire, car il craignait que je sois désagréable avec Fiona, mais je lui avais promis de me conduire convenablement. Il savait que je tenais toujours parole et que je n'étais pas de celles qui font des esclandres en public.

À la fin de notre discussion, je m'étais résolue à l'accompagner, ne serait-ce que pour aller au fond de la question et découvrir la vérité ou, du moins, avoir le maximum d'éléments. Je m'étais dit aussi que la maison m'en apprendrait beaucoup sur la nature des rapports de Fiona et de Tony, qu'il l'ait désertée récemment ou non. J'aurais aussi l'occasion de rencontrer ses enfants. Rory avait maintenant dix-huit ans, Moira vingt ans. L'expérience m'avait appris que les enfants dévoilent souvent énormément de choses sur leurs parents sans être conscients de trahir des secrets. J'espérais qu'il en irait de même aujourd'hui.

3

Où donc était le monstre, la harpie, la femme déséquilibrée dont j'avais si souvent entendu Tony se plaindre ? À moins que Fiona ne soit une actrice consommée ou ne souffrît d'un dédoublement de la personnalité, je la cherchais en vain. Plus je découvrais son caractère enjoué et son charme sans affectation, plus le syndrome du Dr Jekyll et de Mr Hyde me paraissait douteux dans son cas, pour ne pas dire absurde. Je savais qu'elle avait quarante ans, bien qu'elle soit loin de porter son âge. Jolie, gracieuse dans ses gestes comme dans ses attitudes, elle retenait surtout l'attention par sa chevelure couleur de feu et l'éclat de ses yeux noirs.

Nous n'étions que onze invités au lunch, y compris Fiona et ses deux enfants, ainsi que Niall, le frère de Tony, et sa femme. Jake étant en grande conversation avec Moira et Rory à l'autre bout de la pièce, je me suis assise seule dans un canapé près de la porte-fenêtre donnant sur le jardin pour me détendre et repasser dans ma tête les événements de ces dernières heures. Je venais de vivre une matinée riche en surprises, plus troublantes que je ne m'y étais attendue.

Le paysage que je découvrais dehors était apaisant. Dans ce quartier de Hampstead, encore presque rural par endroits, on aurait pu se croire en pleine campagne plutôt qu'à Londres. La solitude relative que je m'étais ménagée en m'asseyant là me faisait du bien. Le brouhaha des conversations que j'entendais derrière moi ne me dérangeait pas, au contraire, car je me sentais appartenir au groupe même si je m'en étais momentanément séparée.

De ma place, je voyais de grands arbres, une pelouse verdoyante bordée de buis taillés au centre de laquelle une fontaine ancienne lançait un jet d'eau aux reflets irisés. Au-delà, on distinguait un mur percé d'une grille en fer forgé donnant accès à un verger, dont Fiona m'avait parlé un peu plus tôt avant d'ajouter : « L'endroit préféré de Tony. Il aimait tant son jardin ! »

Je m'étais contentée d'approuver d'un sourire et d'avaler en hâte, afin de dissimuler ma stupeur, une gorgée — suivie de plusieurs autres — du sherry que Jake m'avait servi. La remarque de Fiona était tellement inattendue que je ne savais quoi répondre. Aucune réponse, il est vrai, n'était nécessaire.

Tony jardinier ? Quand diable avait-il le temps de flâner dans son jardin, encore moins d'en prendre soin ? Fiona n'avait pourtant aucune raison de m'en avoir parlé si ce n'était pas vrai. Qu'aurait-elle eu à y gagner ? Rien, bien sûr. Elle avait d'ailleurs dit ces quelques mots de la manière la plus naturelle, sans aucune préméditation.

La vérité était donc très simple. Tony trouvait le temps de profiter de son jardin parce qu'il ne manquait jamais de se précipiter à Londres à la fin de chacune de ses missions en nous laissant, Jake et moi, rentrer seuls à Paris. Et il invoquait toujours d'excellentes raisons : il devait rendre compte à son agence, régler des affaires courantes, voir ses enfants, déjeuner avec son frère, passer un examen médical, aller chez le dentiste — bref, mille et un prétextes de s'éloigner de moi quand nous aurions pu disposer ensemble de quelques loisirs. L'été dernier, il avait passé tout le mois de juin et la plus grande partie de juillet à Londres, période idéale pour se prélasser dans un jardin, même en Angleterre ! Il ne nous avait rejoints à Paris qu'à la fin juillet, juste avant notre départ pour le Kosovo.

Connaît-on jamais vraiment une personne ? me suis-je demandé amèrement. Jusqu'au début de cette matinée, j'avais cru tout savoir de Tony Hampton. Je me rendais compte maintenant qu'il était pour moi un inconnu.

Le choc que j'avais eu en prenant conscience à l'église de me trouver devant la veuve de Tony et non son ex-femme, comme je l'avais cru, s'était quelque peu atténué au fil des heures. J'avais quitté l'église folle de rage avant de me résoudre à admettre que j'avais été dupée. Mieux, ou pire, je m'étais résignée à accepter le fait que Tony m'avait sciemment séduite l'année dernière et que je m'étais bêtement laissé aveugler par son charme. L'intérêt soudain et inattendu qu'il me manifestait, alors qu'il ne me traitait depuis des années qu'en simple camarade, avait en quelque sorte annihilé mes facultés de jugement et ma lucidité. Mais comment résister à sa beauté virile, à son sens de l'humour, à son intelligence, à sa sensualité ? Aucune femme, à ma connaissance, n'en avait été capable...

Je m'étais toujours fiée à mon intuition et celle-ci, ce matin, m'avait dit que Tony était marié avec Fiona au moment de sa mort. J'étais désormais persuadée que mon instinct ne me trompait pas, même si Jake semblait encore hésiter. La conduite de Tony en juillet dernier ne m'en paraissait que plus déroutante. Pourquoi nous avoir annoncé, à Jake et à moi, qu'il était divorcé ? Je ne le harcelais certes pas pour me faire épouser. Et pourquoi commettre un mensonge aussi énorme ? Quelle motivation avait pu l'y pousser ? Qu'espérait-il y gagner ? Toutes ces questions sans réponses, ainsi que nombre d'autres, tournoyaient dans ma tête tandis que j'étais assise chez lui, où sa veuve tenait son rôle d'hôtesse attentionnée envers ses invités.

Tony avait-il voulu gagner du temps pendant notre liaison ? Avait-il eu réellement l'intention de m'épouser, comme il me le disait si souvent, et se rendre ainsi coupable de bigamie ? Espérait-il que Fiona finirait par prendre l'initiative de le quitter ou, au contraire, que ce serait moi qui me lasserais d'attendre ? S'était-il retrouvé sans le vouloir si profondément engagé envers moi qu'il ne savait plus comment s'en sortir, d'où cette histoire de divorce et la bague en guise de... hochets pour faire diversion ? Espérait-il que quelque événement inattendu viendrait résoudre son dilemme à sa place ?

Tony aimait répéter que « la vie se charge de tout arranger ». La vie ou, plutôt, la mort, avait en effet tout arrangé à sa manière. Avait-il toujours eu le pressentiment qu'il mourrait ainsi ? Je me hâtai de chasser de mon esprit cette pensée car, si c'était vrai, elle m'aurait amenée à envisager que ses imprudences étaient préméditées. Avec un sentiment de frustration mêlé de désarroi, je dus finir par admettre que je ne saurais sans doute jamais ce que Tony avait dans la tête.

4

Me refusant à batailler plus longtemps contre l'énigme de la vie conjugale de Tony, je me suis accordé le plaisir de contempler le jardin un moment encore. Il était d'une beauté si paisible que je m'en sentis rassérénée et je me suis félicitée une fois encore d'être seule, sans personne pour m'importuner par des bavardages oiseux.

Les pluies torrentielles de la veille et du matin avaient cessé, le soleil brillait dans un ciel bleu tendre parsemé de petits nuages floconneux. C'était un de ces doux après-midi de septembre comme l'Angleterre en a parfois le secret. Les rayons du soleil qui commençait à décliner inondaient la pièce entière d'un éclat doré véritablement magique et, pour la première fois depuis que je m'y trouvais, je pris le temps de regarder autour de moi.

Il y avait aux murs d'intéressants tableaux modernes, quelques beaux meubles anciens ici et là mais, à l'évidence, la pièce avait été arrangée au hasard, sans parti pris décoratif. Accueillante et confortable, elle ne portait nulle part la marque de Tony, mais bien celle de Fiona.

J'en étais là de mon examen quand Jake s'approcha.

— Tu as l'air pensive. Tout va bien ?

— Oui. Je réfléchissais, je mettais de l'ordre dans mes pensées.

— Nous en parlerons plus tard, répondit-il avec un demi-sourire. En attendant, Val, viens donc faire un tour au buffet. Nous devrons aller directement à l'aéroport, on ne nous servira pas de repas dans l'avion et tu ne peux pas rester sans rien manger de la journée.

Je dus convenir qu'il avait raison.

5

Ce fut dans le bureau de Tony que la vérité m'apparut enfin.

Jake et moi finissions de nous restaurer quand Fiona s'approcha pour nous dire, sur le ton de la confidence :

— Éclipsons-nous un instant, je voudrais vous faire choisir un souvenir de Tony.

Elle nous guida dans un couloir du premier étage vers la pièce, plus longue que large mais spacieuse, qui avait été le domaine privé de Tony. Le seuil à peine franchi, je sentis que nul autre que lui n'avait pu occuper ce lieu, qui portait partout son empreinte.

Le premier objet qui me sauta aux yeux fut la casquette de base-ball. Comment l'aurais-je oubliée ? C'est moi qui la lui avais achetée l'année dernière, quand nous étions en vacances dans le midi de la France. Il y avait d'autres couvre-chefs pendus à la rangée de patères près de la porte, mais ma casquette de base-ball était son préféré. La manière dont elle était accrochée un peu de travers, comme s'il venait de l'y lancer un instant plus tôt avec désinvolture, me serra le cœur.

Je me suis avancée dans la pièce. Une rangée de placards à portes coulissantes tapissait un des murs jusqu'à la fenêtre, les classeurs sans doute où il rangeait ses milliers de photos et de carnets de notes. J'aurais donné beaucoup pour les examiner, mais je savais qu'il ne fallait pas y compter.

Des piles de magazines, des livres et des appareils photographiques étaient alignés sur la longue tablette surmontant les placards. Au-dessus, le mur était couvert jusqu'au plafond de panneaux de liège sur lesquels Tony avait épinglé des dizaines de ses photographies — ainsi que plusieurs des miennes, ai-je découvert avec étonnement. M'en approchant, je fus aussitôt assaillie de tant de réminiscences que je me suis forcée à les étouffer, car je me rendais compte avec irritation que Tony les avait exposées là en guise de souvenirs de nos dernières vacances à Saint-Tropez. Je revis la mer, les plages, les arbres, les fleurs, les oiseaux, la nature vierge que je prenais tant de plaisir à photographier pour me changer des horreurs de la guerre. Aucune photo ne portait ma signature, bien sûr, mais je savais qu'elles étaient de moi.

Mon regard se posa ensuite sur l'appareil dont je lui avais fait cadeau, un Leica. Machinalement, je le pris en main, soudain furieuse contre Tony qui m'avait abusée, trahie. Fiona avait dû remarquer mon geste car je l'entendis s'exclamer derrière moi :

— Si vous voulez cet appareil, ma chère Val, gardez-le, je vous en prie. Les enfants ont déjà choisi ceux qu'ils préféraient. Je suis enchantée que Moira ait hérité de la passion de son père pour la photographie et qu'elle veuille suivre la même voie. Elle t'a sûrement déjà parlé de ses projets, n'est-ce pas, Jake ?

Je me suis retournée. Jake et Fiona se tenaient près du grand bureau qui occupait le milieu de la pièce. Jake me parut très las, comme si cette journée avait été aussi éprouvante pour lui que pour moi. De quoi Rory et Moira lui avaient-ils parlé si longtemps ? De Tony, sans aucun doute...

— Oui, répondit-il, elle me les a exposés en détail. Elle bout d'impatience d'entrer l'année prochaine à l'agence de Tony.

Je me suis rapprochée d'eux. Jake me prit par la taille d'un geste fraternel, presque protecteur.

— Merci, Fiona, cet appareil me fera plaisir, lui ai-je dit.

Je mentais, l'appareil ne me faisait aucun plaisir, mais j'aurais paru ingrate ou désagréable en refusant ce cadeau offert de bonne foi.

Fiona donna ensuite à Jake un petit écrin contenant des boutons de manchette en or ornés de lapis-lazulis et lui proposa de choisir lui aussi un appareil photographique, que Jake refusa.

— Merci, Fiona, mais j'en ai déjà tellement, se borna-t-il à dire.

Fiona prit enfin un carnet de chèques dans un tiroir du bureau.

— Tony te devait cinq cents livres, n'est-ce pas ? dit-elle en l'ouvrant. Il avait rédigé, daté et signé ce chèque avant de partir pour Paris à la fin de juillet dernier mais, étourdi comme il l'était, il a négligé de le détacher du chéquier pour te le donner. Je l'ai retrouvé l'autre jour quand j'ai enfin eu le courage de fouiller ses tiroirs.

— C'est exact, Tony s'était excusé de cet oubli et je lui avais dit que ce n'était pas grave. J'avais dû lui prêter de l'argent pour acheter des rouleaux de films quand nous étions en Jordanie en mars, ils sont hors de prix là-bas. N'y pense plus, Fiona, c'est sans importance.

— Non, non, prends-le, j'y tiens, dit-elle en lui tendant le chèque.

Comme j'étais tout contre lui, je ne pus faire autrement que de voir le chèque et de constater qu'il correspondait à un compte commun, ouvert au nom de Fiona et de Tony. La preuve qui confirmait mon intuition.

Elle avait eu avec lui un compte en banque. Des enfants. Une maison. Un jardin. Une vie entière, riche de souvenirs.

Et moi, qu'avais-je eu ? Et que me restait-il ?

CHAPITRE SIX

1

Pendant le trajet jusqu'à l'aéroport, Jake garda un silence maussade alors que je brûlais d'aborder avec lui les questions qui se bousculaient dans mon esprit. Après quelques efforts infructueux pour engager la conversation, j'ai jugé plus sage de me taire moi aussi. À l'évidence, il ne voulait pas plus parler de Tony et de Fiona que de Moira et de Rory, avec lesquels il avait passé un très long moment pendant le lunch. Il ne souhaitait pas davantage évoquer ce lunch ou le service religieux de la matinée. Je ne pouvais pas le lui reprocher, tout cela avait sans doute été aussi pénible pour lui que pour moi.

Comme toujours, Heathrow grouillait d'activité. Tandis que nous devions nous frayer un passage dans la foule, j'avais la nette impression que Jake était encore plus impatient que moi d'être de retour à Paris. Je m'efforçais de le suivre en me débattant avec le gros sac de voyage qui m'accompagnait partout et la besace qui me tenait lieu de sac à main, dont la bandoulière s'obstinait à glisser de mon épaule.

Jake s'avisa tout à coup de mes difficultés :

— Hé, Val ! Laisse-moi t'aider à porter tes bagages.

— Mais non, je peux me débrouiller toute seule. Tu es déjà assez chargé comme cela.

Je n'avais pas fini de protester qu'il me prenait le sac des mains :

— Désolé, Val, j'aurais dû y penser plus tôt. Je n'ai pas d'excuse, sauf que j'avais autre chose en tête. Je te néglige, ajouta-t-il avec un demi-sourire.

— Mais non, voyons ! Je suis une grande fille capable de porter ses bagages et de faire face à toutes les situations.

— Je n'en suis pas si sûr, grommela-t-il en me lançant un regard en coin.

Préférant ne pas répondre, j'ai continué à trottiner à côté de lui.

— De toute façon, ai-je dit un instant plus tard, je comprends que tu aies autre chose en tête. La mienne est pleine à craquer.

— Je m'en doute, répondit-il. Nous en sommes tous les deux au même point, je crois. J'ai grand besoin de m'éclaircir les idées, Val, de manière à pouvoir enfin voir les choses... comme elles sont, conclut-il après avoir hésité.

— Je sais que ce n'est pas le moment d'en parler, Jake. Mais dès que nous pourrons, nous devrons discuter tranquillement, essayer de comprendre ce qu'il y avait entre Tony et Fiona. Pour ma part, j'ai absolument besoin de m'expliquer la conduite de Tony, ai-je insisté.

— Bien sûr, bien sûr, bougonna-t-il.

Sans en dire davantage, il me précéda jusqu'au comptoir d'embarquement et fit enregistrer nos bagages.

2

Le vol durait à peine plus d'une heure, pendant laquelle je m'étonnai de voir Jake garder obstinément le silence, absorbé dans ses réflexions. À mes tentatives pour lancer la conversation, il ne répondait que par quelques mots avant de retomber dans son mutisme.

Quelqu'un qui ne le connaissait pas aurait pu penser qu'il boudait, mais je savais qu'il n'était pas sujet aux sautes d'humeur et gardait un tempérament égal en toutes circonstances. Foncièrement droit et honnête, il n'hésitait pas à dire ce qu'il avait sur le cœur. S'il m'en avait voulu pour une raison ou une autre, il me l'aurait déjà fait savoir. C'est pourquoi son attitude me déconcertait. Avait-il d'autres sujets de préoccupation que Tony Hampton ?

La tête appuyée au dossier de son siège, Jake avait fermé les yeux et paraissait assoupi, mais guère plus détendu. Pauvre Jake, me suis-je dit, je lui ai mené la vie dure depuis la mort de Tony. J'en eus aussitôt des remords. Chacun à notre manière, nous aimions beaucoup Tony, sa perte nous avait traumatisés et nous nous étions efforcés de nous prodiguer l'un l'autre consolation et réconfort.

À partir d'aujourd'hui, toutefois, nous devions considérer un Tony Hampton radicalement différent de celui que nous avions cru connaître. Un Tony beaucoup moins digne d'admiration. Un homme sans honneur, en ce qui me concernait du moins.

Pourquoi n'avais-je pas pris plus tôt conscience de cette faille dans son caractère ? Fière de la droiture et du sens des valeurs que m'avait inculqués mon grand-père, je m'étais toujours efforcée de m'y conformer et j'avais du mal à respecter ceux qui en étaient dépourvus. Une fois, il y a longtemps de cela, mon petit voyou de frère, Donald, m'avait déclaré que je plaçais mes principes beaucoup trop haut et que j'attendais trop des gens. « Pense ce que tu veux, Val, mais le monde est plein de gens pourris ! s'était-il écrié avec rage. De salauds qui trichent, qui mentent, qui volent. Et plus vite tu t'en rendras compte, mieux cela vaudra — pour toi, en tout cas ! »

Écœurée, je l'avais dévisagé en me demandant de sous quel rocher moisi il était sorti en rampant comme un répugnant insecte et je m'en étais détournée avec la ferme intention d'éviter à l'avenir toute discussion avec lui. Je n'y étais pas toujours parvenue, hélas ! Depuis notre enfance, je le savais entêté, obtus, dédaigneux de l'opinion des autres et n'écoutant jamais ce qu'on lui disait. Je ne me souviens plus du motif de son algarade de ce jour-là mais, à chaque fois que je sentais une dispute sur le point d'éclater entre nous, je prenais le parti de m'éclipser.

Tony m'avait dit une fois, lui aussi, que je plaçais mes principes beaucoup trop haut et que peu de gens sur terre étaient capables de répondre à ce que j'attendais d'eux. Je me suis demandé, dans l'avion qui nous ramenait à Paris, s'il ne pensait pas à son propre cas quand il m'avait dit ça. Je ne le saurai sans doute jamais, bien entendu.

3

Peu avant l'atterrissage, Jake sortit de son assoupissement et se tourna vers moi.

— Je n'ai pas été un compagnon de voyage bien

agréable, Val. Ne m'en veux pas trop, j'étais crevé quand nous sommes montés en avion. Je me suis endormi sans même m'en rendre compte.

— Je te comprends. Te sens-tu mieux, au moins ?

— Pas vraiment. Cet aller-retour à Londres a été pénible, surtout pour toi. Nous parlerons de Tony et de Fiona, je te le promets, mais un peu plus tard, d'accord ? Je ne m'en sens pas du tout capable ce soir.

— Quand tu voudras, Jake. Mais j'y tiens, ne l'oublie pas.

— Je sais, Val. J'y tiens moi aussi, tu sais, et pour nombre de raisons. Je te déposerai chez toi, dit-il en me prenant la main, et je te téléphonerai demain matin.

— Comme tu veux.

J'étais déçue. J'espérais que nous pourrions dîner ensemble et commencer à tenter de percer le mystère dont Tony restait enveloppé à mes yeux. Mais mieux valait attendre. Quand Jake serait prêt, il y verrait plus clair et j'avais grand besoin de sa lucidité.

CHAPITRE SEPT

1

Paris, septembre. Le personnage public de Tony Hampton avait de quoi éblouir : correspondant de guerre intrépide, l'un des plus brillants de sa génération, il était courageux, beau, séduisant, plein d'esprit, bon vivant, généreux. Mais sa face cachée dévoilait un menteur, un tricheur menant une double vie. J'en étais désormais persuadée, même si je ne pouvais encore me fonder que sur mon intuition.

Jake ne partagerait peut-être pas ma conviction, mais celle-ci ne varierait pas. Les quelques heures que je venais de passer chez Tony, au sein de sa famille, m'en avaient apporté la preuve. Jusqu'à son départ de Londres à la fin juillet, pour nous rejoindre Jake et moi à Paris avant notre départ au Kosovo, il avait mené la vie de ce qu'il est convenu d'appeler un « bon père de famille ».

Assise dans ma chambre devant mon petit bureau, je pris la photo de Tony dans son cadre d'argent et contemplai son visage. Sur le pont du sloop au large de Saint-Tropez, il clignait des yeux contre le soleil, il souriait. Il était si beau, si séduisant. Et si énigmatique...

Pourquoi vivait-il une existence aussi compliquée ? me demandais-je. Quelles raisons morbides pouvaient l'y pousser ? Il aurait été un sujet idéal pour un psychiatre. Une fois étendu sur le divan, Dieu sait ce qu'il aurait révélé... Ou caché ? me suis-je aussitôt corrigée. Un malade mental est souvent un habile dissimulateur.

Malade mental ?...

À peine formulé, le terme me fit sursauter, car je ne m'expliquais pas qu'il me soit venu à l'esprit. Et pourtant, plus j'y réfléchissais, plus il me paraissait approprié. Tony devait bel et bien souffrir d'une forme de désordre mental. Un menteur pathologique, voilà ce qu'il était.

Le cœur serré, j'ai reposé le cadre à sa place. Depuis le début de la journée, je braquais presque inconsciemment un microscope sur Tony Hampton. Ce que j'avais observé me déplaisait et les conclusions que j'en tirais n'avaient rien non plus de particulièrement réjouissant. Tony n'était pas un simple menteur, par courtoisie ou par diplomatie comme nous le sommes tous à un moment ou à un autre, mais un menteur pathologique, qui dissimulait ou altérait sciemment la vérité. Ses mensonges, délibérés ou par omission, étaient graves, dangereux, risquaient de blesser les autres, de changer le cours de leur vie, plus souvent pour le pire que pour le meilleur.

Le mensonge était sans doute devenu pour lui un mode de vie. Il ne pouvait plus s'arrêter de mentir puisqu'il mentait malgré lui et que, pris dans cet engrenage, il devait continuer à mentir pour se protéger. L'écheveau de contre-vérités qu'il avait tissé s'était refermé sur lui comme un piège dont il ne pouvait plus s'échapper. Je ne pouvais pas non plus oublier son goût de l'adultère, devenu pour lui au fil des ans une passion irrépressible, une sorte de drogue.

Jake n'avait pas eu besoin de me rappeler les innombrables aventures de Tony avant — peut-être même pendant —notre liaison, nous avions assez longtemps travaillé et voyagé ensemble pour que je n'en ignore rien. Bien entendu, Tony essayait de les garder secrètes, car il considérait que sa vie privée ne regardait personne, moi moins que quiconque. Jake non plus ne s'en mêlait pas.

Mais je ne pouvais m'empêcher de calculer que deux et deux faisaient six. Dans ce domaine Jake et Tony m'avaient toujours sous-estimée. Et si je ne faisais jamais allusion aux conquêtes internationales de Tony, cela ne voulait pas dire que j'ignorais leur existence. J'étais parfaitement au courant, mais je m'en moquais puisque je n'étais pas amoureuse de lui ni ne figurais encore à son tableau de chasse. De toute façon, cela ne changeait rien à mon opinion sur lui à l'époque, celle d'un homme remarquable dont j'admirais le talent. En fait, j'estimais que c'était pour moi un honneur de travailler avec lui.

Malgré tout, que Jake ait pu croire que je ne savais rien de la vie agitée que menait Tony sur le plan, disons... sentimental pour respecter la décence, était absurde, sinon puéril. Pour qui me prenaient-ils, Tony et lui ? Je n'étais quand même pas naïve à ce point !

Et ces femmes, toutes ces femmes... L'une d'elles, en particulier, me revint en mémoire, parce que je l'avais connue et qu'elle m'était profondément antipathique.

2

En avril 1996, Tony et moi étions au Proche-Orient, pour une fois sans Jake qui avait dû aller à New York régler ses problèmes de divorce. Chacun pour notre agence, nous devions couvrir les hostilités qui venaient à nouveau d'éclater au Liban entre Israël et le Hezbollah.

L'interminable guerre civile était finie et la situation revenait peu à peu à la normale quand le conflit était survenu. Pour la première fois depuis quatorze ans, les Israéliens avaient directement frappé Beyrouth en bombardant des installations civiles à l'aide de missiles lancés de navires au large des côtes. Ils n'étaient cependant pas les agresseurs, car ils ne faisaient que réagir aux récents bombardements d'Israël par le Hezbollah à partir de ses bases du Sud-Liban. Comme il fallait s'y attendre, le Hezbollah avait immédiatement exercé des représailles en bombardant Israël. Cet engrenage fatal menaçait de durer longtemps.

Par une belle fin d'après-midi de printemps, Tony et moi étions donc à Beyrouth au bar de l'hôtel Marriott, dans le quartier de Hamra. Je n'oublierai jamais ce jour-là, car nous étions tous très inquiets du sort de notre confrère Bill Fitzgerald, correspondant de la chaîne câblée américaine CNS, qui avait disparu quelques jours auparavant. Deux membres de son équipe étaient avec lui dans la rue, ils avaient vu trois individus le pousser dans une Mercedes qui avait démarré en trombe. Ses deux collègues avaient aussitôt sauté dans leur voiture et pris en chasse le véhicule des ravisseurs, mais ceux-ci avaient très vite disparu dans un labyrinthe de rues et de ruelles qu'ils connaissaient mieux que personne.

Depuis, nul n'avait plus de nouvelles de Bill et aucune organisation terroriste n'avait revendiqué son enlèvement. Qui l'avait pris en otage, dans quel but, nous n'en savions rien. Aussi, tandis que nous buvions l'apéritif ce soir-là au bar du Marriott avec un groupe de correspondants de la presse internationale, les suppositions et les hypothèses allaient bon train.

3

— Le Jihad islamique, ai-je dit à mes compagnons. C'est eux qui l'ont enlevé, j'en suis sûre.

— Pourquoi, Val ? demanda Tony. Si c'est eux, quel bénéfice en espèrent-ils ? Prendre un journaliste en otage ne les mènerait à rien.

— Ce ne serait pas leur coup d'essai, ai-je répliqué. N'oublie pas que le Jihad est le bras armé du Hezbollah. Ce sont de dangereux fanatiques, ils ne reculent devant rien s'ils croient servir leur cause.

Sans répondre, Tony m'avait lancé un regard surpris.

— Je suis d'accord avec vous, Val, intervint Frank Petersen, du magazine *Time*. Le Jihad est un ramassis de cinglés et, à mon avis du moins, ce ne peut être qu'eux qui ont fait le coup. N'oublions pas qu'ils avaient déjà pris Terry Anderson et William Buckley en otages pendant la guerre civile.

— Et ils avaient gardé Terry sept ans. C'est épouvantable ! Sait-on si la chaîne de Bill essaie de le faire libérer ?

— Ils ne peuvent pas faire grand-chose, Val.

Cette réponse avait été lancée par Joe Alonzo, qui venait de nous rejoindre. Preneur de son de Bill

Fitzgerald, il était avec lui au moment de son enlèvement.

— La photo de Bill a été diffusée à Beyrouth et dans tout le Liban, poursuivit Joe en s'asseyant avec nous. Tout le monde, y compris la Maison-Blanche, intervient auprès du gouvernement libanais et même du gouvernement syrien. Mais tant que personne ne revendiquera l'enlèvement, CNS ne pourra rien faire de concret. Il faut au moins savoir avec qui négocier.

Allan Brent, chef du bureau de CNN au Moyen-Orient, entra à ce moment-là et traversa le bar vers notre table.

— Nous venons de recevoir un flash, annonça-t-il d'un air sombre. C'est le Jihad islamique. Du moins, c'est ce qu'ils prétendent.

— Ridicule ! laissa échapper Tony. Je ne comprends pas ! Quel intérêt ont-ils à enlever un journaliste ?

Visiblement bouleversé, Mark Lawrence, le correspondant de CNS qui avait pris la relève de Bill, arriva à son tour.

— Je suppose qu'Allan vous a déjà annoncé la nouvelle ? dit-il avant de fondre en larmes.

— Compte tenu de la situation actuelle, ai-je murmuré, j'ai bien peur que Bill ne soit sérieusement en danger.

Ma triste prédiction allait malheureusement être confirmée quelques semaines plus tard. Bill ne reparut pas vivant.

Pendant que les autres continuaient à échanger des idées et à exprimer leurs inquiétudes, Tony me dévisageait avec une attention ou, plutôt, une curiosité qui me déconcertait. J'avais l'impression qu'il me voyait pour la première fois et m'examinait sous un jour différent. Il ne s'était jamais encore conduit de cette manière avec moi.

— Qu'est-ce qui ne va pas ? avais-je fini par lui demander, agacée.

— Rien du tout. Où veux-tu dîner ce soir, Val ? enchaîna-t-il. J'ai invité Anne Curtis, je peux faire signe à Frank pour que nous soyons quatre. Nous pourrions aller danser après dîner, si cela te tente.

Il se balançait avec désinvolture sur sa chaise. J'en étais restée muette de stupeur. Comment pouvait-il penser au programme d'une soirée de distractions alors que nous étions tous plongés dans l'angoisse par l'enlèvement de notre ami Bill ? Qui aurait l'esprit à aller danser quand la vie d'un homme était en jeu ? me disais-je avec indignation. Je découvrais que Tony manquait de cœur et j'étais furieuse contre lui. Mais avant que j'aie eu le temps de lui dire ce que je pensais de sa conduite, Anne Curtis fit son entrée au bar.

Anglaise, avec un teint basané et des cheveux très bruns qui m'avaient longtemps fait croire qu'elle était d'origine méditerranéenne, elle était l'envoyée spéciale de la BBC. Elle m'avait à plusieurs reprises fait des avances amicales auxquelles, sans raison valable, je n'avais jamais donné suite. D'instinct, elle m'inspirait de l'antipathie.

Il était évident, en revanche, que Tony lui inspirait de la sympathie, pour ne pas dire plus. Elle s'était glissée d'autorité entre nous sur la banquette alors que Frank s'était levé pour lui avancer galamment une chaise. Et si Tony affectait une certaine indifférence à son égard, les regards qu'elle lui décochait m'en apprenaient bien assez sur la chaleur de ses sentiments.

J'avais vite deviné qu'ils étaient au beau milieu

d'une aventure torride, ce qui se confirma lorsque nous sommes sortis pour aller au restaurant, en traînant avec nous Frank Petersen qui nous suivait à contrecœur. Il suffisait de la voir littéralement baver de désir devant Tony pour comprendre, Frank en était même gêné. Je dois toutefois rendre justice à Tony qui, pendant tout ce temps, ne battit pas un cil, comme s'il ne remarquait rien ou que la fille lui était indifférente. Il aurait mérité un oscar, avais-je pensé sur le moment.

Le lendemain, dans le hall de l'hôtel Commodore, j'étais tombée sur Anne qui s'était précipitée vers moi, écumant de rage, en m'accusant d'avoir gâché la soirée de la veille :

— Inutile de dire que c'était pour vous une corvée, vous faisiez une tête d'enterrement ! Vous nous avez rebattu les oreilles avec Bill Fitzgerald, au point que ce pauvre Frank ne savait plus où se mettre. C'est son meilleur ami, vous ne le saviez pas ?

— C'est plutôt votre conduite ridicule qui embarrassait Frank, avais-je répliqué.

— En tout cas, vous n'aurez pas Tony ! Il est à moi et je le garde, compris ? Bas les pattes, sinon vous vous en mordrez les doigts.

Ahurie par cette sortie, je me souviens de lui avoir dit qu'elle se trompait du tout au tout avant de m'éloigner, mortifiée. J'étais moins furieuse contre elle que contre Tony, qui m'avait mise dans cette situation grotesque. J'ai longtemps gardé un souvenir affreux de cette soirée. Non que les accusations d'Anne m'aient vexée tant elles étaient ridicules. C'était plutôt l'indifférence de Tony envers le pauvre Bill et son manque de cœur qui m'avaient choquée.

Plus tard, bien entendu, je lui ai trouvé des

excuses. Nous autres, correspondants de guerre, vivons dans un danger continuel et prenons constamment des risques, de sorte que nous devenons immunisés contre les drames qui nous entourent. Mais est-ce bien une excuse ?

4

Je repris la photo de Tony sur mon bureau et la remis dans un tiroir. J'avais parfois l'impression que ses yeux me suivaient quand je me déplaçais dans ma chambre et je ne voulais plus être soumise à ce regard qui me donnerait désormais un malaise. Peut-être, me suis-je dit, ferais-je mieux de sortir la photo de son cadre et de la déchirer. De déchirer toutes les autres photos de Tony, avec les lettres qu'il m'avait adressées depuis un an. Oui, ai-je décidé, mais je le ferai demain. Ce soir, j'étais trop fatiguée, physiquement et moralement.

Il y avait quand même une chose que je pouvais faire tout de suite.

J'ai enlevé de mon doigt la bague de Tony, l'anneau d'or aux turquoises, que j'ai regardé un moment. J'allais la jeter dans la corbeille à papiers quand je me suis ravisée. Jeannine, ma fidèle femme de ménage, viendrait le lendemain, elle l'y trouverait peut-être et la poserait sur ma table sans comprendre que je l'avais jetée volontairement. Je suis donc allée à la cuisine et je l'ai jetée au fond de la poubelle, en versant par-dessus le vieux marc encore humide dans le filtre de la cafetière. Personne n'aurait l'idée d'aller fouiller dans ces saletés.

Je n'avais pas l'esprit plus en repos en regagnant ma chambre. Intimement persuadée que mes déductions étaient justes, je m'étais surtout résignée au fait d'avoir été sciemment trompée et prise pour une imbécile. Le soir de notre première sortie en amoureux, Tony m'avait affirmé qu'il venait d'engager la procédure de divorce. Il mentait. Et il n'avait jamais eu l'intention de m'épouser.

Un long soupir m'échappa. Je devais maintenant me ressaisir, repartir de zéro, faire l'effort de redonner à ma vie son cours normal. Mais avant de m'en sentir capable, il fallait que je me libère de tout ce qui me pesait sur le cœur. Il fallait que je parle à Jake, personne d'autre au monde ne pourrait comprendre le tumulte de mes sentiments, ma détresse, ma douleur morale. Et personne d'autre, à coup sûr, ne se souciait de mon sort autant que lui.

Après tout, il était mon meilleur ami.

CHAPITRE HUIT

1

Jake me téléphona le lendemain matin comme il me l'avait promis dans l'avion et nous sommes convenus de nous retrouver pour déjeuner au Bar des Théâtres, avenue Montaigne. C'était un de ses repaires préférés, car on y voyait souvent les ravissants mannequins des célèbres maisons de couture du quartier.

Quand il se leva pour m'accueillir, je lui trouvai bien meilleure mine que la veille. Ses yeux avaient retrouvé leur éclat, un large sourire illuminait son visage. Pendant nos vingt-quatre heures à Londres et jusqu'à notre retour à Paris, il m'avait paru épuisé, abattu, très différent du Jake que je connaissais, toujours débordant d'énergie et d'optimisme.

— Tu es éblouissante, Val, dit-il en m'embrassant sur la joue. Cet ensemble blanc te va infiniment mieux que le noir.

Parce que je ne suis plus en deuil, me suis-je retenue de dire.

— Toi aussi, tu as l'air en pleine forme, me suis-je contentée de répondre en souriant.

— Je sais que tu as hâte de me parler de Tony, dit Jake après avoir commandé deux verres de sancerre en guise d'apéritif. Je suis prêt à t'écouter quand tu voudras, maintenant ou après le déjeuner.

— Commençons tout de suite, si tu veux bien. J'ai passé une nuit blanche à tout retourner dans ma tête, jusqu'aux moindres détails. De quelque manière que je m'y prenne, j'arrivais toujours aux mêmes réponses et...

Je me suis interrompue afin de chercher le mot juste.

— Et alors ? m'encouragea-t-il.

— Alors, je suis maintenant convaincue de certaines choses sans que personne ait besoin de me les confirmer. Tony était un menteur pathologique, Jake. Il menait une double, que dis-je, une multiple vie. Il jonglait entre ses innombrables maîtresses et Fiona, avec laquelle je compatis désormais du fond du cœur. Il n'était pas divorcé ni n'en a jamais eu l'intention. Tony voulait tout avoir, le beurre et l'argent du beurre. Ne me dis pas que je me trompe, je ne te croirais pas.

— Non, je suis d'accord avec ce que tu viens de dire. Mais c'est un trait de caractère masculin qui n'est pas rare, Val. Depuis la plus haute Antiquité, on ne compte plus les hommes qui ont voulu avoir des maîtresses tout en gardant leur épouse légitime. Celui qui veut mener une double vie doit en même temps savoir mentir, cela va de soi. Et, je te le répète, ce n'est ni nouveau ni exceptionnel.

— C'est vrai, Jake, mais ce n'est pas tout.

— Vas-y, je t'écoute.

Le serveur qui apportait nos apéritifs nous interrompit un bref instant.

— Il y a un peu plus d'un an, ai-je repris, juste avant que Tony et moi nouions les rapports que tu connais, il m'a confié pendant un déjeuner qu'il venait de se séparer légalement de Fiona et que la procédure de divorce était engagée.

Jake me dévisagea, visiblement stupéfait.

— Je n'imaginais pas qu'il avait pu te dire une chose pareille !

Nous avons trinqué, bu une gorgée de sancerre.

— Je suis maintenant certaine que c'était un mensonge pur et simple, ai-je repris. Il a inventé cette histoire parce qu'il me connaissait assez pour savoir que je ne ferais rien avec un homme marié. L'adultère a toujours été contraire à mes principes, je ne le lui ai jamais caché.

— Oui, nous le savions tous les deux, lui et moi.

— C'est une simple question d'honnêteté, Jake. Et Tony Hampton n'était pas un honnête homme. Jusqu'à hier, pourtant, je croyais qu'il l'était.

— Moi aussi. Dans sa vie personnelle, du moins, car il était parfaitement honnête dans sa vie professionnelle.

— C'est exact.

Jake réfléchit un instant pendant que je goûtais de nouveau mon sancerre.

— Ton intuition d'hier était juste, dit-il enfin. Celle que tu as eue à l'église, quand tu as tout à coup eu la certitude que Fiona était la veuve de Tony et non son ex-femme.

— Elle te l'a dit elle-même ?

— Bien sûr que non ! Je n'ai même pas abordé le sujet avec elle. Mais j'en ai acquis la conviction après ma longue conversation avec Rory et Moira pendant le lunch. Ils m'ont chanté les louanges de Tony, m'ont expliqué en long et en large quel bon père il avait été pour eux jusqu'au dernier jour. Rory m'a décrit les six merveilleuses semaines qu'ils avaient passées avec lui en juin et juillet, avant son départ pour le Kosovo. Moira avait les larmes aux yeux en me disant qu'il l'avait présentée à son agence et obtenu qu'elle y entre l'année prochaine. Bref, ils m'ont brossé le portrait d'un mari et d'un père idéal.

Bien que Jake n'ait fait que confirmer ce que je savais déjà, je ne pus m'empêcher de me tasser sur mon siège et de sentir des larmes — de dépit, de chagrin ? — me monter aux yeux.

— Allons, Val, ne te laisse pas abattre, dit-il en me prenant la main. Remets-toi, je t'en prie. Tu as versé assez de larmes sur lui et il n'en vaut pas la peine, crois-moi.

— Tu as raison. Tony était un salaud.

2

— Il serait temps de penser à notre déjeuner, dit Jake un instant plus tard en faisant signe au serveur.

— Je n'ai pas très faim...

— Force-toi, tu es maigre comme un clou.

Sans tenir compte de mes protestations, il commanda deux entrecôtes maître d'hôtel avec leur garniture de légumes.

— Tu étais bien silencieux hier dans l'avion, lui ai-je dit après le départ du serveur. Qu'est-ce qui te préoccupait ? Pensais-tu à ce que Rory et Moira t'avaient dit sur Tony ?

— Oui. Je me rendais compte que ton intuition était juste et j'étais scandalisé de ce que Tony t'avait infligé.

— C'est en découvrant la maison que j'ai compris autre chose, Jake. Tony ne se servait de l'appartement de King's Road que pour développer ses photos et recevoir des femmes. Je n'ai jamais pu l'y joindre, le répondeur était branché en permanence et je devais laisser des messages. Il me rappelait, bien sûr, mais des heures plus tard. Quand j'essayais sur son portable, il était presque toujours éteint. L'appartement était correctement meublé et Tony y avait des effets personnels, c'est vrai, mais ce n'était qu'un décor. En réalité, il vivait à Hampstead avec Fiona et ses enfants.

— Tu as sans doute raison, Val. Je m'étonnais, moi aussi, que Tony ne décroche jamais le téléphone à l'appartement. Je croyais pourtant qu'il l'habitait régulièrement. Quand j'avais besoin de le joindre d'urgence, il fallait que je passe par son agence.

— Eh bien, ai-je répondu avec amertume, je constate que je n'étais pas la seule victime de ses mensonges.

3

Après le déjeuner, nous avons fait une longue promenade au bord de la Seine. Il faisait doux et le ciel était légèrement voilé par des cumulus que le soleil perçait de temps à autre. Chacun plongé dans ses propres pensées, nous ne parlions guère, mais notre amitié était assez solide pour que nous n'ayons pas besoin de soutenir une conversation à seule fin de meubler le silence.

Ce fut moi qui le rompis la première :

— Crois-tu que Tony ait eu une forme de... psychose ?

Il s'arrêta, me dévisagea avec surprise :

— Qu'est-ce qui t'a mis en tête une idée pareille, Val ? Franchement non, je n'y crois pas. D'après ce que toi et moi savons sur le compte de

Tony, je t'accorde qu'il était un coureur invétéré et un menteur habile, mais un malade mental, sûrement pas. Il a toujours eu la tête sur les épaules, il savait ce qu'il faisait et ce qu'il disait. Tony était très intelligent. Dissimulé, soit. Dérangé, non.

— Écoute, ai-je répondu en prenant une feuille de papier dans mon sac, j'ai regardé dans le dictionnaire la définition du mot psychose : « Désordre mental affectant la personnalité du sujet et lui faisant perdre contact avec la réalité. » N'estimes-tu pas qu'il avait perdu contact avec la réalité en nous faisant croire qu'il était divorcé et en me demandant de l'épouser ?

— Seulement s'il croyait à ses mensonges. J'estime, au contraire, que Tony était parfaitement conscient de la réalité, Val. Quoi de plus réel qu'une guerre ? Or il passait son temps sur les champs de bataille, pour en rapporter, comme nous tous, les meilleures photos. Non, Tony était un franc salaud, mais pas plus fou que toi et moi.

— Je ne te contredirai pas sur ce dernier point. Il ne devait quand même pas être tout à fait normal pour faire ce qu'il m'a fait ! Bon sang, Jake, il faut être cinglé pour s'imaginer qu'on peut se sortir blanc comme neige d'une situation aussi tordue !

— D'accord, mais je ne peux pas t'expliquer sa conduite, il ne m'a jamais fait de confidences sur son comportement ou son raisonnement. Peut-être espérait-il pouvoir mener avec toi une double vie sans se faire prendre la main dans le sac. Fiona à Londres, toi à Paris. Un rêve de capitaine au long cours.

— Tu veux dire qu'il envisageait sérieusement d'être bigame ? me suis-je écriée, indignée.

— J'ai seulement dit *peut-être*, Val. En fait, je n'en sais rien.

— Nous n'en saurons jamais rien, ai-je soupiré.

Jake me prit le bras et nous nous sommes remis en marche.

— Je n'ai pas beaucoup dormi la nuit dernière moi non plus, me dit-il au bout d'un instant. J'ai même pensé retourner à Londres voir Fiona, essayer de découvrir l'état de leur couple au moment de la mort de Tony. Mais à moins de lui demander sans façon s'ils étaient ou non divorcés, je n'aurais pas pu glaner grand-chose d'une simple conversation avec elle. Dans ces conditions...

— N'y pense plus, Jake, l'ai-je interrompu. Maintenant, c'est de l'histoire ancienne.

Je me suis étonnée d'entendre ma voix trembler. Jake le remarqua aussi, car il me prit dans ses bras et me serra sur sa poitrine.

— Je ne voulais pas te peiner, Val. Tu as raison, il n'est jamais bon de ressasser le passé. Et puis, j'ai une excellente idée.

— Laquelle ? ai-je murmuré en ravalant mes larmes.

— Partons au cap Ferrat ce week-end. Mon ami Peter Guiseborn me prête sa villa aussi souvent et aussi longtemps que je voudrai jusqu'à son retour de New York.

— Je n'ai pas envie d'y aller, Jake.

Il me lâcha, mais pour me regarder dans les yeux.

— Écoute, Val, cela ne pourra que nous faire du bien à tous les deux. Nous nous reposerons, nous prendrons des bains de soleil, nous mangerons des choses délicieuses — même si tu as un appétit d'oiseau, tu ne pourras pas résister à la cuisine de Simone, la gouvernante de Peter. Et que comptais-tu faire, de toute manière ? Marcher dans les rues, rester seule chez toi à penser à Tony ? Allons, Val, dis-moi que tu acceptes. Il faut te secouer, maintenant, te tourner vers l'avenir.

Je me sentis soudain trop lasse pour discuter.

— D'accord, ai-je soupiré. Cela ne me fera pas de mal, en effet, de changer d'air quelques jours.

Nous étions arrivés devant le pont des Arts. Avec un grand sourire, Jake me prit la main et m'entraîna sur les marches.

Tandis que nous traversions le pont vers la Rive gauche, je ne pus m'empêcher d'être inquiète en remarquant qu'il boitait beaucoup plus qu'une heure auparavant. Nous n'avions pourtant pas marché vite et je ne me sentais pas fatiguée. Je n'ai cependant pas osé lui demander si ses blessures guérissaient de manière satisfaisante, ma sollicitude le vexait. Mais au moins, me suis-je dit, il est vivant. Moi aussi. Et il a raison, j'ai encore tout l'avenir devant moi. Laissons les morts avec les morts.

C'est à ce moment-là que j'ai pris ma décision de tourner la page. Irrévocablement.

Deuxième partie

LE PRIX DE LA VÉRITÉ

CHAPITRE NEUF

1

Saint-Jean-Cap-Ferrat, septembre. Accrochée au flanc du promontoire, la maison dominait un vaste jardin débordant de fleurs d'où l'on découvrait à perte de vue les flots bleus de la Méditerranée.

Assise sur la terrasse, le regard tourné vers le large, je profitais du calme et du silence que seuls troublaient de temps à autre un chant d'oiseau ou le bourdonnement d'une abeille. Il faisait ce matin-là un temps paradisiaque. Le soleil déjà chaud brillait dans un ciel sans nuages, tandis qu'une légère brise de mer jouait dans les feuilles des arbres. La débauche de fleurs qui cascadaient sur les rochers dévalant jusqu'à la mer justifiait le nom de la villa, « Les Roches Fleuries ». Elle était bâtie dans le plus pur style provençal, avec des murs en crépi vieux rose, un toit de tuiles romaines et des volets verts.

Même si Jake m'avait décrit la villa en détail dans l'avion de Paris à Nice, je ne m'attendais pas à la trouver aussi belle. Elle m'avait conquise au premier coup d'œil et mon enthousiasme enchantait Jake, car il l'aimait beaucoup lui-même. Il bénissait son amitié avec son vieil ami Peter, qui lui accordait le privilège d'y venir en son absence en compagnie de ses amis.

Les pièces étaient fraîches et accueillantes avec leurs murs blancs, leur sol de tommettes et leurs beaux meubles provençaux. Des tableaux modernes et des gerbes de fleurs dans de grands vases de grès ajoutaient ici et là des touches de vives couleurs conférant à toute la maison une atmosphère pleine de gaieté.

— Je pourrais passer ma vie ici ! m'étais-je exclamée.

— Moi aussi, avait approuvé Jake en riant.

Nous avions reçu à notre arrivée un accueil chaleureux de Simone et Armand Roget, les gardiens, qui habitaient un pavillon au fond de la propriété. Simone entretenait la maison et régnait sur la cuisine où elle exerçait ses talents de cordon-bleu. Armand prenait soin du jardin et de ses extraordinaires plantations, dont j'avais hâte de dénombrer la variété et d'admirer la beauté.

Pendant notre premier dîner, le soir de notre arrivée, Jake m'avait raconté l'histoire de la villa, construite dans les années vingt par un riche marquis français pour sa maîtresse anglaise, la cantatrice Adelia Roland. Après s'être retirée de la scène, elle s'était installée à demeure aux Roches Fleuries jusqu'à sa mort, survenue en 1990 à l'âge respectable de quatre-vingt-dix ans, et avait légué la propriété à son petit-neveu Peter, l'ancien condisciple de Jake à Oxford.

La romantique histoire d'Adelia et de son noble amoureux avait piqué ma curiosité, mais Jake n'avait rien pu me dire de plus. Les Roget n'en savaient guère davantage. Ils étaient aux Roches Fleuries depuis vingt ans, dont huit au service de Peter. Au cours des douze années précédentes, ils n'avaient connu qu'Adelia, déjà très âgée, car le marquis était mort depuis longtemps. Selon eux, c'était une femme pleine de distinction, mais distante et réservée.

Le matin, en sortant me promener dans le jardin, j'avais rencontré Armand qui s'occupait des fleurs et je l'avais entrepris sur l'histoire de la propriété et la personnalité d'Adelia. Sans se faire prier, il m'avait raconté que c'était Adelia qui avait conçu et dessiné ces jardins, réputés sur toute la Côte d'Azur. Elle y avait travaillé elle-même aux côtés des jardiniers et paysagistes engagés pour réaliser ses projets. Délaissés pendant la guerre, elle les avait restaurés en grande partie de ses propres mains jusqu'à ce qu'ils aient retrouvé leur ancienne splendeur. Depuis sa mort, Armand poursuivait religieusement son œuvre.

2

Je me suis retournée en entendant des pas sur la terrasse. Jake sortait de la maison et s'approchait de la chaise longue où j'étais étendue, à l'ombre d'un parasol.

— Voilà qui fait plaisir à voir, dit-il en souriant.

— Quoi donc ?

— De te voir comme ça, l'air heureux, en train de te détendre.

Tout en parlant, il s'assit sur le transat à côté du mien.

— Je me sens détendue, c'est vrai. Tout est si paisible, ici. Pour la première fois depuis des semaines, je suis... comment dire ? Sereine.

— Moi aussi, Val. Cette maison a toujours eu sur moi un effet bénéfique. Comme celle de mes grands-parents en Géorgie. J'aimais y aller quand j'étais petit, je m'y sentais en sécurité, entouré d'affection. Maintenant encore, j'y éprouve autant de plaisir.

Comme j'enviais Jake ! Je ne m'étais jamais sentie en sécurité nulle part, sauf quand j'étais avec mes grands-parents.

— Comment se porte ta grand-mère ?

Je savais qu'il lui vouait un amour aussi profond que celui que j'avais pour mon grand-père.

— Comme un charme. Elle est vraiment incroyable ! Elle a toute sa tête et une santé de fer.

— Elle vit toute seule dans cette grande maison ?

— Bien sûr, mais avec ses vieux serviteurs qui lui sont dévoués depuis plus de quarante ans. Personne ne pourrait la faire bouger de cette maison, elle y a passé pratiquement toute sa vie. De toute façon, c'est assez proche d'Atlanta pour que mes parents aillent lui rendre visite presque tous les week-ends. Ils s'inquiètent de son sort mais, à mon avis, ils ont tort.

— Pourquoi donc ?

— Parce qu'à côté d'elle, tout le monde a l'air décrépit.

Je ne pus m'empêcher de rire.

— Elle est pourtant âgée, n'est-ce pas ?

— Quatre-vingt-huit ans, mais on lui en donnerait trente-cinq. Elle est têtue comme une mule et gaie comme un pinson. Tu l'adorerais. Elle débordait d'énergie et de joie de vivre quand elle était plus jeune. Et jusqu'à présent, elle n'a rien oublié de sa culture, elle lit tout ce qui mérite d'être lu, elle en remontrerait à bien des spécialistes sur l'art et la musique. Elle a surtout été une merveilleuse grand-mère pour le petit garçon que j'étais et ses deux sœurs.

3

Tandis que Jack parlait avec tant d'affection de sa grand-mère, je remarquai une légère modification dans sa voix ou, plutôt, son intonation. Une pointe d'accent sudiste, reconnaissable à ses inflexions traînantes, perçait sous l'élocution précise de son anglais international qu'il avait acquise au fil des longues années passées à Oxford, à Paris et à courir le monde.

Je n'écoutais pas vraiment ce qu'il disait quand une question directe me rappela à la réalité :

— C'est une bonne idée, n'est-ce pas, Val ? Qu'en penses-tu ?

— Euh... oui, ai-je répondu à tout hasard.

— Peter a une fantastique collection de cassettes vidéo, tous les vieux classiques des années trente, quarante et cinquante. *Casablanca*, bien sûr. Il a même *Autant en emporte le vent*. J'aimerais bien le revoir.

J'éclatai de rire malgré moi.

— Qu'est-ce que j'ai dit de si drôle ? s'étonna Jake.

— Aurais-tu par hasard la nostalgie d'Atlanta et du vieux Sud ?

— Toujours un peu, répondit-il en riant à son tour. Mais c'est quand même un grand film. Nous le visionnerons, d'accord ?

— D'accord...

Je vis à ce moment-là Simone sortir de la maison et s'avancer dans notre direction.

— Je crois que le déjeuner est prêt, ai-je repris.

En jetant un coup d'œil à ma montre, je constatai avec surprise qu'il était déjà plus d'une heure et demie. Le temps passait vite aux Roches Fleuries en compagnie de Jake. Les dernières quarante-huit heures s'étaient écoulées en un clin d'œil.

— Nous arrivons, Simone ! cria Jake en m'aidant à me lever.

Elle nous signifia d'un sourire qu'elle avait entendu et obliqua vers la pergola couverte de vigne vierge au bout de la terrasse.

— J'ai trouvé des beaux rougets ce matin au marché, nous annonça-t-elle. Je les ai grillés et j'ai préparé une ratatouille pour les accompagner. Cela vous ira-t-il ?

— À merveille, Simone. Tout ce que vous faites est délicieux.

Pendant que Simone regagnait la cuisine, Jake nous servit le rosé de Provence dont la bouteille était au frais dans un seau à glace.

— Tout compte fait, tu sais, je n'ai pas envie de rentrer à Paris mardi, me dit-il un instant plus tard. On est si bien ici, il fait un temps superbe, je préfère que nous restions jusqu'à la fin de la semaine. Es-tu d'accord pour rester ?

— Avec plaisir, ai-je répondu sans avoir besoin de réfléchir. Je n'ai rien d'urgent en vue, après tout.

— Tant mieux ! Je suis content que tu me tiennes compagnie.

— Les amis sont là pour cela, n'est-ce pas ? ai-je répondu en lui rendant son sourire.

CHAPITRE DIX

1

Je suis donc restée avec Jake aux Roches Fleuries. Depuis notre arrivée, le temps semblait s'écouler à une vitesse vertigineuse, bien que nous ne fassions rien de particulier. Dès les premiers jours, nous avions basé notre emploi du temps sur de petits rituels dont nous découvrions ensemble le plaisir qu'ils nous apportaient, peut-être parce que nous menions, pour notre travail, une vie tellement décousue que nous ne savions jamais ce que le lendemain nous réserverait — ni même si nous verrions ce lendemain. Ici, au contraire, les heures et les jours ne variaient jamais et nous bénissions cette bienheureuse monotonie.

Tous les matins, Jake et moi prenions notre petit déjeuner sous la pergola, couverte d'une vigne vierge qui nous protégeait des premières ardeurs du soleil. Nous mangions peu et ne parlions guère, notre simple compagnie suffisait à nous contenter. Après le petit déjeuner, je lisais pendant que Jake nageait dans la piscine ou prenait un bain de soleil. Parfois, il appelait son agence pour savoir s'il avait reçu des messages, parfois il prenait des notes dans le calepin qui ne le quittait jamais. Je nageais quelquefois avec Jake, mais pas tous les jours.

Je ne manquais jamais, en revanche, mes exercices de marche à la salle de gym aménagée au sous-sol de la villa. Jake s'abstenait de fatiguer ses jambes, encore douloureuses, mais il aimait s'entraîner aux haltères. Au bout d'une demi-heure, nous allions chacun dans notre chambre nous doucher et nous changer avant de partir en voiture faire notre tour rituel de Beaulieu.

Je connaissais bien Beaulieu car, lorsque j'étudiais à la Sorbonne, mes grands-parents descendaient régulièrement à La Réserve où j'allais les rejoindre dès le début des grandes vacances. Ses séjours à la villa avaient aussi permis à Jake de se familiariser avec cette charmante petite ville où nous aimions autant l'un que l'autre flâner. Nous visitions les boutiques d'antiquités, nous achetions la presse du jour ou les objets usuels dont nous pouvions avoir besoin et nous ne manquions jamais de passer au merveilleux marché où, de peur d'offenser Simone qui mettait un point d'honneur à sélectionner elle-même fruits, légumes, poissons et autres comestibles, nous devions résister à l'envie d'acheter tout ce qui nous tentait.

Nous aimions aussi flâner sur le pittoresque petit port, l'un des derniers de la côte d'où les yachts de plaisance n'avaient pas encore complètement chassé les bateaux de pêcheurs. Puis, avant de rentrer déjeuner à la villa, nous nous arrêtions prendre l'apéritif à La Réserve ou au Grand Hôtel du cap Ferrat, dont la terrasse sous les arbres constituait une de nos étapes favorites.

Ces matinées de farniente, exemptes du stress, des drames et de la mort que nous devions côtoyer le plus clair de l'année, étaient pour nous tellement inhabituelles que nous ne nous lassions pas d'en savourer chaque seconde. « Se sentir normal dans une vie normale », disait Jake et il avait raison. Il n'était pas *normal* de vivre comme nous le faisions, à photographier des bombardements, des maisons en flammes et des êtres humains victimes de la barbarie.

Nos après-midi étaient encore plus paresseux.

Jake faisait la sieste et lisait, je dormais et je lisais aussi, ou bien j'écoutais de la musique. L'idée ne nous venait même pas d'allumer la télévision. Nous n'avions aucune envie d'apprendre des mauvaises nouvelles, d'être informés des derniers attentats, des nouveaux séismes ou des plus récentes inondations, encore moins de connaître le sinistre décompte des victimes de famines. La bulle isolée du temps et du monde dans laquelle nous vivions était pour nous si rare et si précieuse que nous voulions la faire durer. Aussi n'étions-nous pas même tentés de sortir le soir dans les clubs ou les casinos de Monte-Carlo, de Nice ou de Cannes. Nous ne nous éloignions jamais beaucoup de la villa, où nous nous plaisions tant l'un comme l'autre. À quoi bon chercher ailleurs ce que nous avions ici en abondance ? L'atmosphère paisible dans laquelle nous étions plongés correspondait si bien à notre idée du bonheur que nous voulions en profiter pleinement.

2

Un matin, à la fin de ma première semaine à la villa, je me suis réveillée en me découvrant... comment dire ? Différente.

Sans quitter mon lit, j'ai regardé les rayons du

soleil filtrer par les fentes des persiennes en me demandant d'où provenait cette curieuse sensation. La réponse ne tarda pas à venir : j'avais changé parce que, depuis plusieurs jours, je ne pensais plus à Tony Hampton. Et parce que, l'ayant oublié lui et ses mensonges, je ne ressentais plus ni colère ni chagrin. J'étais redevenue moi-même, la Val Denning de naguère.

Quelle merveilleuse sensation !

Un instant plus tard, m'examinant dans le miroir de la salle de bains, j'ai constaté avec stupeur que, oui, mon aspect lui-même avait changé. Les cernes de mes yeux s'étaient évanouis, mon teint blafard, grisâtre, avait fait place à un hâle doré, mes cheveux ternes brillaient à nouveau. Cela faisait tellement longtemps que je n'avais pas eu aussi bonne mine que j'en éprouvai un élan de joie.

Cette transformation quasi miraculeuse me redonna d'un coup toute mon énergie et ma joie de vivre. Une douche finit de me revigorer, je mis un costume de bain, un léger peignoir de coton, des sandales puis, les yeux abrités derrière des lunettes de soleil, je partis à la recherche de Jake. Je le trouvai assis sur la margelle de la piscine, les pieds dans l'eau et le téléphone portable à l'oreille. Sans interrompre sa conversation, il me fit signe de venir le rejoindre.

— OK, Jacques, l'entendis-je dire pendant que je m'approchais. Rappelle-moi en cas de besoin. Attends... oui, j'ai noté le numéro, ajouta-t-il après avoir consulté un bloc posé près de lui. À bientôt.

J'attendis qu'il coupe la communication avant de le saluer et de lui donner un petit baiser sur la joue.

— Que les dieux de l'aurore te bénissent, Val, dit-il avec emphase.

— Tiens, tiens ! ai-je dit en riant. Serais-tu d'humeur irlandaise, ce matin ?

— Peut-être parce que Fiona m'a laissé un message à l'agence. Elle est à l'hôtel à Dublin en ce moment, elle demande que je la rappelle.

— Pourquoi ? me suis-je étonnée.

— Aucune idée.

Jake vérifia son bloc et composa le numéro sur le clavier du téléphone. Je l'entendis demander Mme Hampton, attendre un instant et remercier la standardiste avant de couper la communication.

— Elle a quitté l'hôtel, m'informa-t-il.

— Est-elle retournée à Londres ?

— Possible.

— Jacques avait autre chose à te dire ?

— Il voulait savoir si j'acceptais de retourner au Rwanda faire un reportage sur les gorilles. J'ai refusé. Il va demander à Harry Lennox d'y aller à ma place. Harry sera ravi, il sautera sur l'occasion. C'est un enfant de chœur, qui a parfois du mal à s'adapter, sutout en Afrique, mais il est ambitieux et il arrive toujours à se débrouiller.

Je fis une moue dubitative. Je connaissais assez Harry pour savoir qu'il n'avait rien d'un enfant de chœur. C'était au contraire un sournois qui, par bien des côtés, me rappelait mon frère Donald.

— Tu n'as pas l'air d'accord, observa Jake.

— Parce que tu sous-estimes Harry Lennox, si tu veux mon avis. Il est jaloux de toi, il cherchera à te glisser des peaux de banane.

— Allons, Val, ne sois pas ridicule ! répondit-il en riant. Qu'est-ce que je pourrais craindre d'un type comme lui ?

— Je ne suis pas ridicule, Jake. Et tu ferais bien de te fier à mon intuition. Il ressemble à mon frère, je ne ferai jamais confiance à ce genre d'individus qui...

Je m'interrompis en voyant Simone arriver en courant, pâle et visiblement bouleversée.

3

— Que se passe-t-il, Simone ? demanda Jake en se relevant aussi vite que le lui permettaient ses muscles ankylosés.

Je vis aussitôt qu'elle était au bord des larmes.

— Ma fille, Françoise..., commença-t-elle d'une voix tremblante. Elle a fait une mauvaise chute dans l'escalier, ce matin. Olivier, son mari, vient de téléphoner. Il l'a emmenée à l'hôpital. Elle est enceinte, je suis très inquiète pour l'enfant.

Elle essuya furtivement ses yeux embués.

— Il faut que vous alliez le plus vite possible à Marseille, Simone, dit Jake. Partez ce matin même avec Armand, nous nous débrouillerons très bien ici quelques jours. Si vous n'y alliez pas, vous ne feriez que vous inquiéter et vous ne seriez pas plus avancée.

— C'est vrai, monsieur Jake. Merci mille fois. En attendant, venez vite, le petit déjeuner est prêt.

4

Tandis que Simone disparaissait par la porte de la cuisine, nous nous sommes installés à la grande table ronde sous la vigne vierge.

— Je crois que Françoise est enceinte de sept ou huit mois de son premier enfant, m'informa Jake avec inquiétude. J'espère qu'elle ne s'est pas trop gravement blessée et que l'enfant n'en souffrira pas.

— Moi aussi. Mais que fait-elle à Marseille ? Je croyais que la fille de Simone habitait Cannes.

— Simone et Armand ont deux filles. C'est Solange, la plus jeune, qui habite Cannes.

Pendant que je prenais la carafe pleine de jus d'oranges fraîchement pressées pour nous servir, Simone vint apporter les pots de café et de lait et revint un instant plus tard avec une corbeille pleine de croissants et de brioches encore chauds.

— Armand téléphone à l'aéroport de Nice, monsieur Jake, dit-elle. Il y a un avion pour Marseille à midi et demi. J'aurai le temps de faire les lits et le ménage avant de partir et...

— Pas question, Simone, l'interrompit Jake. Je vous ai déjà dit que nous pouvions très bien nous débrouiller tout seuls. Allez vous préparer et faire vos bagages, je vous conduirai à l'aéroport.

— Mais monsieur...

— Pas de mais ! Allez et faites ce que je vous dis. Nous partirons quand vous voudrez.

— C'est trop gentil de votre part, monsieur Jake. Je suis confuse.

Simone partie, Jake versa le café et le lait dans nos tasses.

— Veux-tu venir à Nice toi aussi ? me demanda-t-il.

— Ma foi... Non, je ferais peut-être mieux de rester jouer un peu les femmes d'intérieur, pour changer. Je préparerai un bon déjeuner.

— D'accord, répondit-il en souriant. Mais seulement si tu me laisses m'occuper du dîner.

— Des bonnes recettes du Sud ?

— Bien sûr ! dit-il en riant. Tu seras éblouie.

5

Après leur départ, il ne me fallut pas longtemps pour mettre la vaisselle du petit déjeuner dans le lave-vaisselle, ranger la cuisine, monter faire nos lits et donner un coup de chiffon aux salles de bains. Cela fait, je suis redescendue à la cuisine. J'avais prévu un déjeuner simple, une omelette aux fines herbes et une grande salade composée. Il me suffisait de tout préparer de manière qu'il ne me reste à la dernière minute qu'à battre et cuire l'omelette et assaisonner la salade. Simone m'avait dit de puiser largement dans ses abondantes réserves, où je découvris tout ce dont j'aurais besoin pour soutenir un siège de plusieurs jours s'il le fallait.

Mes préparatifs terminés, je suis allée à l'extrémité de la cuisine ouvrir la porte de la cave, où Simone gardait au frais ses conserves ainsi que les fruits et les légumes. Une douzaine de marches donnaient accès au cellier, où tout était organisé aussi impeccablement qu'à l'office. Sur des étagères, des rangées de bocaux de verre et de jarres de grès contenant des légumes de toutes sortes avoisinaient des cageots de fruits frais, fraises, figues, pommes, poires, ainsi que d'appétissants melons en train de terminer leur maturation et divers légumes verts. Nous ne risquions pas de mourir de faim. Une deuxième volée de marches descendait à la cave à vin, où reposaient nombre de vénérables bouteilles. Comme pour l'ensemble de sa villa, Peter avait donné à Jake carte blanche pour user de sa cave à discrétion, une marque de confiance dont il savait que son vieil ami n'abuserait pas.

Un instant, appuyée d'une main au mur de

pierre, j'ai pensé au départ imprévu de Simone moins d'une heure plus tôt. Elle était visiblement angoissée quand elle était venue me dire au revoir. Je lui avais prodigué les consolations d'usage en pareil cas, mais je m'étais sentie impuissante à apaiser l'inquiétude d'une mère pour sa fille et, surtout, d'une future grand-mère pour son premier petit-enfant. Armand m'avait paru aussi anxieux que sa femme. Je les avais tous deux salués de la main quand ils avaient traversé la terrasse vers le garage, en souhaitant du fond du cœur que Françoise ne soit pas trop gravement blessée et qu'elle n'ait pas perdu son enfant.

L'inquiétude de ses parents était, certes, amplement justifiée et je la comprenais fort bien. Mais, à la réflexion, l'espèce de panique à laquelle Simon et Armand m'avaient paru en proie ne manquait pas de m'intriguer. Françoise, après tout, n'était pas seule. Savoir que son mari était présent au moment de sa chute, qu'il lui avait aussitôt porté secours et l'avait emmenée d'urgence à l'hôpital aurait dû les rassurer. Mais, me suis-je dit en remontant lentement les marches, peut-on raisonner l'angoisse d'un père, d'une mère surtout ? Personnellement, hélas, je n'en avais jamais fait l'expérience.

CHAPITRE ONZE

1

En remontant de la cave, je me suis versé un grand verre d'eau fraîche et, après avoir traversé la terrasse, j'ai descendu les marches menant à mon endroit préféré. Au bout d'une pelouse bordée de massifs de fleurs, un banc avait été installé à l'ombre d'un vieux cèdre au bord des rochers qui cascadaient jusqu'à la mer. Assise là, j'avais l'impression d'être sur la passerelle d'un navire.

Ce matin-là, les yeux clos, je me suis livrée aux caresses du soleil qui filtrait à travers les branches du cèdre. Quand je les rouvris un long moment plus tard, éblouie par l'intensité de la lumière, il me fallut un instant pour accommoder ma vision. La surface de la mer était d'un bleu profond sillonné de veines d'or. Un bateau passait, ses voiles blanches gonflées par la brise. Cette scène idyllique me parut étrangement familière. Qui était à bord de ce voilier, vers quels horizons cinglait-il ? Je m'étais souvent posé ces questions en voyant des bateaux. J'en avais tant vu par le passé, ils m'avaient tant fait rêver...

2

Un flot de souvenirs me submergea. Les souvenirs de mes étés passés ici, sur la Côte d'Azur, avec mes grands-parents. Que j'étais jeune, en ce temps-là !

Cecilia et Andrew Denning avaient été si bons pour moi, jusqu'au dernier jour de leur vie. Ma grand-mère était partie la première, à mon grand désespoir. Dieu merci, j'avais eu le bonheur d'avoir mon grand-père pendant quelques années encore.

Nous formions tous trois, disait mon grand-père en riant, une équipe capable de tenir tête au monde entier. C'était ma grand-mère qui m'avait appris très tôt dans ma jeune vie à me tenir droite en toute circonstance, à garder la tête haute, à cracher au visage de l'adversité mais à laisser mon cœur grand ouvert, prêt à recevoir tout ce que la vie m'enverrait de bon. Ils m'avaient beaucoup aimée et, plus précieux encore, m'avaient appris par l'exemple ce qu'est l'amour. Après leur disparition, ç'avait été mon armure.

Ils avaient toujours cherché à compenser les déficiences de mon père, leur fils. « Il se laisse mener par le bout du nez », grommelait de temps en temps ma grand-mère, dont les yeux lançaient des éclairs et les lèvres prenaient un pli dégoûté en pensant à la faiblesse de son fils. Elle avait malheureusement raison. Mon père n'avait jamais été capable de tenir tête à ma mère, qui se conduisait comme si je n'existais pas. Par lâcheté, il avait donc adopté la même attitude.

Je m'interrogeais encore de temps à autre sur cette incompréhensible conduite de ma mère. Il devait y avoir une raison. Mais laquelle ? Qu'est-ce qui peut pousser une mère à haïr son propre enfant ? Lui aurais-je fait du mal, causé du tort ? Au plus profond de moi-même, j'étais certaine de mon innocence. Pourtant, elle m'avait toujours détestée. Mais plus je retournais la question dans ma tête, plus la réponse m'échappait. Quel tort peut causer un nouveau-né ?

Un soupir m'échappa. Peut-être le mot *haine* était-il trop fort. Ma mère ne m'avait jamais manifesté d'affection ni même d'intérêt. Mais avais-je le droit de dire qu'elle me haïssait ?

Non, sans doute pas. Pour une raison quelconque, je lui déplaisais, voilà tout. Elle ne m'avait jamais maltraitée, physiquement du moins. Elle ne m'avait jamais non plus couverte d'injures ou de propos blessants, ce n'était pas son genre. Elle m'avait pourtant torturée en faisant comme si je n'existais pas et j'en avais gardé toute ma vie une profonde insécurité. J'étais, je suis encore, toujours à la recherche d'un havre de paix, d'un abri sûr.

Pourquoi, dans ces conditions, avais-je choisi la profession de correspondant de guerre qui me forçait à aller constamment au-devant du danger, à courir des risques ? Seul, peut-être, un psychiatre serait en mesure de me l'expliquer...

Que serais-je devenue sans mes grands-parents ? Une épave. Mon grand-père, surtout, m'avait faite ce que je suis. Sans lui, sans sa patience, sans la sagesse de ses conseils, sans l'amour qu'il m'avait prodigué, je n'aurais rien fait de bon. J'aurais raté ma vie.

Sans raison apparente, cette dernière pensée évoqua le souvenir de Tony Hampton et m'arracha un rire amer. Pour une fille toujours en quête de sécurité, il était pour le moins ironique de l'avoir pris pour amant. Autant me livrer à un terroriste braquant un pistolet sur ma tempe ! Alors, pourquoi l'avoir choisi ? Parce qu'il m'avait séduite par son charme et m'avait persuadée qu'il était réellement amoureux de moi. Et parce que je l'avais cru sans me douter qu'il était un menteur pour qui les mots de vérité, de franchise, de fidélité ne signifiaient rien.

Je me suis empressée de chasser son image de mon esprit et de la piétiner jusqu'à ce qu'elle soit réduite en poussière. Puis, en silence, je me suis récité mes bonnes résolutions pour être sûre de ne jamais plus les oublier : laisser les morts au royaume des morts, ne revenir sur le passé sous aucun prétexte, repartir du bon pied et ne plus considérer que l'avenir.

La tête appuyée au dossier du banc, j'ai refermé les yeux tandis que les pensées continuaient à tourbillonner dans ma tête.

L'appel de Fiona Hampton à l'agence de Jake m'intriguait. Était-ce juste pour lui dire bonjour ? Un simple geste d'amitié au meilleur ami de son défunt mari pour évoquer avec lui des souvenirs nostalgiques ? Peu m'importait, tout compte fait. Si elle avait réellement besoin de parler à Jake, elle le rappellerait. Cela ne me concernait en rien et me regardait encore moins.

Sans le savoir, Fiona m'avait permis de guérir, de tourner la page. C'est grâce à elle que j'avais vu la vérité telle qu'elle était, non telle que je l'avais imaginée. Que j'avais pris conscience de nos positions respectives, elle l'épouse légitime, moi la simple maîtresse. Nous partagions le même homme sans le savoir, parce qu'il nous mentait, nous leurrait autant l'une que l'autre. De fait, nous étions sœurs, sentimentalement liées à notre insu — au sien, du moins. Ma rencontre avec Fiona Hampton avait transformé ma vie de fond en comble et de manière irrévocable. Je ne pouvais que lui en vouer une réelle gratitude car c'était elle, en un sens, qui m'avait rendu mon avenir.

Et maintenant, grâce à elle, j'étais libre.

Rouvrant les yeux, j'ai regardé le ciel. Oui, j'étais libre comme cet oiseau que je voyais planer là-haut, si haut qu'il finit par disparaître dans le lointain. Oui, je pouvais reprendre en main ma destinée, l'orienter comme bon me semblerait. Maintenant que je n'étais plus la maîtresse d'un homme, je l'étais de moi-même.

Je me suis levée et j'ai repris à pas lents le chemin de la villa, en me demandant si, un jour pas trop lointain, je redeviendrais amoureuse d'un homme, si je serais capable de nouer avec lui des rapports sains et honnêtes, si j'aurais une chance de connaître un bonheur durable. Je ne pus retenir un éclat de rire. Pour que cela se produise, il faudrait un miracle — et je ne croyais pas aux miracles.

Comment aurais-je pu me douter que j'avais tort — surtout au sujet des miracles ?

3

Aucun signe de Jake quand je suis rentrée à la villa. Un coup d'œil à ma montre m'apprit qu'il était presque midi et demi. Que faisait-il ? Il était parti depuis près de deux heures et l'aéroport de Nice n'était pas si loin. Mais il n'y avait pas encore lieu de s'inquiéter. Aussi ai-je décidé d'attaquer les préparatifs du déjeuner en l'attendant.

J'étais en train de battre l'omelette quand Jake est arrivé, chargé de gros sacs à provisions.

— Je n'ai pas trouvé absolument tout ce dont j'avais besoin pour mon festin de ce soir, annonça-t-il en déposant son fardeau sur la table. Mais il y a là-dedans de quoi t'impressionner, j'espère.

— Je me demandais où tu étais passé, ai-je grommelé en regardant dans un des sacs. Oh, Jake ! Tu as acheté des fruits sans moi alors que nous avons si souvent salivé ensemble devant les étalages !

— Je sais, dit-il d'un air faussement contrit, mais il ne faut pas m'en vouloir. Si j'avais dû revenir te chercher, nous y serions encore.

— C'est vrai, ai-je admis de bonne grâce. Mais tu n'avais pas vraiment besoin d'acheter des fruits. Si tu voyais les stocks de Simone à la cave, il y a de quoi nourrir un régiment.

— Cela ne m'étonne pas d'elle.

— Ils sont bien partis, au fait ?

— Sans problème. Ils reviendront d'ici deux ou trois jours, je leur ai dit de prendre leur temps. Et ça, dit-il en montrant le bol dans lequel je battais les œufs, qu'est-ce que c'est ?

— Le plat de résistance du déjeuner, une omelette aux fines herbes accompagnée d'une grande salade composée. Cela te convient ?

— Je n'aurais pas pu rêver mieux. Je peux t'aider ?

— Pas la peine, j'ai presque fini.

Pendant que je terminais mes préparatifs, Jake rangea ses achats dans le réfrigérateur et les placards de la cuisine. Puis, pendant que je faisais chauffer la poêle, il s'assit près de la table, l'air pensif.

— Je suis inquiet au sujet de Simone, dit-il à brûle-pourpoint. Je l'ai trouvée bizarre en voiture.

Elle ne desserrait pas les dents et elle avait l'air... comment dire ? Effrayée.

— Qu'elle soit inquiète est tout à fait normal, Jake. Une chute est toujours grave pour une femme enceinte, surtout pendant les derniers mois de sa grossesse.

— Bien sûr, mais l'attitude de Simone m'a paru... excessive, en un sens. La vie de sa fille n'est quand même pas en danger.

— Et Armand, comment était-il ?

— Taciturne, mais cela n'avait rien d'exceptionnel. Il ne parle jamais beaucoup.

En l'entendant pousser un gros soupir, je me suis détournée du fourneau, étonnée.

— Tu as une idée derrière la tête, Jake. Tu ne penses quand même pas que... qu'on l'aurait poussée dans son escalier ?

— Moi, je ne pense rien. Mais j'ai l'impression que Simone croit à quelque chose de ce genre.

— Comment cela ? me suis-je exclamée, effarée. Simone te l'a dit ?

— Pas textuellement, bien sûr. Mais elle parlait à voix basse avec Armand au sujet de leur gendre, Olivier, et je l'ai entendue prononcer quelques mots, comme : « S'il a fait cela, je le tuerai ! » Armand en est resté bouche bée et l'a fait taire. À l'aéroport, pendant qu'il prenait leurs billets, j'ai essayé de faire parler Simone, mais elle était visiblement bouleversée et j'ai dû abandonner. C'est en les quittant que je leur ai dit de rester aussi longtemps qu'il le faudrait. Après tout, nous ne sommes que des invités, c'est Peter leur employeur.

— Tu as très bien fait. Mais passons vite à table, sinon mon omelette sera trop cuite.

— Voilà une catastrophe qu'il faut éviter à tout prix ! dit Jake en riant.

CHAPITRE DOUZE

1

— Pourquoi m'as-tu demandé si je croyais que Françoise avait été poussée dans l'escalier ? s'enquit Jake entre deux bouchées d'omelette. Aurais-je dit quelque chose qui t'y a fait penser ?

— Ce n'est pas à cause de ce que tu disais, mais de ton expression, ta mine inquiète. Cela aurait pu se produire. Les femmes brutalisées par leurs maris ne sont pas des exceptions à notre époque, hélas !

— Il n'y a pas qu'à notre époque, Val, cela a toujours existé. Simplement, on en parle davantage maintenant, de la même façon qu'on est informé de tout ce qui se passe, depuis les guerres jusqu'aux agissements des politiciens malhonnêtes. De nos jours, on suit les drames et les catastrophes en direct à la télévision. Nous devons à la toute-puissance des médias de vivre à l'ère de l'information — et de la désinformation.

— Tu as raison. Simone nous appellera-t-elle d'ici ce soir pour nous donner des nouvelles de sa fille ? ai-je enchaîné.

— Elle m'a promis de nous téléphoner après être allée à l'hôpital et avoir vu les médecins. Je l'ai entendue suggérer à Armand de ramener Françoise ici pour récupérer. Cela aussi m'a étonné, d'ailleurs.

J'ai réfléchi un instant avant de répondre.

— Peut-être veut-elle s'occuper elle-même de sa fille, surtout dans son état. À moins que Françoise ne soit sérieusement blessée et doive passer plusieurs jours à l'hôpital. Après tout, on ne se relève pas d'une chute dans un escalier sans la moindre égratignure, n'est-ce pas ?

— C'est vrai. Et même si les médecins la laissent rentrer chez elle, elle aura besoin de soins, ou simplement d'être dorlotée. Son mari travaille toute la journée et il est même souvent de service la nuit.

— Que fait-il ?

— Il est policier, répondit-il d'un ton chargé de sous-entendus.

— Non, Jake, cela ne veut rien dire ! ai-je protesté. Il y a des policiers brutaux qui se croient au-dessus des lois, je sais. Mais là, tu en tires des conclusions hâtives et tu exagères.

— Peut-être. Il pourrait cependant...

— Pourquoi ? l'ai-je interrompu. Tu l'as rencontré ?

— Brièvement, un jour où j'étais ici avec Peter. Françoise et lui étaient venus passer quelques jours chez Simone et Armand, Peter me les a présentés. Il a beaucoup d'affection pour Simone et ses deux filles, Françoise et Solange, qui ont grandi aux Roches Fleuries et qu'il connaît depuis toujours.

— Quel âge a Françoise ?

— Vingt-six ans, je crois, et Solange vingt-trois. Aussi charmantes l'une que l'autre, commenta-t-il en buvant une gorgée de rosé.

J'ai gardé le silence un moment, troublée par ce qu'il m'avait dit.

— Tu sais, Jake, je n'ai jamais compris que les

hommes battent leur femme. Comment peut-on brutaliser celle qu'on aime et qu'on a épousée ? Cela dépasse mon entendement.

Jake me dévisagea comme si j'étais tombée d'une autre planète.

— Je n'en reviens pas ! C'est toi, Val Denning, qui dis cela ? Tu sais pourtant mieux que personne combien les humains peuvent être méchants et cruels. Pense à toutes les atrocités dont nous avons été et serons sans doute encore témoins ! Tu sais aussi bien que moi que les hommes sont foncièrement mauvais, Val. Rien que dans les Balkans, nous les avons vus s'entre-tuer entre voisins, entre amis, sans même une hésitation. Et aurais-tu oublié les cadavres mutilés, torturés, que nous avons si souvent photographiés, toi et moi ?

Parcourue d'un frisson glacé, je me suis détournée, soudain hors d'état de continuer à le regarder dans les yeux. Tout ce qu'il disait était vrai, je le savais, mais je refusais de l'admettre. Aujourd'hui, en tout cas, je ne voulais plus penser au Kosovo ni aux abominations dont j'avais été témoin, c'était au-dessus de mes forces. J'étais lasse, écœurée, malade de la violence, de la guerre, de la mort. Ce genre d'idées ne m'était encore jamais venue. Étais-je à bout de forces ? Vidée, grillée, usée avant l'âge ? La seule idée me terrifia au point que je me suis hâtée de la chasser.

— Si je te comprends bien, ai-je enfin répondu, rien n'a changé en ce monde depuis l'âge de pierre, n'est-ce pas ? Selon toi, l'homme n'a rien appris.

— Non, et il n'apprendra jamais. La nature humaine est ce qu'elle est, à moins que quelque savant ne découvre un jour le moyen de nous pourvoir de nouveaux gènes ou de transformer notre ADN. C'est pourquoi, depuis des millénaires, l'homme n'a jamais modifié sa manière d'agir, jamais cessé de commettre les mêmes actes de barbarie, les mêmes crimes. Non, depuis les origines de l'histoire telle que nous la connaissons, l'homme est toujours le même — hélas !

— Pour toi, il n'y aurait donc pas d'espoir de progrès pour l'humanité ?

— Non, aucun.

— Attends, je ne suis pas sûre de t'avoir bien compris ! Tu me dis que nous, êtres humains, sommes condamnés jusqu'à la fin des temps à nous faire la guerre, à nous massacrer, à commettre des crimes, à battre nos femmes et nos enfants, à pratiquer l'adultère, le vol et que sais-je encore ? Le crois-tu sérieusement, Jake ?

— Tout à fait. L'Histoire prouve sans conteste que le comportement de l'humanité obéit à des cycles qui se reproduisent au fil des siècles, que l'homme moderne ne fait qu'imiter son lointain ancêtre *homo sapiens*, en pire dans la plupart des cas, et que ce processus ne cessera jamais parce qu'il est propre aux êtres humains.

Je le fixais des yeux, partagée entre l'effarement et la fascination. Jake avait étudié l'histoire à Oxford, dont il était sorti diplômé avec les plus grands honneurs. Il avait longtemps hésité entre l'enseignement et le photo-journalisme, vers lequel sa passion pour l'histoire l'avait finalement orienté, car l'observation des événements actuels lui permettait d'interpréter ceux du passé et de mieux comprendre le présent. S'il invoquait l'Histoire, je ne pouvais douter de sa sincérité.

— C'est épouvantable, ai-je dit enfin, faute de trouver un commentaire plus approprié.

— Peut-être, mais c'est ainsi, répondit-il avec un sourire bienveillant. Cela l'a toujours été et le sera toujours. Tu n'y peux rien, moi non plus ni personne d'autre. Nous sommes ce que nous sommes.

— S'il faut suivre ton raisonnement, nous sommes donc condamnés à vivre dans un monde terrifiant.

— C'est vrai, mais nous ne pouvons pas nous débarrasser de notre bonne vieille planète Terre. Et de toute façon, mieux vaut y vivre dans ces conditions qu'envisager l'autre terme de l'alternative.

— Lequel ? ai-je demandé, déconcertée.

— Ne pas vivre du tout, Val.

2

Jake changea de conversation aussitôt après et, tout en m'aidant à débarrasser la table, il entreprit de me décrire les merveilles gastronomiques du vieux Sud dont il me régalerait au dîner.

Nous finissions de charger le lave-vaisselle quand le téléphone sonna. Jake décrocha aussitôt. Me doutant que c'était Simone, je me suis tournée vers lui avec un regard interrogateur.

— Tant mieux, Simone ! s'exclama-t-il après avoir écouté. Nous étions très inquiets. Françoise n'avait donc rien de grave ?

Je me sentis profondément soulagée. Certes, je n'avais jamais rencontré Françoise, mais, depuis que j'étais à la villa, je m'étais prise d'une sincère affection pour sa mère. De plus, les brutalités infligées aux femmes m'indignaient — non que je sache avec certitude si tel était le cas, mais autant Jake que Simone avaient des soupçons à cet égard.

— Bien sûr, Simone, reprit Jake. Et prenez votre temps, je vous le répète. Faites ce qu'il faut et assurez-vous que tout va bien avant de revenir. Simone est très touchée de la gentillesse que tu lui as manifestée ce matin, ajouta-t-il à mon intention après avoir raccroché.

— Je ne me suis pas forcée, elle m'inspire beaucoup de sympathie. Donc, Françoise va mieux et n'a pas fait de fausse couche ?

— Elle s'en tire sans trop de bobos. Quelques contusions et une cheville foulée, rien de méchant. Elle s'était cogné la tête contre le mur dans sa chute et, au début, on a craint une fracture, mais elle n'en gardera qu'une grosse bosse pendant quelques jours.

— Elle a eu de la chance. Comment Simone le prend-elle ?

— Elle m'a paru un peu... bizarre. Très tendue, comme si elle était toujours inquiète de je ne sais quoi.

— C'est normal en pareilles circonstances, Jake. Et puis, nous ne pouvons pas deviner ce qu'elle ressent vraiment.

— C'est vrai. Peut-être a-t-elle un instinct maternel un peu trop développé. Ou peut-être parce que son gendre lui est antipathique.

— Elle te l'a laissé entendre ?

— Non, bien sûr. Elle m'a simplement dit qu'elle avait dû mal comprendre Olivier quand il lui a téléphoné ce matin. Armand et elle voulaient rentrer dès ce soir mais, comme tu m'as entendu le lui dire, je l'ai engagée à ne pas se précipiter à cause de nous. Elle nous rappellera demain pour nous informer de ce qu'ils auront décidé.

3

La table débarrassée et la cuisine remise en ordre, Jake appela son ami Jacques à Paris pour faire le point.

Jacques Foucher était son associé à parts égales avec Harvey Robinson à New York et Matt Logan en Extrême-Orient. Ces quatre photographes avaient créé l'agence neuf ans auparavant, mais Jacques avait préféré prendre la direction du bureau parisien plutôt que de continuer à aller sur le terrain. Jake et lui étaient amis depuis une douzaine d'années et Jake lui faisait entièrement confiance pour veiller à la gestion de l'agence. Quatre autres photographes dépendaient du bureau de Paris, dont Jake restait cependant la vedette.

Tandis qu'il parlait au téléphone, je feuilletais distraitement le *New York Herald Tribune* du jour, que Jake avait acheté à Nice, sans parvenir à m'intéresser aux nouvelles. Pour la plupart, elles étaient d'ailleurs mauvaises, il suffisait de voir les manchettes.

Mon séjour aux Roches Fleuries suffisait à mon bonheur. C'était une forme de fuite, je le savais, mais j'avais besoin à ce stade de ma vie de m'évader du monde dangereux dans lequel j'évoluais la plupart du temps. Jake en avait autant besoin que moi, je crois. La perspective de le voir repartir en mission m'inquiétait aussi, je l'avoue. Ses blessures semblaient guéries, mais il lui arrivait encore de boiter bas. Je n'avais pas osé aborder le sujet avec lui jusqu'à présent, mais je comptais le faire à la première occasion dans les jours à venir.

Jake raccrocha quelques instants plus tard et se tourna vers moi :

— Rien d'important à l'agence en ce moment,

Val. Je peux donc rester me reposer ici quelques jours de plus. Pendant que j'y suis, je devrais peut-être appeler Fiona à Londres.

Il composa le numéro. Au bout de plusieurs sonneries, je l'entendis dire : « Bonjour Fiona, Jake à l'appareil. J'ai reçu ton message, je suis au cap Ferrat. » Il énonça ensuite le numéro de la villa et raccrocha après un salut amical.

— Encore une machine ! soupira-t-il. Je finis par ne plus les supporter. Au fait, as-tu parlé à Mike Carter ?

— Oui, quand j'ai décidé l'autre jour de rester ici avec toi. Il m'a répété de prendre mon temps avant de me remettre au travail.

— Il a raison. Rien n'est encore réglé au Kosovo, loin de là, mais nous n'avons pas grand-chose à y faire pour le moment. Tant que rien d'urgent ne se présente, autant profiter des derniers beaux jours avant l'automne.

CHAPITRE TREIZE

1

— Je ne savais pas que cet endroit était aussi vertigineux, dit Jake en se penchant vers les rochers à pic.

Après le déjeuner, nous avions fait dans les jardins une promenade qui s'était terminée à mon endroit préféré.

— Ne t'approche pas autant du bord, c'est dangereux ! me suis-je écriée. On aurait dû mettre une balustrade ou un garde-fou, quelqu'un d'imprudent pourrait se tuer en tombant.

— Tu as raison, j'en parlerai à Peter, répondit-il en s'asseyant à côté de moi sur le banc à l'ombre du cèdre. Je crois cependant qu'il ne vient pas souvent par ici, ni personne d'autre d'ailleurs, le risque de chute n'est donc pas très grand. Mais ce panorama est spectaculaire ! Il n'y a que toi pour découvrir des points de vue pareils.

— Le danger et la beauté vont parfois de pair, c'est vrai. Tony, qui aimait le danger...

Je me suis interrompue, à la fois stupéfaite et furieuse contre moi-même d'avoir laissé échapper son nom. Décontenancée par ma bévue, j'ai réussi à esquisser un sourire. Puis, dans ma hâte à changer de sujet, j'ai lâché ce que je retenais depuis des jours :

— Je suis inquiète à ton sujet, Jake. Tu boites beaucoup. Tu devrais voir un médecin en rentrant à Paris.

— J'ai consulté le mien avant de venir ici. Pour lui, tout va bien, mais la guérison complète prendra du temps, voilà tout. Et même s'il m'arrive encore de boiter de temps en temps...

— Non, l'ai-je corrigé, tu boites souvent.

— De grâce, arrête de jouer les mères poules, Val ! dit-il en riant. Je vais très bien, je t'assure. Je suis en pleine forme.

— Tu m'inquiètes, je n'y peux rien. Tu es mon meilleur ami, je te considère même comme la seule famille qui me reste.

— Je suis heureux et flatté d'avoir autant d'importance pour toi. Tu comptes beaucoup pour moi aussi, tu sais.

Il me l'avait dit avec une telle tendresse que j'en fus déconcertée et ne sus que répondre. Il y eut un silence.

— J'espère que tu te remets, toi aussi, reprit Jake. Que tu ne penses plus à Tony et à ses embrouilles. Il n'en vaut vraiment pas la peine.

— Je ne pense plus à lui ni à l'année passée. Je préfère les effacer de ma mémoire, crois-moi. D'ailleurs, ce séjour ici m'aide à y parvenir. Je ne me suis pas sentie aussi bien depuis que nous étions à Beyrouth. Je suis toujours contente d'être avec toi, tu sais.

— Moi aussi, Val. À vrai dire, poursuivit-il en s'étirant, je crois que je m'habituerais très vite à cette vie d'oisiveté.

— Pas toi, Jake, je n'en crois pas un mot ! Tu mourrais d'ennui si tu n'avais rien à faire.

— Je me le demande, dit-il en souriant.

— Moi pas, j'en suis sûre. Au fait, pourquoi es-tu devenu reporter photographe ? Je me suis souvent posé la question.

— Parce que l'histoire m'a toujours passionné et que je voulais l'enregistrer à mesure qu'elle se déroulait. Je n'avais pas envie d'apprendre un fait après qu'il se fut produit, je tenais à être présent au moment même, à y participer en un sens. Je voulais aussi en garder une trace concrète grâce à la photographie et je voulais que mes photos ne se limitent pas à informer, mais signifient quelque chose. C'est difficile à dire et paraît peut-être prétentieux, mais je pense qu'il est important de provoquer une réaction chez les gens. Les rendre conscients de la barbarie des hommes, de l'inhumanité de la guerre. J'espérais aussi susciter la pitié, non, plutôt la *compassion* pour les victimes, pour des morts inconnus qui sont des êtres humains comme nous tous. Comprends-tu ce que je veux dire, Val ?

— Tout à fait, Jake, car je crois que nous obéissons tous plus ou moins aux mêmes motivations. J'espère que toi et moi réussissons à atteindre ces objectifs, sinon notre métier ne vaudrait pas la peine d'y consacrer notre temps et notre vie.

— Non, en effet. Mais toi, Val ? Je crois savoir beaucoup, sinon tout de ce qui te concerne, sauf la raison pour laquelle tu as décidé d'exercer ce métier. Tu ne m'en as jamais parlé, en tout cas.

— Disons... au début, je crois, par attrait de l'action. J'ai toujours voulu me trouver au cœur de la mêlée et il faut admettre que l'afflux d'adrénaline a quelque chose d'excitant, comme une sorte de drogue dont on ne peut plus se passer quand on y a goûté. Mais quand j'étais petite, j'y prenais simplement plaisir. Je me cachais *derrière* l'appareil, en un sens, je faisais semblant d'être quelqu'un d'autre. C'est drôle, Jake, mais j'ai toujours considéré mon objectif comme un troisième œil, comme une partie de moi-même. Et cet œil-là ne s'est ni ne m'a jamais trompée, parce qu'il enregistre la réalité. Comme toi, j'ai toujours été en quête de la vérité. Mon grand-père disait que j'étais très observatrice quand j'étais enfant et que rien ne m'échappait. Il avait sûrement raison.

Jake m'avait écoutée avec attention.

— Te cacher derrière l'objectif et photographier tout le monde devait te donner un grand sentiment de puissance.

— Tu crois ? me suis-je étonnée.

— Absolument. Tu ne l'as jamais envisagé sous cet angle ?

— Ma foi... non. Jamais.

Et c'était vrai. Je n'avais jamais pensé à la photographie en tant qu'instrument de pouvoir sur les personnes, seulement comme un outil susceptible d'influencer le public en général.

— Tu m'as souvent dit que tes parents, ta mère en particulier, ne t'ont jamais prêté attention et qu'ils ne s'intéressaient pas à ce que tu faisais. Ce devait être traumatisant, non ?

Il me dévisageait d'un regard si chargé de sympathie que j'en fus émue. Je me suis demandé ce que j'aurais fait sans lui dans la vie.

— Réfléchis au pouvoir que l'appareil photo te conférait quand tu étais enfant, reprit-il. Capturer l'image des autres sur *ton* rouleau de film ! Cela te donnait ou, plutôt, te rendait l'avantage.

— Tu as sans doute raison, mais je ne l'avais jamais envisagé de cette manière, ai-je répondu en riant. C'est vrai, Jake, je ne me séparais jamais de mon appareil. Je photographiais tout, du chien qui vomissait sur le tapis à mon frère Donald qui chipait des cigarettes dans l'étui de mon père et...

Une grosse goutte d'eau sur mon bras nu m'interrompit. Pendant que nous parlions, le ciel s'était chargé de nuages noirs sans que nous l'ayons remarqué. Visiblement, l'orage menaçait. Je me demandais dans combien de temps il éclaterait quand la pluie se déchaîna d'un seul coup.

— Rentrons vite, Jake, ai-je dit en me levant d'un bond, j'ai l'impression que nous allons recevoir la douche du siècle !

Nous sommes remontés vers la villa en courant à toutes jambes, mais il tombait déjà une pluie torrentielle qui, chassée par des rafales de vent, nous trempa jusqu'aux os en quelques secondes. Pendant que nous gravissions deux à deux les marches de la piscine, un éclair illumina le ciel, suivi presque aussitôt d'un violent coup de tonnerre. Il était plus que temps de nous mettre enfin à l'abri.

2

Nous étions à peine dans la cuisine que des mares d'eau se formèrent à nos pieds sur les tommettes. Jake empoigna le premier torchon qui lui tomba sous la main et commença à m'essuyer le visage.

— Arrête ! ai-je crié, horrifiée. C'est le torchon des casseroles.

— Mille pardons !

En éclatant de rire, il se précipita vers le rouleau de serviettes en papier, en arracha une poignée et tendit de nouveau la main vers moi.

— Mais non, voyons ! ai-je protesté. Trempés

comme nous le sommes, il nous faut des vraies serviettes !

Sans mot dire, Jake sortit de la cuisine en courant tandis que j'écartais les cheveux mouillés qui ruisselaient dans mes yeux, que je m'extirpais de ma chemisette qui me collait à la peau et que je secouais mes pieds pour en arracher mes sandales réduites à l'état d'éponges.

Quelques secondes plus tard, Jake reparut, chargé d'une pile de serviettes. Après m'avoir enveloppée d'une grande serviette de bain, il entreprit de me frictionner les cheveux à l'aide d'une autre plus petite. J'en pris une à tâtons et me penchai vers lui pour lui administrer le même traitement. Pendant que nous nous séchions l'un l'autre, un immense fou rire s'empara de nous, comme des écoliers en vacances.

3

Au même instant, notre rire s'éteignit. Soudain dégrisés, nous nous regardions dans les yeux sans mot dire, immobiles au milieu de la cuisine, comme si l'éclair qui venait de nous éblouir derrière les vitres nous avait transformés en statues.

Au bout d'un long silence, Jake recula d'un pas. Il ouvrit la bouche pour parler, se ravisa, mais son regard était assez éloquent pour que je le comprenne sans équivoque. Le désir, l'amour se lisaient sur tous les traits de son visage et, pour la première fois depuis le début de notre longue amitié, je compris à quel point il tenait à moi non pas en tant que camarade, mais en tant que femme. Et cette découverte me donna le sentiment étrange de me dépouiller d'une vieille peau, de rejeter sans retour mon ancienne personnalité. Tout mon passé, les événements mêmes de l'année écoulée, s'évanouissaient comme s'ils n'avaient jamais eu lieu. Et tandis que ce phénomène se produisait en moi, j'éprouvais une intense, une exaltante sensation de libération.

Figée sur place, hypnotisée par le regard pénétrant de ses yeux bleus, je fus soudain envahie par une flambée de désir qui me prit au dépourvu. Pour la première fois, je voyais Jake Newburg comme je ne l'avais jamais encore considéré. Non plus comme un « frère d'armes » ou mon meilleur ami, mais comme un homme qui éveillait en moi un désir sensuel si intense que j'avais tout à coup l'envie impérieuse de faire l'amour avec lui.

Je fis un pas vers lui. Comme s'il lisait dans mes pensées, il s'avança à son tour. Et quand je vins me blottir entre ses bras tendus, je compris que je trouvais enfin ma vraie place en ce monde et qu'elle serait désormais la mienne. Son regard, son expression me disaient tout ce que j'avais besoin de savoir et confirmaient s'il en était besoin les sentiments qu'il m'inspirait. Nos lèvres se joignirent avec une tendresse qui, très vite, se mua en une passion qui nous embrasa.

Nous sommes longtemps restés étroitement enlacés, nos corps fondus en une intimité que je n'avais jamais connue jusqu'alors. C'est en cet instant que je sus avec certitude que j'étais à lui et que je lui appartiendrais jusqu'à la fin des temps. Peut-être en était-il ainsi à mon insu depuis notre première rencontre.

— Viens, Val, murmura-t-il à mon oreille. Viens, soyons enfin ensemble, nous avons déjà trop perdu de temps.

4

Nous sommes sortis de la cuisine et avons monté l'escalier jusqu'à sa chambre en nous tenant par la taille. Dehors, le ciel était noir et la pluie poussée par le vent crépitait contre les vitres.

Jake ferma la porte d'une main et m'entraîna vers le lit sans me lâcher. Il ne nous fallut que quelques secondes pour nous dévêtir. Mais, par ce qui me parut une touchante marque de pudeur, Jake se ceignit d'une serviette et me drapa dans l'autre comme dans une toge. Sans mot dire, nous nous sommes étendus côte à côte.

Mon cœur battait à tout rompre quand Jake se souleva sur un coude et me regarda dans les yeux.

— Je t'attendais depuis si longtemps, Val, je n'osais plus espérer ce qui nous arrive, murmura-t-il d'une voix tremblante d'émotion.

— Oh, Jake, je...

— Non, ne dis rien. Laisse-moi d'abord t'aimer.

Sous ses caresses tendres et savantes, je sentais ma fièvre monter pour atteindre le paroxysme d'un désir qui exigeait d'être assouvi. Je flottais sur les ondes d'une extase dont l'intensité me ravissait et me faisait peur à la fois. Et c'est à l'instant où j'allais perdre totalement le contrôle de moi-même qu'il me prit ou, plutôt, que nous nous sommes donnés l'un à l'autre dans un élan de nos âmes et de nos sens dont j'ignorais qu'il pût être aussi exaltant.

Nous avons longtemps fait l'amour, possédés, fascinés l'un par l'autre. J'allais de surprise en découverte, comblée par les sensations érotiques qu'il éveillait en moi et que j'ignorais posséder. Et lorsque, notre désir mutuel enfin rassasié, nous sommes retombés côte à côte, épuisés, haletants,

Jake prit ma main avant de la porter à ses lèvres. Puis, comme s'il voulait conjurer une crainte soudaine, il me serra très fort contre lui.

— Je ne te laisserai jamais plus t'éloigner de moi, Val, murmura-t-il avec ferveur. Maintenant que je t'ai retrouvée, je te garde. Pour toujours, j'en fais le serment solennel.

5

Il n'y avait rien à répondre à une telle déclaration. Moi non plus, je ne voulais plus le perdre, moi non plus je ne voulais pas m'éloigner. Aussi je suis restée blottie contre lui, encore émerveillée de l'intensité avec laquelle nous avions fait l'amour, baignant corps et âme dans le sentiment euphorique du plaisir, du profond bonheur qu'il avait suscités en moi.

— Qui nous aurait crus capables d'une telle passion l'un pour l'autre ? ai-je murmuré au bout d'un long silence.

— Moi, répondit-il en se soulevant sur un coude pour me regarder dans les yeux. Je le sentais, j'en étais certain depuis le début.

— C'est vrai ? me suis-je étonnée.

— Tout à fait. Dès notre première rencontre à Beyrouth, je me suis dit : « Qui est donc cette merveilleuse inconnue au port de déesse et au visage d'ange qui vient transformer ma vie ? » J'ai eu pour toi le coup de foudre dès que je t'ai vue.

— Pour moi ?

— Bien sûr ! répondit-il en riant. Pour qui d'autre ?

— Pourtant, tu n'as rien laissé paraître, tu n'en as pas soufflé mot.

— Comment l'aurais-je pu ? Ce n'est pas mon genre, tu le sais bien, d'autant que j'étais encore marié à ce moment-là. Je me débattais contre les coups de folie de Sue, qui exigeait que je retourne vivre avec elle à New York et que j'abandonne mon métier pour lui servir de nurse pendant qu'elle reprendrait sa carrière de top model. Voyons, Val, tu sais ce que j'ai subi toutes ces années-là. Je vivais un enfer sur terre. Avec le recul, je me rends compte que Sue n'était pas faite pour le mariage, le mariage avec moi en tout cas. Nous avions tous les deux commis une grossière erreur. C'est pourquoi j'avais décidé de ne pas même t'approcher tant que je ne me serais pas sorti de ce bourbier. Et puis, quand je me suis retrouvé libre et disponible, tu étais subjuguée par Tony, à mon grand désespoir, précisa-t-il avec un soupir. J'étais sur la touche et je ne pouvais rien faire.

— Oh, Jake ! Si seulement j'avais su...

— Quelle différence cela aurait fait ?

— Une énorme différence, à mon avis. Si j'avais connu tes sentiments plus tôt, je n'aurais même pas regardé Tony. Lui et moi avons eu disons... quelques problèmes pendant notre liaison et la qualité de nos rapports laissait souvent à désirer. Pour un certain nombre de raisons que je comprends seulement maintenant.

— Je me rendais compte, en effet, que tout ne marchait pas toujours très bien entre vous. Il n'empêche que je ne pouvais pas chiper sa petite amie à mon meilleur copain, ce n'est pas dans mes habitudes.

— Je sais... J'ai toujours eu un faible pour toi, Jake, ai-je avoué en me sentant soudain intimidée. Mais tu étais au milieu de tels problèmes avec Sue que j'ai juste cherché à être pour toi une amie, et je me suis faite toute petite pour ne pas m'imposer, d'une certaine manière.

— Je le regrette sincèrement.

— Moi aussi, ai-je répondu avec conviction.

Comment m'empêcher de penser au cours si différent qu'aurait pris ma vie si je l'avais vécue avec Jake ? Que de chagrins, que de regrets j'aurais évités ! Contrairement à Tony, Jake était foncièrement bon et honnête. Oui, quelle différence entre ces deux hommes...

— Écoute, Val, tout cela est du passé. Le présent et l'avenir sont à nous, à nous seuls. N'est-ce pas, Val ? ajouta-t-il avec une sorte d'inquiétude qui me toucha.

— Oh oui, Jake ! Oui, tu peux en être aussi certain que je le suis.

Je le pris par le cou, l'attirai tout contre moi. Notre baiser plein de tendresse et de confiance mutuelle se prolongea un long moment, pendant lequel nous découvrions le plaisir, rare pour moi, d'être simplement ensemble, de communier dans un amour partagé.

Dehors, l'orage semblait redoubler de fureur. La pluie crépitait contre les vitres, comme des poignées de clous projetées rageusement par le vent. Entre les bras de Jake, je me sentais pourtant en sécurité comme jamais cela ne m'était arrivé. Et je prenais conscience, moi qui n'avais jamais cru aux miracles, qu'un miracle venait de m'être accordé en la personne de Jake Newberg.

6

Plus tard, après nous être douchés et habillés, nous sommes redescendus à la cuisine. Avant notre promenade dans les jardins, Jake avait mis au frais une bouteille de Dom-Pérignon, qu'il déboucha.

— À nous, ma chérie, dit-il en me tendant une flûte.

Nous avons trinqué, bu une gorgée de champagne.

— Et maintenant, reprit-il, je vais entreprendre de te séduire.

— Tu viens de le faire de manière magistrale ! Mais si tu veux recommencer, je ne demande pas mieux.

Il éclata de rire et me planta un baiser sur le front en allant ouvrir le réfrigérateur.

— Tous les moyens sont bons ! Et maintenant, assieds-toi et reste dans ton coin sans bouger comme une petite fille bien sage pendant que je prépare les délices du Sud que je t'avais promises.

— Je ne lèverai même pas le petit doigt, ai-je répondu en prenant place sur un tabouret. Dans un cas comme celui-ci, je ne vois aucun inconvénient à ce que tu sois tyrannique.

— Moi, tyrannique ? Jamais ! Tout au plus un peu autoritaire.

— Allons, ne jouons pas sur les mots !

Nous avons tous les deux ri de bon cœur pendant que Jake commençait ses préparatifs, qu'il me commentait au fur et à mesure.

— Comme je te l'ai dit ce matin, je n'ai pas trouvé tous les ingrédients, mais je crois que ce sera quand même bon. Il faudra que tu viennes savourer tout cela en Géorgie, quand je t'y emmènerai pour faire la connaissance de mes parents.

J'ai préféré ne pas réagir à sa dernière phrase et je suis restée sagement assise, comme il me l'avait enjoint, à siroter mon champagne en le regardant opérer. J'étais déjà tombée amoureuse de lui — en fait, je l'avais toujours été — et il ne me faudrait plus longtemps pour l'aimer à la folie. Il est étrange, me suis-je surprise à penser, que nous nous connaissions si mal nous-mêmes et sachions si rarement reconnaître nos sentiments profonds. Nous nous les dissimulons et les masquons aux autres, de peur de paraître ridicules, peut-être, ou de crainte d'être rejetés et de nous infliger ainsi une souffrance.

Je savais, du moins, que tel était mon cas.

7

— Si tu te lasses du reportage, tu pourras devenir chef cuisinier, ai-je dit en riant pendant que nous finissions de dîner. Tout était absolument délicieux, Jake.

— Je crois que j'en suis déjà lassé.

— Toi, lassé de la photographie ? me suis-je étonnée. Tu ne veux plus accepter de missions ?

— Plus au Kosovo, en tout cas, puisque tu ne veux pas y retourner toi-même et que je ne veux plus aller nulle part sans toi, ma chérie.

— Moi non plus, ai-je répondu avec un sourire qu'il me rendit.

Nous nous sommes un instant regardés dans les yeux en silence.

— Je suis content que ma cuisine te plaise, dit-il enfin. Et je le suis plus encore de te voir manger convenablement, pour une fois.

— Il faut dire que j'ai eu de quoi m'ouvrir l'appétit, ai-je répondu d'un ton plein de sous-entendus.

— Je sais, dit-il en riant. Et je m'en félicite.

— Tu deviens suffisant, Newberg, ai-je feint de

le réprimander. Il va falloir que tu m'apprennes ces recettes, ai-je ajouté. C'était divin.

— Attends de goûter au dessert ! Je t'ai confectionné une tarte aux pêches aussi bonne que celle de ma mère. Mais tu pourras bientôt faire la comparaison.

— Tu parlais sérieusement tout à l'heure en me disant que tu m'emmènerais en Géorgie rencontrer tes parents et ta grand-mère ?

— Je parle *toujours* sérieusement, dit-il en riant. Et quand je te dis que tu es unique, poursuivit-il, ne l'oublie jamais.

Il se leva pour chercher la bouteille de saint-émilion et m'embrassa dans les cheveux pendant qu'il remplissait mon verre. Je pris sa main posée sur mon épaule, la serrai tendrement. Un instant plus tard, étonnée qu'il garde le silence, j'ai levé les yeux vers lui et fus déconcertée par son expression soucieuse.

— Qu'est-ce qui ne va pas, Jake ?

Il me dévisagea un moment avant de pousser un long soupir.

— Je voudrais que rien ne crée d'obstacles entre nous, Val, surtout pas le souvenir de Tony. Il ne va pas te hanter, au moins ?

Je me suis levée à mon tour, j'ai posé mes deux mains sur ses épaules et je l'ai regardé dans les yeux.

— Non, Jake, le souvenir de Tony ne me hantera pas, je t'assure, ai-je déclaré fermement. Je me suis rendu compte que c'était un salaud, comment voudrais-tu que je garde un bon souvenir de lui ?

— Je ne sais pas... Le souvenir d'un amant prestigieux fauché dans la fleur de l'âge n'est pas sans pouvoir sur la mémoire, tu sais.

— Tu n'as aucune inquiétude à te faire au sujet

de Tony. Ma mémoire ne garde de lui que le souvenir cuisant de ses mensonges.

— C'est vrai. Nous ne saurons donc jamais ce qu'il avait en tête, Val. Pourquoi il a agi envers toi comme il l'a fait. Il est mort, il ne pourra jamais nous l'expliquer. Ni personne d'autre, d'ailleurs.

Je m'abstins de répondre à cette dernière réflexion, car j'avais le pressentiment que Jake se trompait, comme nous allions en avoir la preuve. Une personne connaissait assez intimement Tony pour nous fournir toutes les réponses, celles du moins que j'avais besoin de connaître. Mais nous ne nous en doutions encore ni l'un ni l'autre.

8

Après le dîner, nous avons allumé du feu dans la cheminée du salon et sommes restés à siroter du cognac en bavardant d'un peu de tout, de nous-mêmes, de nos enfances respectives, de la vie que nous menions avant de nous connaître, de notre rencontre à Beyrouth et de toutes les occasions que nous avions perdues d'être ensemble.

— En fin de compte, Jake, je ne regrette rien. Nous nous retrouvons au moment idéal. J'ai eu le temps de mûrir, je suis mieux faite pour toi.

— Tu as toujours été faite pour moi, Val, plus que n'importe quelle femme au monde. Nous étions faits l'un pour l'autre, destinés l'un à l'autre. Le crois-tu, au moins ?

— J'en suis persuadée, mon chéri.

Nous étions aussi sincères l'un que l'autre, je le savais.

Il me prit dans ses bras, m'attira contre lui. Alors, ma tête appuyée sur son épaule et les yeux fermés, je me suis laissée aller à la douceur de ses caresses. Je savais que j'avais enfin trouvé le havre de sécurité auquel j'avais aspiré toute ma vie. Et j'étais désormais en paix avec moi-même.

CHAPITRE QUATORZE

1

Simone et Armand revinrent aux Roches Fleuries le surlendemain de leur départ pour Marseille. Ils arrivèrent en fin de matinée, comme ils nous l'avaient annoncé la veille par téléphone. Mais ils n'étaient pas seuls : ils ramenaient leur fille avec eux.

Je surveillais la cafetière à la cuisine en me demandant ce que j'allais préparer pour le déjeuner quand Simone apparut sur le pas de la porte, Françoise sur ses talons.

— Je suis contente de vous voir, Simone, ai-je répondu à son salut, vous arrivez à point. Je suis en panne d'idées pour le déjeuner et je cherchais l'inspiration.

— Ne vous inquiétez plus de rien, mademoiselle, je suis là pour prendre le relais, dit-elle avec un sourire qui avait retrouvé sa chaleur coutumière.

Puis, tirant Françoise par la main, elle la poussa vers moi. La jeune femme était restée derrière sa mère, par timidité avais-je cru tout d'abord. Mais en la voyant en pleine lumière, je me rendis compte qu'elle avait le visage sérieusement abîmé et que c'était sans doute la raison pour laquelle elle hésitait à se montrer à une inconnue. Blonde, élancée, elle était très jolie malgré ses hématomes.

Simone fit les présentations, nous nous sommes serré la main, mais Françoise ne parvint pas à me rendre mon sourire, sans doute à cause d'une ecchymose près de la bouche aussi marquée que celles qu'elle avait sur le front et une joue.

— Je suis si contente de savoir que votre chute n'a pas eu de conséquences graves pour vous et votre enfant, lui ai-je dit.

— J'ai eu de la chance, répondit-elle d'une voix sourde.

Je sentis que la mère et la fille seraient plus à leur aise sans moi.

— Le café n'a pas tout à fait fini de passer, ai-je dit à Simone en montrant la cafetière. Je reviendrai le chercher dans quelques minutes.

— Ne vous dérangez pas, mademoiselle, je vous l'apporterai sur la terrasse dès qu'il sera prêt.

— Merci, Simone. Je vais prévenir M. Jake de votre retour.

Nettoyé par l'orage et la pluie de la veille, le ciel était redevenu d'un bleu immaculé. Le jardin mouillé embaumait. Je rejoignis Jake, qui lisait sur un transat à l'ombre d'un parasol. La nouvelle du retour de Simone accompagnée de sa fille l'étonna :

— Elle ne m'en avait pas parlé quand elle a téléphoné hier soir. Comment va Françoise ?

— Elle a la figure pleine de bleus, mais elle est ravissante.

— C'est vrai, sa sœur aussi. Ses parents ont sans doute décidé de la ramener ici pour la mettre à l'abri de son mari.

— Ou peut-être simplement pour se rétablir de sa chute, l'ai-je corrigé. Il ne faut pas toujours envisager le pire.

— Peut-être, mais tu viens de dire qu'elle avait des ecchymoses sur le visage. On se fait rarement ce genre de choses en tombant dans un escalier.

— Son mari l'a peut-être battue, je l'admets. Mais seules sa mère et elle connaissent la vérité.

— Simone ne nous en parlera sûrement pas, je la connais, elle est très discrète. Mais elle fera tout son possible pour protéger sa fille s'il est avéré qu'Olivier la maltraite.

— Tu as sans doute raison... Chut ! Voilà Simone.

Elle venait d'apparaître sur la terrasse avec la cafetière et deux tasses sur un plateau. Jake se leva et lui serra la main.

— Bonjour, Simone. Ravi de vous revoir. Alors, Françoise est venue avec vous, paraît-il ?

— Oui, monsieur Jake. Cela lui fera du bien de se reposer quelques jours pour se remettre de sa... chute.

— Vous avez raison, la villa est l'endroit idéal pour une convalescence, nous en savons quelque chose, Mlle Denning et moi. N'hésitez pas à me dire si nous pouvons faire quoi que ce soit pour vous ou pour Françoise, et merci pour le café. Je comprends maintenant pourquoi Armand et elle ont refusé que j'aille les chercher à la gare et préféré prendre un taxi, poursuivit-il quand Simone se fut retirée. Françoise ne veut pas se montrer en public. Pourtant, nous sommes des amis... Enfin, chacun fait ce qu'il veut, ajouta-t-il avec un soupir.

— Exactement, et nous n'avons pas le droit de nous mêler de leurs affaires, ai-je approuvé. Ils vivent ici depuis plus de vingt ans, les deux filles y ont grandi, ils sont chez eux, alors que nous ne sommes que les hôtes de ton ami Peter.

— À propos d'hôtes, Val, quand veux-tu rentrer à Paris ?

— Jamais ! ai-je répondu en souriant. Je ne connais pas d'endroit plus merveilleux que Les Roches Fleuries.

— Puis-je savoir pourquoi ?

— Parce que tu es ici et que nous sommes ensemble, au meilleur sens du terme. Ce serait merveilleux avec toi n'importe où, ai-je ajouté avec mon sourire le plus séduisant. Mais cette maison est quand même extraordinaire.

— Tu m'as volé les mots de la bouche, répondit-il en riant. J'adore Les Roches Fleuries — pas autant que je t'adore toi, bien sûr, mais je m'y suis toujours senti bien.

— Il y règne en effet une atmosphère joyeuse et paisible qui remonte, je crois, au temps d'Adelia Roland. Elle a créé un décor et des jardins féeriques et j'ai toujours pensé que les personnes qui habitent une maison lui transmettent un certain... Comment dire... *feeling*, bon ou mauvais. Pas toi ?

— Si, je suis entièrement d'accord.

— En tout cas, j'espère que Peter nous laissera y revenir.

— Quand tu voudras, je m'en porte garant.

— Pour parler de choses sérieuses, nous devrions peut-être songer à rentrer si nous voulons gagner notre vie. As-tu des projets ?

— Pas vraiment. Ou plutôt, pour être tout à fait franc, je pensais aller d'abord passer une quinzaine de jours à New York.

— À New York ?

— Ne prends pas cette mine stupéfaite, voyons ! Écoute, enchaîna-t-il, depuis quelque temps je voulais te parler d'un livre que j'aimerais publier. C'est la raison pour laquelle je pense aller à New York prendre contact avec des éditeurs. Harvey Robinson en a déjà parlé à certains, m'a-t-il dit. Ils sont très intéressés par mon idée et ils veulent me voir.

— Et tu ne m'en as rien dit ? me suis-je récriée.

— Je suis précisément en train de le faire.

— Excuse-moi, j'ai réagi de manière puérile. C'est une excellente idée, Jake. Sincèrement.

— Seulement si tu acceptes d'y collaborer, Val.

Prise encore une fois au dépourvu, je ne répondis pas aussitôt.

— Mais d'abord, de quel genre de livre s'agit-il ? Et pourquoi aurais-tu besoin de moi ? L'écriture n'est pas mon fort, tu le sais bien.

— Il s'agit d'un livre sur la guerre, pour répondre à ta première question. Et j'ai besoin de toi car j'aimerais avoir quelques-unes de tes photos, qui sont remarquables. Et puis, tu pourras aussi m'aider pour les textes parce que, sans vouloir froisser ta modestie, tu écris admirablement. Beaucoup mieux que moi, en tout cas.

Je me sentis malgré moi flattée par ses compliments.

— Tu es trop gentil, Jake, mais je ne sais pas quoi te répondre. Et que veux-tu dire au juste par un livre « sur la guerre » ?

— Pas sur la guerre en soi, plutôt sur les enfants de la guerre ou *dans* la guerre. Je ne veux pas montrer les morts ou les mutilés, mais ceux qui réussissent à survivre, ceux qui constituent l'avenir de leur pays, qui représentent un symbole d'espoir. Qui sont, en un sens, les fleurs de la guerre, tu sais, celles qui poussent sur les ruines. Tu as pris des quantités de photos admirables d'enfants avant, pendant et après les combats. C'est d'ailleurs ta spécialité, pas la mienne ni celle de Tony, tu le sais bien. Alors, ma chérie ? Dis-moi oui.

— Ce serait un bon titre, ai-je répondu pour gagner du temps.

— Quel titre ? s'étonna Jake.

— « Fleurs de guerre ».

Les sourcils froncés, il réfléchit quelques secondes.

— Bon sang, tu as raison ! Ce serait excellent, en effet. Tu vois bien que j'ai besoin de toi.

— Je l'espère de tout mon cœur, mais pas seulement pour cela, ai-je dit en lui donnant un petit baiser.

— Alors, Val, c'est oui ? insista-t-il.

J'affectai un sourire énigmatique :

— Ma foi, cela dépendra de...

— De quoi ?

— De la manière dont tu me traiteras.

— Plus amoureux que moi, tu meurs ! dit-il en riant.

— Dans ce cas, marché conclu.

— Et ce n'est pas tout, précisa-t-il. Ce sera un partenariat tout ce qu'il y a de régulier, nous partagerons moitié moitié les avances et les droits d'auteur. Alors, qu'en dis-tu ?

— Je dis : d'accord.

— Nous nous amuserons bien, Val, tu verras !

Et il me sourit en arborant la mine ravie du petit garçon qui vient de gagner la récompense la plus précieuse de sa vie.

2

Comme à l'accoutumée, Simone nous régala d'un délicieux déjeuner. Pendant que nous le savourions, Jake ne cessa pas de parler de son,... non, de *notre* projet de livre, avec un enthousiasme contagieux. Plus je l'écoutais, plus l'idée me plaisait — surtout, je crois, parce que travailler avec lui me permettrait de le dissuader de retourner au Kosovo. Il avait eu beau me promettre de ne plus aller nulle part sans moi, j'avais tout lieu de craindre qu'il ne finisse par céder aux pressions que Jacques ne manquerait pas d'exercer sur lui. Et s'il ne couvrait pas cette guerre-là, il y en aurait sûrement une autre qui ferait rage quelque part dans le monde.

Bien sûr, nous étions tous deux correspondants de guerre et nous ne pouvions pas renier notre métier, choisi en toute connaissance de cause. Mais ce domaine nécessairement violent et parfois morbide du journalisme avait perdu pour moi son attrait, pour le moment du moins. Je priais le ciel qu'il en soit de même pour Jake.

Nous avons donc passé en revue les photos dont nous disposions, envisagé les choix à effectuer, les notes à rechercher et à trier. Nous en sommes même arrivés à esquisser le plan du livre et définir les grandes lignes des chapitres. Gagnée par la ferveur de Jake, je me sentais aussi engagée que lui dans la réussite du projet.

3

Nous sommes montés faire la sieste après le déjeuner. Inutile de dire qu'une fois seuls dans ma chambre, ni Jake ni moi n'avions la tête à nous reposer. Il ne nous fallut que quelques secondes pour nous dévêtir et nous allonger sur le lit, blottis dans les bras l'un de l'autre.

— Oh ! mon amour, quelle chance nous avons eue de nous trouver enfin, me chuchota-t-il à l'oreille. Nous nous entendons si bien.

— C'est vrai, mon chéri.

Il me prit le visage entre les mains, embrassa mes lèvres avec douceur. Je me serrai plus fort contre lui.

— Je t'aime, Val. Je t'adore depuis le premier jour, mais plus encore maintenant.

— Moi aussi, Jake.

— Ne perdons pas ce trésor que nous avons entre nous, gardons-le aussi longtemps que nous le pourrons.

Il me fixait des yeux avec intensité, comme s'il lisait jusqu'au plus profond de mon âme. Je voyais dans ses yeux bleus le reflet de son désir et de son amour pour moi.

— Gardons-le pour toujours, mon amour, ai-je murmuré.

— Si nous en sommes capables. Toujours est bien long... Mais nous pouvons au moins essayer, n'est-ce pas ?

Sans attendre ma réponse, il m'embrassa de nouveau puis, avec une tendresse infinie, commença à me caresser.

Il n'en fallait pas plus pour que notre passion se déchaîne. Et quand, notre désir enfin assouvi, nous nous sommes endormis dans les bras l'un de l'autre, comblés de plaisir et de bonheur, nous savions avec certitude que nous étions faits l'un pour l'autre.

CHAPITRE QUINZE

1

Vers le milieu de l'après-midi, Jake descendit téléphoner à Paris. En tant qu'associé de l'agence, il devait se tenir tous les jours au courant des affaires en cours, des missions à venir et de leurs commanditaires de la presse quotidienne ou périodique.

Installé dans la bibliothèque, au grand bureau près de la fenêtre d'où l'on dominait les jardins, il appela donc son ami Jacques Foucher. Sachant qu'il en aurait pour un bon moment, je suis sortie me promener au jardin, comme j'aimais souvent le faire en fin d'après-midi. Le violent orage de la veille, avec sa pluie diluvienne et ses rafales de vent, avait causé des ravages dans la végétation et décimé les fleurs les plus délicates. J'avais vu dans la matinée Armand, atterré, aller de massif en massif pour estimer les dégâts.

Le beau temps réapparu après la tourmente ne tenait cependant pas ses promesses du matin. Le ciel commençait à se couvrir d'un voile laiteux, la température n'était plus aussi tiède. En un mot, les merveilleuses journées de l'été finissant dont nous avions bénéficié pendant une quinzaine faisaient place aux signes précurseurs de l'automne. Mais j'étais trop heureuse d'être avec Jake aux Roches Fleuries pour regretter cette évolution prévisible du temps.

Je me dirigeais vers mon banc préféré sous le cèdre quand, au détour d'un buisson, je me suis arrêtée net en voyant Françoise debout près du banc, si proche du bord qu'elle me parut sur le point de tomber. Prise de panique, je ne sus d'abord que faire et il me fallut un instant pour me ressaisir. Je n'osais plus bouger ni parler, de peur de la surprendre et de provoquer ainsi de sa part un geste irréfléchi dont les conséquences risqueraient d'être fatales.

Au bout d'une ou deux minutes, j'ai décidé d'attirer son attention par de légers bruits qui ne lui feraient pas peur. Un seul faux pas la précipiterait dans le vide et je me demandais avec angoisse ce qu'elle faisait à cet endroit dangereux. Y était-elle venue dans le dessein de commettre un acte effroyable ? Était-elle vraiment battue par son mari, comme Jake semblait le croire ?

Elle bougea soudain et, de frayeur, j'ai fermé les yeux. Quand je les rouvris une seconde plus tard, Dieu merci, Françoise était toujours au même endroit. Le cœur battant à tout rompre, je me demandais comment l'empêcher de céder au désespoir et de sauter, si telle était son intention. Cette seule pensée me redonna mon sang-froid : il fallait à tout prix attirer son attention sans l'effrayer.

Je tendis la main pour agiter les branches du buisson, mais le bruissement des feuilles se révéla sans effet. Immobile comme une statue, Françoise me tournait le dos et paraissait insensible à ce qui se passait autour d'elle. Je devais donc m'y prendre autrement.

Après avoir rebroussé chemin sans bruit d'une vingtaine de pas, assez pour être hors de vue, je me suis de nouveau dirigée vers le cèdre en marchant sur la pelouse d'un pas normal et en fredonnant une chanson à la mode, juste assez fort pour que le son de ma voix lui parvienne et qu'elle me reconnaisse. Cela suffirait peut-être à la tirer de cet état second qui me faisait si peur.

Lorsque je suis sortie de derrière le buisson, je vis avec soulagement que ma ruse avait réussi. Toujours figée au même endroit, Françoise s'était retournée en prenant conscience de ma présence. Devant son expression troublée, je me suis efforcée d'agir avec autant de naturel et de désinvolture que j'en étais capable.

— Tiens, vous êtes là, Françoise ? me suis-je écriée gaiement. J'espère que je ne vous ai pas fait grincer des dents avec mes fausses notes. Je n'ai jamais su chanter juste, je l'avoue.

Elle me dévisageait comme si elle ne me reconnaissait pas. Au moins, Dieu merci, elle n'avait pas fait de faux pas. Je devais donc continuer à me conduire comme si de rien n'était.

— Vous savez, ai-je repris, cet endroit est mon préféré de tout le jardin. C'est le vôtre aussi, je pense, puisque je vous y rencontre ?

Pour la première fois, je la vis cligner des yeux et sortir enfin de sa transe.

— Je venais souvent ici avec Mme Adelia quand j'étais petite, répondit-elle d'une voix mal assurée.

— Parlez-moi d'elle, Françoise, je la trouve fascinante.

Elle hésita, tourna la tête, fixa un instant des yeux le vertigineux à-pic à ses pieds. La gorge nouée, je m'abstins du moindre geste, de la moindre parole susceptible de l'affoler. Enfin, avec une brusquerie qui me noua la gorge, elle s'écarta du bord et s'approcha à pas lents. Les jambes flageolantes, je me laissai tomber sur le banc.

— Mme Adelia était pour vous une amie, n'est-ce pas ? ai-je demandé d'un ton que j'espérais normal.

— Oui. C'était une femme... exceptionnelle.

Françoise s'arrêta devant moi. Je lui pris la main avec douceur.

— Asseyez-vous donc, Françoise. Parlez-moi d'elle.

Elle ne m'opposa pas de résistance et s'assit à côté de moi, mais elle retomba dans son mutisme, le regard dans le vague. Je gardai le silence en attendant qu'elle se décide à parler.

— Je me sens en sécurité ici, dit-elle enfin.

— Dans cet endroit en particulier, voulez-vous dire ?

— Oui, parce que Mme Adelia y est toujours, en esprit du moins. Je la sens toute proche, elle m'aide, elle me soutient.

J'hésitai un instant avant de me jeter à l'eau :

— Voulez-vous me parler de vos problèmes, Françoise ?

— Mes problèmes ? répéta-t-elle.

Je me contentai d'un signe d'acquiescement. Le silence retomba.

— Il est parfois plus facile de se confier à un inconnu, ai-je repris au bout d'un moment. Un auteur américain, Tennessee Williams, a écrit quelque chose comme : « Je me suis toujours reposé sur la bonté des inconnus. » Pourquoi n'en feriez-vous pas autant ?

Un profond soupir lui échappa. Elle regardait toujours au loin, l'air troublé.

— Je... je ne veux pas rentrer chez moi, murmura-t-elle enfin. J'ai peur. Très peur.

— De votre mari ?

Elle acquiesça d'un signe de tête en évitant mon regard.

— Dans ce cas, il faut rester aux Roches Fleuries.

— Non, je ne peux pas. Je dois partir, au contraire. Le plus loin possible.

Sa voix était à peine audible.

— Parce qu'il viendrait vous chercher ici ? C'est bien cela, n'est-ce pas, Françoise ?

— Oui.

— En avez-vous parlé à votre mère ? Elle sait sûrement que votre mari vous maltraite ou, du moins, elle s'en doute déjà.

Des larmes apparurent soudain dans ses yeux gris.

— Oui, je crois... J'étais venue ici pour réfléchir. Pour écouter la voix de Mme Adelia. Mais ma crainte m'empêche de l'entendre.

— Allons, Françoise, il faut se ressaisir. Garder son calme, raisonner posément, ai-je dit en lui prenant de nouveau la main.

Cette fois, elle se tourna vers moi et me regarda dans les yeux.

— C'est ce qu'elle m'aurait dit. Voyez-vous, poursuivit-elle après un long soupir, Mme Adelia est morte ici même, à cet endroit.

— Ici même ? ai-je répété, déconcertée.

— Oui. Elle avait fait installer une chaise longue en teck, sur laquelle mon père posait des coussins tous les matins. Mme Adelia venait s'y reposer dans la journée. C'était son « lieu du souvenir », disait-elle. Un jour, elle est morte dans son sommeil et son esprit a rejoint celui de son cher marquis.

— Mais il est toujours présent dans ce lieu, n'est-ce pas ?

Je commençais à comprendre pourquoi, dès le premier jour, je m'étais sentie attirée par ce coin du jardin.

— Oui. Je ne veux pas retourner à Marseille, enchaîna-t-elle, j'ai trop peur. Il vaudrait mieux que je sois morte. Moi et mon bébé.

— Non, Françoise, il ne faut pas dire des choses pareilles ! Et ne prenez pas l'habitude de vous tenir aussi près du bord, c'est très dangereux. J'ai eu peur en vous voyant là, il y a quelques minutes. Il aurait suffi d'un faux pas, d'un geste brusque...

— Je sais. Ne dites surtout pas à ma mère que vous m'avez vue au bord de la falaise, je vous en prie, mademoiselle, ajouta-t-elle avec un regard implorant. Elle s'inquiéterait.

— Je ne lui dirai rien.

— Promis ?

— Promis. Mais vous allez vous aussi me faire une promesse.

— Laquelle ?

— De ne jamais plus avoir l'idée de vous faire du mal, à vous et au bébé.

— Pourtant, je ne peux pas retourner avec mon mari. Quand il boit, il devient fou. Un jour, il me tuera, je le sais. Pourquoi faudrait-il que j'attende sans rien faire ? Pourquoi endurer tout cela ? Il vaut mieux me tuer tout de suite. Au moins, l'enfant ne souffrira pas.

— Non, Françoise, vous ne devez pas penser de cette façon ! Écoutez, il faut réagir, nous organiser. Laissez-moi réfléchir, je trouverai un endroit sûr où vous cacher jusqu'à ce que le problème soit réglé.

Un bref éclair d'espoir traversa son regard avant de s'évanouir.

— Il me retrouvera, mademoiselle, dit-elle avec accablement. Il est dans la police.

— Je sais. Mais j'en parlerai à M. Jake et...

— Non, je vous en prie ! Il en parlera à ma mère.

— Rassurez-vous, Françoise, il ne lui dira rien si je le lui demande, ai-je affirmé. C'est un homme d'honneur, vous pouvez lui faire confiance, croyez-moi.

Françoise garda le silence un long moment.

— D'accord, dit-elle enfin. Mais faites-lui promettre de ne pas en dire un mot à ma mère.

— Vous avez ma parole. D'ailleurs, j'ai déjà une idée, laissez-moi y réfléchir et je vous tiendrai au courant. Et maintenant rentrons vite, votre mère doit se demander où vous êtes.

2

Quand j'ai franchi la porte de la bibliothèque, Jake se levait de son siège.

— Ah, te voilà ! s'écria-t-il. J'allais justement partir à ta recherche... Qu'est-ce qui se passe ? ajouta-t-il en voyant mon expression.

— Tu avais raison, le mari de Françoise la bat, ai-je répondu en me laissant tomber dans un fauteuil. Elle vient de m'avouer qu'elle a peur de lui et qu'elle préfère se tuer tout de suite plutôt que d'attendre qu'il le fasse et de subir ses brutalités entre-temps.

Jake m'avait écoutée en fronçant les sourcils.

— Je le craignais, dit-il en s'asseyant en face de

moi, mais je ne m'attendais quand même pas à ce que ce soit aussi grave.

J'entrepris alors de lui répéter aussi exactement que possible ce qui s'était passé dans le jardin pendant qu'il téléphonait à Paris. Il m'écouta avec son attention coutumière et je pouvais lire sur son visage les sentiments que ce récit lui inspirait.

Quand j'eus terminé, il garda le silence un long moment. Je le connaissais assez pour savoir qu'il réfléchissait calmement. C'était un de ses traits de caractère que j'appréciais le plus : quelles que soient les circonstances, il ne s'affolait jamais ni ne cédait à la panique. Je savais pouvoir toujours compter sur son sang-froid.

3

— Dis à Françoise que je n'en soufflerai pas mot à sa mère, dit-il à l'issue de sa réflexion. Je suis malgré tout à peu près certain que Simone est déjà au courant, même si Françoise ne le lui a pas avoué. Une mère sent d'instinct ce genre de choses, n'est-ce pas ?

— Comment le saurais-je, je n'ai jamais eu de mère !

Les mots m'étaient venus aux lèvres malgré moi et je n'avais pas l'intention de me rétracter, ils ne faisaient qu'exprimer la vérité. Jake préféra ne pas relever et changea de sujet.

— Oh, j'allais oublier, Val. Mike Carter t'a appelée juste avant que tu rentres. Ton frère lui a téléphoné dans l'après-midi, il te cherche. Mike ne lui a pas donné le numéro de la villa, il lui a simplement dit qu'il essaierait de te transmettre le message. Ton frère demande que tu le rappelles le plus vite possible — c'est très urgent, paraît-il.

— Qu'est-ce qu'il peut bien me vouloir ? ai-je grommelé.

En réalité, je m'en moquais éperdument.

— Il n'a rien dit de plus à Mike. J'ai noté son numéro sur le bloc près du téléphone.

— Merci, ai-je répondu pour la forme, alors que je n'avais pas la moindre intention de rappeler Donald.

Pendant ce bref dialogue, Jake s'était approché de la porte-fenêtre donnant sur la terrasse et regardait le jardin.

— Tu as dit à Françoise que tu avais une idée, dit-il au bout d'un bref silence. Laquelle ?

— J'ai pensé qu'elle serait en sécurité à Paris chez moi. Je l'installerai dans la chambre d'amis qui me sert de bureau, il y a un lit et une armoire pour ranger ses affaires. De plus, il est probable que je n'y resterai pas longtemps si je pars en mission ou si tu veux bien m'héberger jusqu'à ce que le problème soit réglé. Tu ne me chasserais pas si, en cas de besoin, je squattais ton appartement, j'espère ? ai-je ajouté en souriant.

— Cela demande réflexion, répondit-il d'un ton moqueur qui me fit pouffer de rire.

— Bref, ai-je repris, Olivier, son mari, ne me connaît pas. Tant que Simone et Armand garderont le secret, il ne pourra pas retrouver Françoise. Chez moi, elle ne risquera rien.

— C'est vrai. Mais il ne se privera sans doute pas de les harceler.

— Ils n'accepteront jamais de trahir leur fille, voyons ! Simone n'est pas une mauviette, je la crois capable de tenir tête à n'importe qui, même à une escouade de policiers.

— Je suis de ton avis et Armand lui non plus n'est pas du genre à se laisser intimider. Je sais d'ailleurs qu'il a participé activement à un réseau de Résistance pendant l'Occupation, bien qu'il ne soit pas homme à s'en vanter. Il était encore très jeune à l'époque, cela l'a endurci et lui a beaucoup appris sur la nature humaine. Mais dis-moi ce qui t'a amenée si subitement à vouloir prendre Françoise sous ton aile, Val ? poursuivit-il. C'est généreux de ta part, mais elle n'est qu'une inconnue et tu connais à peine ses parents.

J'hésitai à lui dévoiler mes raisons. Puis, sous le regard pénétrant de ses yeux bleus, je compris qu'il m'écouterait et me croirait, si improbable que ma réponse puisse paraître à d'autres :

— Eh bien, vois-tu, je me suis prise d'affection pour Simone parce qu'elle a un côté maternel qui me touche. Son mari et elle se trouvent dans une situation dramatique, sans parler de Françoise bien sûr. Que son mari la batte et la brutalise alors qu'elle est enceinte me révolte. Alors, si je peux lui venir en aide, pourquoi pas ? Nous avons vu tant de drames, tant de souffrances, toi et moi, sans jamais rien pouvoir faire, ou si peu ! Rappelle-toi combien de femmes et d'enfants nous avons réussi à arracher de justesse au danger pour devoir les abandonner ensuite à leur sort ! Pour une fois, je voudrais sauver ceux-ci jusqu'au bout, comprends-tu ? Penser que cette belle jeune femme puisse un jour être battue à mort par un ivrogne, parce que cela finira par arriver, me met hors de moi. Je me considère moralement obligée de l'arracher aux griffes de son mari et de l'aider à se sortir une fois pour toutes de cette épouvantable situation.

— Je suis entièrement d'accord avec tout ce que tu viens de dire et je t'admire de vouloir aider Françoise. Je ferai tout ce que je pourrai pour me rendre utile, tu le sais bien. Tu as raison, il faut réagir.

— Merci, Jake. Je suis heureuse que tu sois d'accord.

— En aurais-tu douté ? Mais, par curiosité, je voulais te demander autre chose. Qu'est-ce qui t'a donné l'idée de faire des bruits en coulisse, si je puis dire, pour détourner l'attention de Françoise ? Comment savais-tu que cela marcherait ? Je n'y aurais jamais pensé, je l'avoue.

— Franchement, je n'en sais rien. Simple bon sens, peut-être. Je me suis dit que si je la surprenais, elle pourrait faire un faux mouvement et tomber sans l'avoir voulu ou, au contraire, se jeter délibérément dans le vide avant que je puisse la retenir. C'est pourquoi je me suis forcée à avoir l'air normal, comme si j'arrivais par hasard. Dans l'état d'esprit où elle était, tout autre comportement de ma part l'aurait sans doute déstabilisée, mentalement ou nerveusement, et je ne voulais pas en prendre le risque.

— Tu crois vraiment qu'elle avait l'intention de se tuer ?

— Oui, Jake, j'en suis presque certaine. Elle m'a dit qu'elle était venue à cet endroit-là pour écouter la voix de Mme Adelia, mais que sa peur de son mari l'empêchait de l'entendre. Si je ne n'étais pas arrivée à ce moment-là, Dieu sait ce qui se serait passé.

Visiblement choqué, Jake vint s'asseoir à côté de moi.

— Seigneur ! soupira-t-il. Donc, tu lui as sauvé la vie.

— Peut-être. Mais ce que je voudrais, c'est surtout la sauver de son enfer conjugal et la mettre hors de portée de son mari. Elle pourra accoucher à Paris aussi bien qu'à Marseille.

— Cet Olivier est dans la police, il a un grade assez élevé, je crois. Il aura les moyens de rechercher Françoise. Il faudra que Simone et Armand soient très prudents et se méfient surtout du téléphone, au cas où le mari réussirait à mettre le leur sur écoute.

Cette fois, ce fut à mon tour d'être effarée :

— Tu crois qu'il irait jusque-là ?

— J'ignore si les policiers peuvent s'arroger ce genre de passe-droits en France, mais j'en connais aux États-Unis qui ne s'en privent pas. Je vais mettre les parents en garde et leur conseiller de ne téléphoner que d'une cabine publique, ou plutôt de laisser Françoise les appeler. Mais à propos de téléphone, ajouta-t-il après une légère hésitation, tu ne crois pas que tu pourrais rappeler ton frère ?

Je ne répondis que par un grognement agacé et me suis levée de mauvaise grâce. Et c'est en lisant le numéro que Jake avait inscrit sur le bloc que je pris conscience de la cause profonde de ma répugnance à rappeler Donald. Car il s'agissait à coup sûr de Margot Scott Denning. Ma soi-disant mère.

4

Il me fallut un long moment et un effort surhumain pour me décider à décrocher le combiné et composer le numéro. En entendant la sonnerie à l'autre bout, je priai mentalement le ciel que Donald soit sorti et que je m'en tire par un simple message sur son répondeur. La chance, hélas, n'était pas avec moi. Donald décrocha à la deuxième sonnerie.

— Vas-y, Éliane, je t'écoute, dit-il de but en blanc.

— Ce n'est pas Éliane, c'est Val, ai-je annoncé sèchement.

— Ah, c'est toi ? Salut. Je croyais que c'était une de mes sources qui devait me rappeler tout de suite. Alors, frangine, comment va ?

— Bien, merci. J'ai appris que tu cherchais à me joindre pour une raison importante.

— Oui, très. Il faut que tu rentres à la maison sur-le-champ. Maman veut te parler de toute urgence.

— Je ne peux pas en ce moment et je ne suis ni à sa disposition ni à la tienne. Je te signale en outre que je n'habite plus New York depuis des années et que je n'ai aucune envie d'écouter ce que veut me dire une femme qui ne m'a pas accordé une seconde d'attention depuis le jour de ma naissance. Moi, de toute façon, je n'ai rien à lui dire.

Je me retins de justesse d'ajouter « ni à toi non plus ».

— Ne le prends pas comme ça, voyons ! Elle a été très malade.

— Ah oui ? ai-je lâché avec un ricanement amer.

— Oui, frangine, elle a encore eu une crise cardiaque. Il faut que tu rentres, je t'assure. Tu n'es déjà pas venue quand je te l'ai demandé il y a quelques semaines ; si tu ne viens pas cette fois, il y a des chances pour ce que ce soit trop tard.

— Que veux-tu dire, Donald ? Tu penses qu'elle va mourir ?

— Parfaitement. Il s'agit de son testament et cela me concerne autant que toi...

J'entendais Donald parler sans que je me donne la peine de l'écouter. Jake me regardait en fronçant les sourcils d'un air interrogateur. Sa famille était si différente de la mienne que si je tentais de lui expliquer nos rapports, il ne comprendrait pas.

— Écoute, frangine, il y a un sacré paquet en jeu et je me ferai entuber si tu ne te démerdes pas pour rappliquer dare-dare ! Si elle casse sa pipe avant que nous ayons débrouillé ce méli-mélo, je me retrouverai dans la merde jusqu'au cou !

— De qui parles-tu, Donald ? De la chatte de ta concierge ou de ta « chère petite maman », comme tu l'appelais ? Si tu continues sur ce ton, je raccroche. Je ne supporte pas tes grossièretés.

— Tu es franchement pénible, Val ! Cool, bon sang ! Ce n'est pas ma faute si tu es mal b...

— Tais-toi, Donald, ou je raccroche !

— Bon, bon, je tiendrai ma langue. Donne-moi une date, c'est le plus important, d'accord ? Après tout, la voix du sang...

— La *quoi* ? C'est bien la première fois que j'en entends parler dans la famille Denning.

— Tu parles ! Le vieux t'a tout légué à toi. Moi, je n'ai rien eu. J'estime que c'est quand même un peu à mon tour, non ?

— Comment oses-tu dire que tu n'as rien eu ? Grand-père t'a laissé un joli capital. L'aurais-tu déjà dilapidé ? De toute façon, me suis-je hâtée d'enchaîner sans lui laisser le temps de réagir, ce n'est pas de son testament qu'il est question, si j'ai bien compris, mais de celui de Margot Denning. Et je me demande pourquoi tu prétends avoir besoin de moi, parce que je suis certaine de ne pas y figurer et que tout te reviendra. Elle ne m'a pas accordé la moindre attention depuis trente et un ans, il n'y a aucune raison pour que cela change maintenant.

— Écoute, Val, je te répète que je ne comprends rien à ce qu'elle manigance. Je sais seulement que mon héritage dépend du tien, je ne sais ni comment ni pourquoi. Alors, sois bonne fille, donne-moi une date, que je puisse au moins dire quelque chose à maman. Elle n'arrête pas de me harceler.

— Je ne peux pas te l'indiquer tout de suite, je te rappellerai.

— Quand cela, bon Dieu ? Tu ne vas pas me faire lanterner indéfiniment !

— J'ai d'abord besoin de vérifier mon emploi du temps, ai-je répliqué sèchement. Je te rappellerai demain à cette heure-ci.

— Bon, d'accord, dit-il d'un ton résigné. À demain.

Il raccrocha si vite que je me suis retrouvée avec le combiné en main. Il me fallut un long moment pour le reposer sur son support. Et quand je rapportai notre conversation à Jake, ce fut avec une certaine tristesse — non pas pour moi, mais pour mon frère.

Car à l'exemple de sa mère, Donald n'avait jamais trouvé le temps de s'intéresser à moi. Jusqu'à présent, du moins.

CHAPITRE SEIZE

1

New York, octobre. Si quelqu'un m'avait dit que je serais à Manhattan huit jours après cette conversation avec mon frère, je lui aurais ri au nez. Pourtant, j'étais là, assise derrière le vieux bureau de mon grand-père, en train de regarder la gigantesque enseigne lumineuse Pepsi-Cola se dressant à Long Island sur l'autre rive de l'East River.

À la fin de cette belle journée d'octobre, je tuais le temps en attendant que Jake revienne de son rendez-vous chez l'éditeur. Un directeur de collection d'une importante maison d'édition s'intéressait à *Fleurs de guerre*, le titre provisoire du livre que nous préparions. Car ma participation était désormais acquise : je devais fournir une sélection de mes photos et, en plus, rédiger les textes et les légendes.

Jake m'avait demandé de l'accompagner avec Harvey, qui le présentait à l'éditeur, mais j'avais décliné l'invitation. Le contact était pris depuis le début au nom de Jake qui, de toute façon, était beaucoup plus connu que moi. Je voulais aussi me ménager le temps de reprendre mon souffle, si je puis dire, et me reposer au moins une journée.

Sachant combien Jake tenait à la réussite de ce livre, je priais le ciel qu'ils se mettent tous d'accord sur les conditions. Savoir que Jake serait ainsi fixé pour un long moment, plutôt que de courir au Kosovo ou vers quelque autre lieu dangereux, me faisait infiniment plaisir.

Tout en regardant distraitement les eaux du fleuve miroiter sous le soleil couchant, je me remémorais tout ce qui s'était produit au cours de ces huit derniers jours.

Le soir des aveux de Françoise dans le jardin, Jake et moi avions eu une longue conversation avec elle. Ma proposition de chercher refuge chez moi à Paris l'avait d'abord laissée hésitante, comme embarrassée. Puis, quand Jake lui eut dit que nous mettrions ses parents dans la confidence, elle avait aussitôt accepté, à notre vif étonnement. Très vite ralliés à mes raisons, Armand et Simone avaient fini de convaincre leur fille d'accepter. Et c'est ainsi que nous avons tous les trois pris l'avion pour Paris le lendemain matin.

Avant de quitter Les Roches Fleuries, Jake avait mis les Roget en garde, en leur expliquant pourquoi ils ne devraient sous aucun prétexte téléphoner à Françoise de chez eux ou de la villa, précaution dont ils avaient parfaitement compris le bien-fondé. Pourtant, alors que nous laissions derrière nous Saint-Jean-Cap-Ferrat, je n'avais pu m'empêcher d'exprimer mon inquiétude, mais Jake m'avait rassurée : Armand et Simone ne céderaient ni l'un ni l'autre aux pressions ou au harcèlement de leur gendre.

Nous n'étions à Paris que depuis vingt-quatre heures quand Harvey Robinson avait appelé Jake de New York pour lui dire que le directeur de collection de la maison d'édition voulait le rencontrer le plus tôt possible. Harvey réservait une autre surprise à Jake : une galerie très connue de SoHo désirait exposer ses photos et voulait lui parler en personne.

— Allons-y, Val, m'avait-il dit ce soir-là, visiblement enchanté de ces perspectives prometteuses. Partons la semaine prochaine.

Je ne partageais pas son enthousiasme :

— Je ne m'attendais pas à m'en aller aussi vite. Et une fois à New York, je me sentirai obligée de voir mon frère alors que je n'en ai aucune envie, avais-je grommelé.

— Justement, avait répliqué Jake, pourquoi refuses-tu de le voir ? Et pourquoi n'irais-tu pas voir ta mère par la même occasion pour tirer au clair cette affaire de testament ? Tu devrais même en profiter pour vider l'abcès une bonne fois pour toutes, lui dire ce que tu as sur le cœur, lui faire avouer les raisons de son attitude envers toi. Rien ne vaut une explication franche, crois-moi. Tu te sentiras mieux après. Libérée, en réalité.

Son raisonnement ne m'avait pas convaincue et la perspective d'aller à New York me déplaisait toujours autant. Je répugnais aussi à partir si vite en laissant Françoise seule et sans protection.

Aussi, en me rendant le lendemain matin aux bureaux de l'agence Gemstar où je n'avais pas reparu depuis le mois d'août, j'avais fait part de mes réticences à Mike Carter, qui m'avait offert la solution du problème en me proposant de veiller lui-même sur Françoise. Il m'avait également persuadée de l'inviter à déjeuner avec nous le jour même pour faire connaissance.

Ce déjeuner s'était déroulé de manière idéale. La chaleureuse personnalité de Mike avait aussitôt mis Françoise à son aise et, à ma surprise, il ne leur avait fallu que quelques minutes pour s'entendre comme de vieux amis. Pour la première fois, je voyais Françoise arborer une humeur joyeuse qui effaçait de ses beaux yeux gris l'expression de tristesse et de crainte qui les assombrissait jusqu'alors.

Ce soir-là, quand Jake me rejoignit pour dîner, il m'annonça avoir pris nos billets d'avion pour le surlendemain. Comme à son habitude, il décidait de tout et je me laissais entraîner sans résistance, je l'avoue, par son charme et sa vitalité contagieuse. Je ne voulais pas non plus le laisser partir seul, car je le sentais décidé à conclure à tout prix ces accords inespérés. Une séparation, même de courte durée, aurait risqué de compromettre l'amoureuse euphorie que nos vacances au cap Ferrat avait créée entre nous.

2

Pendant notre séjour à Manhattan, Jake et moi étions descendus chez ma tante Isobel, un vaste appartement que je connaissais bien, situé à Beekman Place, entre la Première Avenue et la 50e Rue.

Ma tante l'avait hérité de mon grand-père, à charge pour elle de me le transmettre ensuite — à condition que je lui survive, bien entendu — comme il l'avait stipulé dans son testament. Mon grand-père avait ainsi souhaité ne pas défavoriser sa seule fille tout en désirant, avec le plein accord de ma tante, que je dispose d'une résidence à New York, même si j'y venais rarement. Il appelait l'appartement mon « filet de sécurité », un refuge en quelque sorte, si un jour j'en avais assez de trimbaler mes appareils d'un bout de la planète à l'autre.

Ma tante Isobel était la sœur aînée de mon père,

avec lequel elle n'avait jamais entretenu de rapports étroits. Son domicile principal se trouvait dans le Connecticut, où elle vivait la plus grande partie de l'année. Ne venant à l'appartement de Manhattan qu'une ou deux fois par mois passer une ou deux nuits, rarement plus, elle m'avait toujours dit de m'en servir aussi souvent et aussi longtemps qu'il me plairait, bien qu'elle en prenne l'entretien entièrement à sa charge.

Architecte décoratrice de renom, Isobel Denning Cox avait des bureaux à New York et à Greenwich et des clients dans le monde entier. Grand-père l'avait surnommée « la Reine des Fleurs » à cause de sa prédilection pour les chintz et autres motifs floraux dont elle aimait orner les intérieurs qu'elle concevait. Avec des meubles d'époque géorgienne et les tissus à ramages devenus sa signature, elle créait de douillettes ambiances de maisons très « manoir anglais » dont sa clientèle raffolait. Elle ne se limitait cependant pas à cette spécialité. Experte en meubles et objets d'art français des XVIIe et XVIIIe siècles, elle pouvait à la demande concevoir un décor qu'on aurait juré transplanté tel quel de quelque château de la Loire. J'avais toujours admiré son goût très sûr, son réel talent et sa capacité à se diversifier pour satisfaire les caprices de sa riche clientèle.

Banquier à la retraite, James Mallard Cox, son mari, avait une santé fragile qui le condamnait à une quasi-invalidité. Johnny, leur fils unique, playboy et célibataire endurci, était mort tragiquement aux commandes de l'avion qu'il pilotait en survolant les Alpes par un violent orage.

Ma tante et moi nous rencontrions rarement. Quand elle venait à Paris acheter des antiquités et que je n'étais pas quelque part en train de photographier des scènes de violence et de désolation, nous déjeunions ou nous dînions au moins une fois ensemble.

Nous avons toujours été en bons termes. Ma mère l'exaspérait, de sorte qu'elle prenait volontiers contre elle le parti de mon grand-père. Dotée d'un franc-parler qui me réjouissait, elle portait sur les gens et les choses des jugements qui, pour être tranchés, n'en étaient pas moins pertinents. Elle avait une fois qualifié mon père de « lavette flasque qui devrait se faire laver le cerveau avec une bonne dose de désinfectant avant de le mettre à sécher dehors, de préférence un jour de tempête ». Je ne pouvais m'empêcher de rire à chaque fois que je pensais à ce portrait féroce, qui m'avait rendue ma tante Isobel chère à jamais et avait provoqué des jours durant l'hilarité de mon grand-père.

J'avais toujours connu ma tante avec une longue chevelure blanche et soyeuse. Grande, imposante, élégante, dotée d'un sens de l'humour et de la repartie parfois dévastateur, elle avait un cœur d'or et des qualités humaines qui m'inspiraient la plus profonde affection et forçaient le respect de tous ceux qui l'approchaient.

Une fois décidé mon départ pour New York avec Jake, je lui avais téléphoné à ses bureaux de Greenwich, où elle travaillait le plus souvent, pour l'avertir de mon arrivée prochaine. Mais sa secrétaire m'ayant répondu qu'elle était ce jour-là à New York, je l'avais jointe à l'appartement de Beekman Place.

— J'aurais été ravie de t'y accueillir, avait-elle répondu, mais je pars demain et je ne pense pas revenir en ville avant plusieurs semaines. D'ici là, installe-toi et fais comme chez toi... Mais qu'est-ce que je dis ? avait-elle enchaîné en éclatant de rire.

Tu es ici chez toi ! Et si je devais y passer une ou deux nuits, il y a largement de la place pour tout le monde. Tu as tes clefs, je pense ?

Sur ma réponse affirmative, elle m'informa qu'elle demanderait à Molly, sa femme de ménage, de venir trois fois par semaine au lieu d'une pendant la durée de notre séjour. La veille au soir, à notre arrivée, j'avais constaté les signes évidents du passage de Molly pendant la journée : tout brillait, les vases de fleurs étaient garnis et il y avait même du lait et autres denrées de première nécessité dans le frigo.

Visiblement impressionné, Jake avait fait le tour de l'appartement en déclarant qu'il avait l'impression de pénétrer dans un manoir anglais, mais qu'il n'y voyait aucun inconvénient.

— Ce style est la marque de fabrique de ma tante Isobel, lui avais-je expliqué en riant avec lui.

— En tout cas, c'est plus agréable que de descendre à l'hôtel, avait-il dit en se laissant tomber dans un moelleux canapé tapissé d'un chintz à motifs roses, verts et rouges que ma tante affectionnait particulièrement.

Il alla ensuite à la fenêtre observer le trafic sur l'East River, où se croisaient un nombre considérable de bateaux et de péniches.

— Il y a toujours eu une circulation importante sur le fleuve, ai-je commenté. Je m'en souviens très bien depuis mon enfance.

3

Pour, moi en effet, cet appartement était plein de souvenirs nostalgiques, car mes grands-parents y avaient vécu plus de quarante ans, jusqu'à leur mort. J'y avais passé les temps les plus heureux de mon enfance, les seuls, à vrai dire, de ces lugubres années.

La veille au soir, nos bagages défaits, Jake et moi étions sortis nous promener et respirer de l'air frais après avoir été enfermés dans l'avion. Nos pas nous avaient portés vers la Première Avenue et le pub Chez Neary, dans la 57e Rue Est, où Jimmy Neary, le propriétaire, m'avait accueillie comme sa fille revenue d'une longue absence. Après avoir pris sa retraite, mon grand-père allait plusieurs fois par semaine déjeuner chez Neary et y emmenait souvent ma grand-mère souper après un spectacle ou un concert. Jimmy les connaissait donc aussi intimement que de vieux amis et reportait sur moi l'affection qu'il avait pour eux. Après un verre de retrouvailles au bar, il nous avait installés à une table tranquille et servi un robuste et délicieux dîner.

— Si je comprends bien, m'avait dit Jake pendant que nous rentrions, c'est un peu pour toi le retour de l'enfant prodigue.

Nous marchions lentement en nous tenant par la taille. Il faisait doux, nous étions heureux d'être ensemble. Aucun de mes retours à New York ne m'avait jamais paru aussi plaisant. Il le fut plus encore cette nuit-là, quand nous fîmes l'amour dans le grand lit à colonnes de mes chers grands-parents.

4

La sonnerie du téléphone m'arracha à ma rêverie. Je reconnus aussitôt la voix douce et chantante de Françoise.

— Françoise ! me suis-je écriée. Je suis contente

de vous entendre. Comment vous sentez-vous ? Tout va bien ?

— Tout va bien, mademoiselle. Mais Olivier est allé voir mes parents aux Roches Fleuries et...

— Grands dieux ! l'ai-je interrompue. Il a osé les harceler ? Il ne leur a rien fait de mal, j'espère ?

— Non, rassurez-vous. Ils ne lui ont pas dit non plus où j'étais.

Françoise s'interrompit, je l'entendis parler à mi-voix tandis qu'une autre voix lui répondait à l'arrière-plan. Comme il était plus de vingt-deux heures à Paris, je me suis demandé qui était avec elle, car je supposais qu'elle m'appelait de mon appartement.

L'interruption se prolongeant, je me suis inquiétée :

— Françoise ! Vous êtes toujours là ? Que se passe-t-il ?

Ce fut la voix de Mike Carter qui résonna alors dans l'écouteur :

— Bonsoir, Val ! C'est moi, Mike.

— Qu'arrive-t-il à Françoise, Mike ? Est-ce que ses parents vont bien ? Il paraît qu'Olivier est allé les enquiquiner.

— « Enquiquiner » est un doux euphémisme, répondit-il en riant. Disons qu'il leur a cassé les pieds, mais ils ont tenu le choc. Il est arrivé à la villa hier après-midi, pendant que tu survolais l'Atlantique, mais ses parents ont affirmé à Françoise que tout allait bien de leur côté. J'ai quand même préféré l'installer chez moi cet après-midi. Mes filles la trouvent « super », pour employer leur vocabulaire, et elles s'entendent déjà comme de vieilles copines.

— Je suis soulagée d'apprendre qu'elle est en sécurité, Mike. Et mille mercis d'être devenu son... ange gardien, dirons-nous ?

— Je suis heureux de pouvoir lui rendre service, la pauvre fille. Elle n'a pas eu la vie facile depuis son mariage.

— Je sais. Et je suis enchantée de la savoir avec tes filles et toi. J'étais inquiète de l'avoir laissée seule chez moi.

— Je te comprends. Je ne crois pas que ses parents révéleront au mari la cachette de Françoise, mais si par hasard il leur arrivait de craquer, l'oiseau sera déjà envolé du nid, dit Mike en riant.

— Savent-ils qu'elle est chez toi ? Ils s'inquiéteront si elle ne répond pas au téléphone.

— Elle leur a dit qu'elle déménageait pour aller chez des amis, sans préciser chez qui. Nous étions convenus, elle et moi, qu'il valait mieux que ses parents ne soient pas au courant. Comme ça, ils ne pourront pas révéler ce qu'ils ne savent pas.

— Bien pensé, Mike.

— En tout cas, nous avons voulu te prévenir parce que tu te serais sûrement inquiétée si tu lui avais téléphoné chez toi et qu'il n'y ait pas de réponse. Et comment trouves-tu ce cher vieux New York ?

— Superbe comme toujours. Nous avons un temps splendide, un avant-goût de l'été indien.

— Profites-en bien, dit-il avec un peu de nostalgie dans la voix. Je te rappellerai d'ici la fin de la semaine. Je te repasse Françoise, conclut-il en reprenant son ton habituel.

— Ne vous inquiétez pas pour moi, mademoiselle, l'ai-je entendue dire quelques secondes plus tard.

— Je suis rassurée, Françoise. Mais je croyais vous avoir demandé de m'appeler Val.

— Oui, c'est vrai, répondit-elle en riant. Je me sens en sécurité dans la famille de Mike. Olivier ne me retrouvera jamais ici. D'ailleurs, vous êtes la seule à savoir que j'y suis, made... euh, Val.

— Je ne le dirai à personne, soyez tranquille.

— Il vaudrait mieux, je crois, que vous ne téléphoniez pas non plus à mes parents.

— Vous avez raison, Françoise. Mais vous, vous pouvez m'appeler quand vous voudrez. Je resterai à New York une semaine, peut-être un peu plus longtemps.

— D'accord. Merci pour tout et ne vous inquiétez pas à mon sujet, mademoiselle.

— Je m'appelle Val ! lui ai-je rappelé en éclatant de rire.

— C'est vrai, dit-elle en riant à son tour. Au revoir, Val.

— Bonne nuit, Françoise. Nous nous reparlerons cette semaine.

5

Après avoir raccroché, j'ai longuement réfléchi, les coudes sur le bureau et la tête dans les mains. En m'arrachant à ma rêverie, l'appel de Françoise m'avait ramenée à la réalité. Les choses m'apparaissaient plus nettement et les conseils de Jake méritaient d'être pris au sérieux.

Avant de partir à son rendez-vous, il m'avait de nouveau incitée à appeler mon frère : « Finis-en une fois pour toutes, m'avait-il dit avec fermeté. Efface l'ardoise et n'y pense plus. » Il avait raison, je le savais, et pourtant je n'avais pas réussi à prendre sur moi pour décrocher le téléphone. Après tout, me disais-je, je n'étais ici que depuis à peine plus de vingt-quatre heures. Et pendant le voyage, je m'étais demandé si j'allais vraiment à New York pour voir Donald et ma mère ou si, comme je le croyais, je n'avais pas pris l'avion simplement parce que je voulais rester avec Jake.

Après mûre réflexion, la conclusion s'imposa d'elle-même : j'étais revenue dans ma ville natale à cause de Jake, un point c'est tout.

6

Mon frère et ma mère ne comptaient plus pour moi, les raisons en étaient assez évidentes. Ils ne m'avaient jamais rien donné et je n'avais nulle intention, à ce stade de mon existence, de me tenir à leur disposition, quelle qu'en soit la cause.

De ce point de vue, Jake avait raison : il fallait me débarrasser de ce fardeau, le rejeter définitivement et repartir du bon pied dans la vie sans plus avoir à traîner le boulet de mon passé. Mais pour y parvenir, je devais les affronter tous les deux, ma mère surtout. Or, des années auparavant, j'avais juré en sa présence de ne jamais plus la revoir ni lui adresser la parole. Je m'y étais tenue jusqu'à présent et je ne voyais pas pourquoi je dévierais de cette ligne de conduite. Je n'étais même pas curieuse de savoir ce que signifiaient ces avances aussi soudaines qu'inattendues de leur part.

La vérité était très simple : j'étais venue à New York parce que Jake Newberg y allait et voulait que je l'accompagne. Et c'est là que je voulais être, près de lui, dans ses bras, dans son lit, dans sa vie et dans son cœur. Je voulais être avec lui dans le travail et le repos, les voyages et le sommeil. Avec lui nuit et jour, aussi longtemps que je vivrais.

CHAPITRE DIX-SEPT

1

Jake revint une heure plus tard de son rendez-vous avec l'éditeur. Il posa son porte-documents sur une chaise et me donna un petit baiser.

— Je meurs de soif, ma chérie, il faut que je boive quelque chose, dit-il avant de disparaître en direction de la cuisine.

Il reparut un instant plus tard, un Coca-Cola à la main. Pendant qu'il traversait la pièce d'une démarche souple, faussement nonchalante, je ne pus m'empêcher de l'admirer en me disant qu'il était fait pour moi et que je ne voulais plus d'autre homme dans ma vie.

— Si nous sortions dîner ce soir, ma chérie ? dit-il en s'asseyant près de moi. Inutile de te fatiguer à faire la cuisine.

— Comme tu voudras, mon amour. Mais dis-moi d'abord comment cela s'est passé avec l'éditeur. Qui as-tu vu ?

Un sourire illumina son visage :

— Le directeur de collection, Bill Forrest. Je regrette que tu ne sois pas venue, mais tu le connaîtras bientôt. C'est un type formidable, il te plaira sûrement. Il connaît son métier sur le bout des doigts, il sait exactement ce qu'il veut, comment le livre doit se présenter, la proportion de texte et d'illustrations. Mais surtout, le projet lui plaît et il y croit.

— Alors, nous avons le contrat ?

— Pas encore, mais ce ne sera qu'une simple formalité et Harvey est de mon avis. Toutefois, avant de signer, Bill a besoin d'un plan et d'un synopsis. Nous allons donc devoir lui donner un aperçu des chapitres et lui montrer quelques photos. Je lui ai dit que nous serions prêts à les lui soumettre la semaine prochaine.

— Tu crois ? ai-je dit d'un air dubitatif.

— Bien sûr, puisque tu m'aideras.

— Vil flagorneur ! Mais tu obtiendras tout de moi par la flatterie.

— Je l'espère bien. Je veux *tout* de toi.

— Tu l'as déjà, idiot !

Nous avons ri de bon cœur. Jake but une longue gorgée de Coca et reposa la boîte sur la table basse.

— Nous avons le week-end devant nous, me dit-il, nous nous en sortirons très bien, tu verras.

— Avec un peu de chance. Au fait, Jake...

— Qu'y a-t-il ? Tu as l'air soucieuse, tout à coup.

— Oui, un peu, au sujet de Françoise. Elle a téléphoné tout à l'heure, elle s'est installée chez Mike Carter.

— Pourquoi ? Que s'est-il passé ? Attends, j'ai déjà deviné. Son mari s'est manifesté.

— Pas à Paris, aux Roches Fleuries.

— C'est ce que je voulais dire. Il a menacé les parents ?

— Oui, mais ils l'ont envoyé promener, d'après ce que j'ai compris. En tout cas, Mike a jugé plus sage de ne pas laisser Françoise chez moi.

— Il a eu raison. Un flic un peu futé sait que deux et deux font parfois cinq ou six au lieu de quatre. Nous avons séjourné là-bas, il était donc vraisemblable que nous offririons à Françoise de l'aider et rien de plus facile que de nous retrouver à Paris, nous sommes connus.

— Exact. Et puis... je crois que Mike a un faible pour elle.

Jake marqua un temps, l'air surpris.

— Après tout, pourquoi pas ? dit-il enfin avec un large sourire. Elle est charmante et jolie comme un cœur. Et Mike est veuf depuis... combien de temps déjà ? Dix ans ?

— Oui. Lisa et Joy, ses filles, avaient quatre et deux ans à l'époque, elles sont grandes maintenant. Mike me dit qu'elles ont été conquises par Françoise et qu'elles sont déjà copines.

— Autrement dit, le bonheur parfait, dit-il en riant. Mais il vaut mieux qù'elle ne soit plus chez toi, c'est vrai. Olivier ne pourra pas retrouver sa piste chez Mike.

— J'espère que tu as raison. Je travaille pour Gemstar, tu sais. Olivier peut très bien l'apprendre et se manifester à l'agence.

— Je sais, mais il n'ira pas loin avec Mike.

— Mike peut tenir tête à n'importe qui, il l'a cent fois prouvé.

Je vis une soudaine flambée de colère traverser le regard de Jake.

— Dans quel monde pourri nous vivons ! gronda-t-il. De quelque côté qu'on se tourne, les gens ont leur vie gâchée par des problèmes qui ne devraient pas exister. Regarde Françoise, une adorable jeune femme, brutalisée par un type qui se prend pour un caïd et qui devient fou quand il boit trop ! Tu trouves cela juste, toi ?

— Bien sûr que non. J'espère surtout que son accouchement se passera bien et sans complications. Après, elle décidera de ce qu'elle veut faire. Personnellement, je préférerais qu'elle reste à Paris. Je la verrais très bien refaire sa vie avec Mike.

Il me lança un regard étonné :

— Qu'est-ce qui te fait dire cela ?

— Je ne sais pas. Ou, plutôt... si. Le jour où Mike nous a invitées à déjeuner, j'ai remarqué tout de suite que le courant passait entre eux et, pour la première fois depuis que je la connais, Françoise avait l'air heureuse. Insouciante, même. Et Mike aussi. Je n'avais pas vu cette expression sur son visage depuis sept ans que je le connais.

— Qu'ils aient des atomes crochus, soit, mais cela ne veut pas dire qu'ils puissent envisager l'avenir ensemble, Val. Elle est encore mariée, tu sais, et mariée à un forcené dont elle porte l'enfant. Ne prends pas trop vite tes désirs pour la réalité, ma chérie.

— Je sais, je sais. Il n'empêche que ce serait bien qu'ils soient heureux ensemble, si tu vois ce que je veux dire.

Jake se pencha pour me donner un petit baiser.

— Voilà qui est parler en vraie romantique, mon amour, dit-il en souriant. Et je suis d'accord avec toi, ce serait bien pour Françoise. Mike est la crème des hommes.

2

Nous sommes allés dîner dans un merveilleux restaurant français de la 52e Rue où, là encore, mon grand-père avait ses habitudes. Le propriétaire nous reçut avec effusion et veilla à ce que notre repas soit particulièrement somptueux. Heureuse de voir Jake ravi de ce festin, je me mis à son diapason et dévorai tout sans en laisser une miette.

— J'étais un peu trop mince, je l'avoue, ai-je dit en finissant la dernière bouchée du dessert, mais si je continue à ce rythme, je vais devenir énorme. Il va falloir que je me mette au régime.

— Tu es très bien comme tu es, grommela-t-il. Pour mon goût, du moins. Je ne suis pas très porté sur les sacs d'os.

Je m'abstins de répondre, car je venais de me rappeler à quel point son ex-femme était d'une maigreur maladive, ce qui perturbait énormément Jake à l'époque. Je me suis brièvement demandé si elle poursuivait sa brillante carrière de top model. Ils étaient divorcés depuis près de deux ans — deux ans, déjà ! Le temps semblait s'écouler à la vitesse de la lumière.

— As-tu appelé ton frère ? me demanda Jake.

Perdue dans mes pensées, j'ai cligné des yeux à plusieurs reprises avant de redescendre sur terre.

— Euh... non.

— Il le faut, Val, dit-il en posant sa main sur la mienne. Non seulement pour toi, mais pour nous deux. Je ne veux pas que tu traînes éternellement ce boulet derrière toi. Ton passé représente pour toi un lourd fardeau, je le sais. C'est pourquoi je voudrais que tu t'en décharges une fois pour toutes. Il faut t'en libérer, ma chérie.

— Je ne demanderais pas mieux, Jake, mais...

— Pas de mais, m'interrompit-il. Tout ce que tu as à faire, c'est décrocher le téléphone et fixer un rendez-vous à Donald. Vois-le seul. Tu iras voir ta mère un autre jour. Nous sommes à New York en ce moment, ne laisse pas passer cette occasion.

gris, tonalités plutôt tristes, je sais, mais faciles à porter et à accessoiriser. Il m'arrivait parfois de m'offrir une folie en achetant du blanc ou du beige, mais jamais de couleurs vives qui me rendaient ridicule — à mes yeux, du moins.

Ce matin-là, j'avais choisi un tailleur noir, une chemise de soie blanche de coupe assez masculine et des bottines noires à hauts talons. Comme d'habitude, mes bijoux se limitaient à des boucles d'oreilles en perles et à ma montre préférée, un modèle ancien de chez Cartier, ayant appartenu à ma grand-mère qui me l'avait léguée.

Tout en marchant, je pensais à elle, cette merveilleuse et irremplaçable Cecilia Denning à qui je ressemblais tant physiquement. Sans elle et mon grand-père, je serais devenue à n'en pas douter une incurable névrosée. Et c'est grâce à ma grand-mère que j'avais connu Muffie Potter, ma meilleure amie et ma plus fidèle alliée depuis quinze ans.

Muffie avait un ou deux ans de plus que moi quand nous nous sommes connues, encore adolescentes. Elle habitait Washington, mais nous nous voyions à chaque fois qu'elle venait rendre visite à ses grands-parents, qui étaient amis des miens et connaissaient ma tante Isobel, de sorte que notre amitié faisait l'unanimité et ne s'est jamais relâchée depuis, bien que nos vies aient suivi des cours complètement différents. Tandis que je courais tous les points chauds du globe pour photographier des atrocités, Muffie était devenue une des directrices de la filiale de Van Cleef & Arpels, les célèbres joailliers de la place Vendôme établis sur la Cinquième Avenue. Elle avait récemment épousé un chirurgien esthétique réputé, mariage auquel, à ma plus vive déception, je n'avais pu assister car je me trouvais dans quelque coin perdu de la planète où la violence se déchaînait.

Nous étions toujours restées en contact par lettres, fax ou téléphone, selon les possibilités du moment. Et quand nous nous trouvions par hasard en même temps dans la même ville, nous ne manquions jamais de dîner, de déjeuner ou même de boire un simple verre ensemble selon nos emplois du temps, généralement surchargés.

Je l'avais surnommée « la fille en or », parce qu'elle l'était extérieurement et, surtout, intérieurement. Ravissante blonde aux yeux bleus, plus lumineuse qu'un rayon de soleil, elle était douée d'une gaieté et d'un optimisme qui ne se démentaient jamais, tout en ayant une sagesse et un sérieux hors du commun. Elle disait sans détour ce qu'elle pensait, y compris sur votre propre vie si vous aviez assez de bon sens pour lui demander conseil. Trop intelligente pour se mêler de vos affaires, elle ne vous donnait cependant jamais son avis si vous ne l'aviez pas sollicité.

Je l'avais appelée à son bureau pour l'informer de notre arrivée et lui donner rendez-vous. Puis, plus tard dans la soirée, c'est elle qui m'avait rappelée en rentrant chez elle pour bavarder à loisir et nous mettre au courant des dernières nouvelles.

Après mon retour de Belgrade au mois d'août, je lui avais téléphoné de Paris à New York pour lui apprendre la mort de Tony. Elle n'ignorait donc rien de mon chagrin ni de l'épreuve qu'avait été pour moi la cérémonie funèbre à Londres. Elle avait été d'accord avec moi pour condamner la conduite de Tony Hampton et m'avait sagement conseillé de tirer un trait définitif sur cet épisode.

Ensuite, pendant mon séjour au cap Ferrat, je l'avais appelée des Roches Fleuries pour lui confier que ma vieille amitié avec Jake prenait une tournure très différente et lui dire que je suivais à la lettre son conseil de repartir de zéro, sur le plan sentimental du moins. Elle avait été enchantée de l'apprendre, car Jake lui avait été d'emblée extrêmement sympathique quand elle avait fait sa connaissance deux ans auparavant. Elle approuvait sans réserve ce changement survenu dans ma vie. Aussi, pendant notre longue conversation de la veille au soir, nous avions parlé de Jake, de mes sentiments pour lui et de l'avenir que nous envisagions de bâtir ensemble.

3

Je n'avais pas revu ma meilleure amie depuis une éternité. C'est en arrivant au Carlyle que je me suis rendu compte à quel point sa compagnie m'avait manqué.

Le maître d'hôtel venait à peine de m'accompagner à notre table quand Muffie est arrivée dans un nuage de parfum, sourire aux lèvres et plus élégante que jamais dans un tailleur gris-bleu. Après moult embrassades, nous nous sommes assises et elle me dévisagea avec attention.

— Tu es resplendissante, Val, déclara-t-elle après m'avoir ainsi examinée. Je savais que Jake te réussirait.

— C'est vrai. Et ça a toujours été le cas, à la réflexion. Quand nous étions en mission, il n'était jamais très loin, toujours prêt à m'aider, à me protéger. Si j'avais su qu'il était déjà amoureux de moi...

Muffie pouffa de rire.

— Ah ! les hommes. S'il s'était déclaré plus tôt,

il t'aurait évité de tomber dans les bras de Tony et de souffrir pour rien.

— Eh oui ! ai-je approuvé avec un soupir. Mais tu as une mine superbe, toi aussi. Raconte.

— Un mariage heureux peut accomplir des miracles, tu sais. Te souviens-tu de ce que je t'avais dit ?

— Tu m'as dit beaucoup de choses depuis qu'on se connaît, Muffie. Laquelle, en particulier ?

— Que personne ne peut prédire ce qui va se passer et que la vie peut changer en un clin d'œil. Parfois pour le pire, mais pas toujours. Le meilleur arrive aussi. Regarde-toi ! Quand tu es revenue de Londres après la cérémonie funèbre, tu étais au trente-sixième dessous et folle de rage. Maintenant, tu es épanouie et plus belle que jamais, tu as le moral au zénith et tu n'es plus folle de rage.

— Si, Muffie, encore un peu. Mais je ne le montre pas.

— Non, Val, n'y pense plus, dit-elle en me prenant affectueusement la main. Cela n'en vaut pas la peine, crois-moi. La colère n'est bonne et utile que si on peut l'extérioriser. Et tu n'as personne contre qui la diriger puisque Tony est mort.

— Je sais, tu as raison. Pourtant...

Je me suis interrompue en lisant sur son visage ce qu'elle pensait de mon attitude. Pour une fois, mieux valait me taire. Je ne voulais surtout pas lui donner l'impression de ressasser mes rancœurs — avais-je assez souvent reproché à mon frère ses continuelles jérémiades !

Nous avons commandé notre déjeuner, le même pour nous deux comme à notre habitude. Un repas de régime : asperges vinaigrette, sole grillée et haricots nature. Pas de vin, pas de pain.

— Il faut que je perde du poids, Jake me gave

comme une oie, ai-je commenté en souriant. Il est vrai que nous trouvons rarement des bonnes choses quand nous sommes en mission, et si par hasard il y en a, nous n'avons le plus souvent pas le temps de manger.

— De quoi parles-tu ? Tu n'es pas grosse du tout, tu es sublime !

— Tu parles en amie, Muffie. Mais pour une fois, je ne te crois pas sur parole.

Nous avons ensuite bavardé à bâtons rompus, parlé de nos vies respectives. À un moment, Muffie dit en passant quelque chose qui m'étonna :

— C'est curieux, au fait, je tombe tout le temps sur ton frère depuis quelque temps.

— Donald ? me suis-je exclamée.

— Lui-même. Je le rencontre dans des cocktails ou d'autres manifestations et à chaque fois, il prend la peine de venir me saluer et me parler quelques instants, ce qui me paraît d'autant plus bizarre que vous n'êtes pas particulièrement intimes, que je sache.

— C'est le moins qu'on puisse dire.

Muffie pouffa de rire.

— En tout cas, il est devenu très beau garçon et il a toujours une somptueuse créature à son bras. D'après ce que j'ai entendu dire, il réussit très bien dans son magazine.

— Bien sûr, il y est dans son élément. Les potins des stars, il ne pouvait pas mieux rêver !

— Quand l'as-tu vu pour la dernière fois ?

— À un de ses passages à Paris il y a sept ou huit ans... Non, je l'ai revu il y a moins longtemps que cela, à l'enterrement de grand-père. Il a été abominable, Muffie ! Te rappelles-tu comment il n'a fait que parler du testament ?

— Je m'en souviens, en effet. Je me souviens

aussi de ta mère, ce jour-là. La mienne disait souvent qu'il n'y avait rien à voir derrière la façade de Margot Denning. En réalité, je crois qu'elle avait tort. Il y a des tas de choses derrière cette façade, et je crois que ces choses-là sont les racines de tes problèmes avec elle.

— Qu'est-ce qui te fait dire cela ? ai-je demandé, intriguée.

— Je n'ai pas revu ta mère depuis ce jour, Val, mais j'ai beaucoup pensé à elle. Je crois qu'elle a un passé.

— Un passé ? C'est impossible, voyons ! Elle avait vingt-trois ans quand elle a épousé mon père et vingt-cinq à ma naissance.

— Disons que *passé* n'est peut-être pas le mot juste. Ce que je voulais dire, c'est qu'elle doit cacher quelque chose. Vois-tu, poursuivit-elle, mes parents comme la plupart des gens qui la connaissent considèrent que ta mère est superficielle. Moi, je n'en crois rien. Bien sûr, elle donne l'impression de ne penser qu'à ses toilettes, ses bijoux, son allure. Mais il n'y a pas que cela, j'en suis convaincue.

— Tu es bien la seule personne à le croire ! Ma mère, puisqu'il faut lui donner ce titre, est plus creuse qu'un tonneau vide et plus froide qu'un iceberg. Tu sais d'ailleurs que grand-père la surnommait « l'Iceberg » ou « la Reine des Neiges ».

— Elle est froide, c'est certain. Mais elle est loin d'être idiote et elle n'est pas du genre à se laisser leurrer. Comptes-tu la voir pendant ton séjour ici ?

— Je ne crois pas.

— J'ai entendu dire qu'elle avait eu une crise cardiaque.

— Deux, d'après Donald.

— Elle n'est pourtant pas très âgée.

— Non, en effet. Cinquante-six ans.

— Est-elle vraiment malade ?

— Donald semble persuadé qu'elle a un pied dans la tombe mais, à mon avis, il exagère comme d'habitude.

— C'est vrai, il a toujours joué la comédie. Quel âge a-t-il, au fait ? Dans les vingt-cinq ans, si mes souvenirs sont bons ?

— Vingt-six. Mais en âge mental, il va sur ses quatre ans.

Muffie éclata d'un rire si communicatif que je ne pus m'empêcher de l'imiter. Elle avait toujours eu cet effet sur moi. Avec elle, j'étais obligatoirement de bonne humeur.

— Tu n'as pas répondu à ma question, dit-elle en reprenant son sérieux. Iras-tu voir ta mère ? Je sais ce que tu penses d'elle, mais...

La grimace qui se formait sur mes lèvres l'interrompit.

— Donald m'a dit qu'elle voulait me voir, mais je ne me sens pas d'humeur à céder à ses avances, ai-je répondu. Je voudrais te demander quelque chose, Muffie, ai-je ajouté.

— Tu sais bien que tu peux me demander n'importe quoi.

— Cherches-tu à me dire que Margot Denning est plus complexe et plus profonde que ce que tout le monde pense ?

— Oui et je crois aussi qu'elle est malade, mentalement je veux dire. Déséquilibrée, plutôt. Je pense aussi que pendant toute leur vie conjugale, ton père a aggravé son état, en lui passant tous ses caprices parce qu'il n'avait pas la force de lutter. De s'opposer à ses lubies.

— C'est possible et même probable. Ma grand-mère l'a toujours considéré comme un mou — c'est le terme qu'elle employait. Mon grand-père avait honte de son fils, tante Isobel était écœurée par sa faiblesse. Ils disaient qu'il se laissait mener par le bout du nez par sa femme et c'était vrai, je suis bien placée pour le savoir.

— Je l'ai constaté moi aussi, approuva Muffie. En plus, il travaillait sous ses ordres chez Lowell's. Une situation plutôt... malsaine, tu ne trouves pas ?

— Si, bien sûr, mais il aimait cela. En ce sens, mon père menait une existence tout à fait confortable. Je ne crois pas qu'il ait jamais été très doué pour les affaires et ma mère lui a offert sur un plateau un job en or massif : vice-président des cosmétiques Lowell's, maison fondée en 1898, de quoi faire des jaloux ! Ma grand-mère Violet Scott était encore la présidente, si tu t'en souviens. Elle menait la maison d'une poigne de fer, comme le fait ma mère depuis qu'elle a pris sa suite.

Muffie se contenta de m'encourager d'un signe de tête.

— Quand j'ai eu cette grande scène avec ma mère il y a huit ans, ai-je repris, j'avais juré de ne plus jamais lui adresser la parole. Je l'ai pourtant fait aux obsèques de grand-père, mais depuis, j'ai à peine échangé un mot ou deux avec elle, bien qu'elle ait tenté de recoller les morceaux — je me demande d'ailleurs bien pourquoi. Pendant un de ses passages à Paris il y a dix-huit mois, tante Isobel m'a dit que les femmes Scott étaient toutes des tyrans, que la grand-mère Violet était la pire des garces et que ma mère tenait d'elle. Tu sais que tante Isobel n'a jamais eu sa langue dans sa poche.

— J'en sais quelque chose, en effet, dit Muffie en riant. Écoute, Val, poursuivit-elle sérieusement, tu n'as pas besoin de faire plaisir à ton frère. Si tu ne veux pas voir ta mère, eh bien, n'y va pas. Elle n'a jamais rien fait pour toi, si je ne me trompe.

— Rien. Et puis... ce serait de l'hypocrisie de ma part d'y aller parce qu'elle me le demande, tu ne crois pas ?

— Je crois, oui. Mais pourquoi l'avoir envisagé ? À cause de sa crise cardiaque ?

— Non, pas vraiment. Elle ne m'inspire plus aucun sentiment, pas même la haine ou le dégoût. Écoute, elle a su que j'avais été blessée au Kosovo, les journaux et la télévision ont parlé de la mort de Tony et mentionné que Jake et moi étions avec lui et avions échappé à la mort par miracle. Crois-tu qu'elle ait demandé de mes nouvelles ? Pas une seule fois ; bien sûr, je ne l'intéresse pas ! En fait, vois-tu, c'est Jake qui me tanne pour que j'aille la voir.

— Jake ? s'étonna-t-elle. Pourquoi cela ?

— Il estime que je devrais lui faire avouer les raisons de sa conduite à mon égard et vider l'abcès une fois pour toutes.

— Tu perdrais ton temps, déclara Muffie avec assurance. Elle ne t'avouera jamais rien, si même elle a quelque chose à avouer.

— C'est pourtant toi qui penses qu'elle a un passé.

— Oui, je crois en effet que quelque chose l'a poussée à se conduire envers toi comme elle l'a fait — et avec l'approbation ou l'indifférence de ton père. Et quand bien même elle te le dirait ? Cela n'a rien à voir avec toi. Tu ne peux pas être la *cause* de sa conduite.

— Non, c'est vrai.

— Alors, à quoi bon t'exposer volontairement à une souffrance inutile ? Elle t'a brisé le cœur quand tu étais enfant — et tu as le cœur tendre, je te connais.

— Pas en ce qui la concerne, en tout cas ! Je n'éprouve rien pour elle, pas le moindre sentiment, je te l'ai déjà dit. Je la considère comme une étrangère. En fait, c'est elle qui s'est rendue une étrangère pour moi pendant toute mon enfance.

L'arrivée du serveur avec nos asperges empêcha Muffie de répondre. Puis, quand nous avons commencé à manger, la conversation dévia et nous n'avons plus parlé de ma mère et de Donald. Nous avions des sujets autrement plus intéressants à évoquer.

Peut-être, ai-je pensé par la suite, aurais-je dû encourager Muffie à m'en dire davantage et à aller au fond de sa pensée. Je me serais ainsi évité une des scènes les plus pénibles de ma vie. Mais dans ce cas, comme dans bien d'autres, les regrets sont vains.

CHAPITRE DIX-NEUF

1

— Qui est donc le sosie de Kevin Costner ? s'enquit mon frère Donald en entrant à ma suite au salon.

— Jake Newberg, mon meilleur ami, ai-je répondu sans me retourner. Je te le présenterai tout à l'heure. Il est reporter photographe, nous travaillons beaucoup ensemble.

— Et vous couchez aussi beaucoup ensemble, je suppose ?

Je me suis arrêtée net et lui ai fait face :

— Tu n'es ici que depuis à peine deux minutes et tu m'exaspères déjà, Donald ! N'oublie pas, je te prie, que tu n'es pas venu discuter de *mes* rapports avec mes *amis* mais des *tiens* avec *ta* mère.

— C'est la tienne aussi, Val. Et ne monte pas comme cela sur tes grands chevaux. J'ai aperçu ton ami en passant devant la porte du bureau. Il ressemble à Kevin Costner, ne me dis pas le contraire.

Avec un soupir excédé, je me suis assise. Donald prit place sur le canapé en face de moi et me dévisagea avec curiosité, comme s'il ne m'avait jamais vue. De mon côté, je l'observais avec attention. Muffie avait raison, mon frère était devenu très beau garçon. Il tenait de ma mère ses cheveux noirs, ses traits réguliers et finement sculptés, son nez parfait, ses pommettes saillantes, son front haut et lisse et ses yeux verts. Il n'en avait toutefois pas la taille ni la minceur, c'est moi qui en avais hérité — mais c'était bien ma seule ressemblance avec elle. Comme mon père, Donald était de stature et de corpulence moyennes.

Son regard scrutateur finit par m'agacer.

— Qu'est-ce qu'il y a ? ai-je demandé sèchement. Pourquoi me scrutes-tu ainsi ? Tu veux graver dans ta mémoire les détails de ma physionomie ?

Son sourire dévoila les deux rangées de dents blanches et irréprochables dont j'avais toujours été jalouse.

— Je ne t'avais pas revue depuis longtemps, mais je n'ai pas besoin de mémoriser ton visage, je le connais bien. Tu m'aimais beaucoup quand j'étais petit, Val, ajouta-t-il avec un soupir mélancolique.

Sa remarque, son humeur soudain sentimentale me parurent si incongrues que j'en restai sans voix.

— Tu m'aimais, n'est-ce pas ? insista-t-il.

— Oui, c'est vrai, ai-je admis. À l'époque, je t'aimais beaucoup.

— Alors, pourquoi as-tu changé ?

— Ce n'est pas moi qui ai changé. C'est la faute de ta mère, qui se mettait sans cesse entre nous. Elle t'a accaparé et m'a tenue à l'écart.

— Elle est aussi ta mère, me rappela-t-il.

— C'est la deuxième fois en moins de cinq minutes que tu me le dis. Eh bien non, Donald, elle n'est pas ma mère ! Elle m'a peut-être mise au monde, mais elle ne m'a jamais manifesté d'amour maternel.

— Je sais.

Sa réaction me prit au dépourvu. J'avais peine à croire qu'il partage mon point de vue sur sa mère. Un changement d'attitude aussi radical de sa part ne pouvait qu'éveiller mes soupçons.

— De quoi s'agit-il, Donald ? ai-je voulu savoir.

Il ne répondit pas et continua à m'observer.

— Arrêtons de tourner autour du pot, je te prie. Viens-en au fait. Qu'attends-tu de moi, au juste ?

— Tu as raison, venons-en au fait — sauf que je ne sais pas grand-chose car elle ne veut rien me dire. Je sais seulement qu'il s'agit de son testament, rien de plus.

— Qu'est-ce que cela signifie, « elle ne veut rien me dire » ? Tu m'as dit toi-même au téléphone que ton héritage était lié au mien d'une certaine manière. Je ne comprends pas.

— Moi non plus, elle refuse de me l'expliquer. Elle m'a simplement ordonné de te faire venir à New York parce qu'elle devait te parler en personne et qu'il y avait beaucoup d'argent en jeu.

— Je vois. Il n'est donc question que de Margot Scott Denning, de son autorité et de sa fortune.

— Exact.

— Son argent ne m'intéresse pas, Donald. Tu peux avoir ma part.

— C'est gentil, merci, et j'accepte. Mais il faut d'abord que tu lui parles. Elle veut te voir d'urgence. Allons, frangine, dis-moi que tu es d'accord. Fais-le pour moi.

— Pourquoi persistes-tu à m'agacer alors que tu me demandes un service, Donald ?

— Qu'est-ce que j'ai fait ? demanda-t-il, interloqué.

— J'ai horreur que tu m'appelles « frangine », tu devrais le savoir depuis le temps !

— Excuse-moi, Val.

— Passons pour cette fois. Alors, est-elle oui ou non à l'article de la mort ?

— Non. Du moins, elle ne l'est plus. Elle a récupéré, le médecin dit qu'elle peut recommencer à travailler la semaine prochaine. Mais seulement quelques heures par jour, sans abuser de ses forces et en prenant beaucoup de repos.

— Cela ne lui plaira pas. Elle a toujours eu une activité fébrile, à courir à droite et à gauche et à nous houspiller quand nous étions petits. Elle était plus souvent à son bureau qu'à la maison et elle ne pouvait jamais rester en place.

— C'est vrai. Pour elle, le travail passait toujours en premier. Depuis la mort de papa, le travail est pour elle comme une drogue.

— Vraiment ?

— Il lui manque, tu sais.

— Allons, Donald, notre père est mort il y a dix ans ! Je la vois mal en veuve inconsolable brandissant la torche du souvenir.

Mon frère ne répondit pas, le silence retomba. Il avait l'air si troublé, si malheureux que j'en eus presque pitié. Il avait le même regard de chien battu quand je le rudoyais, dans son enfance. Pourtant, il avait été un si gentil petit garçon jusqu'à ce qu'elle se l'approprie et le pourrisse ! Et je l'avais beaucoup aimé, il avait eu raison de me le rappeler et cela me touchait.

Le silence s'éternisait. Je décidai de le rompre :

— Muffie m'a dit qu'elle te rencontrait souvent ces temps-ci et toujours avec une fille ravissante. Serait-ce sérieux ?

— Euh... si on veut. C'est une fille sensationnelle et je crois que j'y tiens, mais...

Il s'interrompit, se carra dans son siège.

— Alors, reprit-il, tu as revu Muffie Potter ?

— Oui. Nous avons déjeuné ensemble hier.

— Écoute, Val, il faut vraiment que tu ailles voir maman. Elle ne me dira rien tant qu'elle ne t'aura pas parlé, elle me l'a seriné au moins cent fois. J'ai absolument besoin de savoir ce que signifie cette histoire de testament, tu comprends, et il n'y a que toi qui puisse découvrir ce qui se cache là-dessous. C'est mon avenir qui est en jeu, Val.

— Je n'avais pas prévu de la voir ni toi non plus, Donald. Je suis ici avec Jake pour notre travail et c'est lui qui m'a poussée à te donner rendez-vous. Il estime que je dois vider l'abcès et apprendre enfin pourquoi elle s'est conduite de manière aussi abominable envers moi quand j'étais petite.

— Il a raison, fran... pardon, Val.

Il avait aussitôt fait l'effort de se reprendre et de se montrer plus aimable envers moi qu'à son habitude — il avait besoin de ma coopération, après tout. Mais il prenait une expression si humble et si implorante que je me surpris à lui dire :

— Je ne promets pas formellement de la voir avant mon départ, Donald, mais je vais y penser. C'est tout ce que je peux te promettre.

Cette réponse me valut un large sourire de sa part.

— Merci, je t'en suis très reconnaissant. De toute façon, nous avons le droit toi et moi de savoir ce qu'elle a dans la tête, non ?

— Oui, c'est vrai, ai-je admis.

— Quand penses-tu aller la voir ?

— Je ne t'ai pas dit que j'irais la voir ! Mais, bon, je veux bien lui téléphoner avant de partir. Maintenant, je t'en prie, n'en parlons plus et arrête de me harceler à son sujet, sinon je vais changer d'avis.

J'avais repris, malgré moi, le ton de la grande sœur autoritaire. Donald s'en aperçut lui aussi et éclata de rire.

— D'accord, je resterai bouche cousue. Et maintenant, vas-tu te décider à me présenter le sosie de Costner ?

— On parle de moi ? fit la voix de Jake sur le pas de la porte.

Il était nonchalamment appuyé au chambranle. En jean et pull blanc à grosses côtes, il était beau comme un dieu. Je dus admettre qu'il y avait en effet une certaine ressemblance entre lui et l'acteur.

— Entre, Jake. Je te présente mon frère Donald, qui est très gentil aujourd'hui contrairement à son odieux personnage habituel.

Donald pouffa de rire, se leva, alla au-devant de Jake. Les deux hommes se serrèrent la main.

— Voulez-vous un café ou quelque chose à boire, Donald ? lui proposa Jake.

— Pas tout de suite, merci Jake. Tout à l'heure peut-être.

Jake s'assit à côté de moi et me lança un regard interrogateur.

— Alors, dis-moi, avez-vous résolu tous les deux les problèmes de l'humanité ?

— Non, mais j'ai promis à Donald de téléphoner à ma mère avant de quitter New York.

— Pourquoi pas tout de suite ? Prends rendez-vous avec elle le plus tôt possible et règle une fois pour toutes tes affaires de famille. Nous avons beaucoup de travail devant nous pour le livre.

— Vous écrivez un livre ensemble ? demanda Donald, intrigué. Sur quel sujet ?

Avant que j'aie pu intervenir, Jake entreprit avec enthousiasme de décrire notre projet en détail. J'étais impuissante à endiguer ce flot de paroles, dont Donald ne perdait pas une syllabe ; il regardait Jake avec une évidente fascination. Au bout de cinq minutes, ne pouvant placer un mot, je me suis levée.

— Je vais me chercher à boire, ai-je annoncé depuis la porte. Vous voulez quelque chose, vous deux ?

Ils levèrent les yeux vers moi, firent un signe de dénégation et reprirent aussitôt le fil de leur conversation. Avec un haussement d'épaules, je suis sortie dans le couloir. Et en poussant la porte de la cuisine, je me suis dit que Donald semblait s'être amélioré ou, plutôt, qu'il n'était plus aussi odieux. Il était même presque civilisé. Mais avant de m'émerveiller devant ce miracle, je ne pus m'empêcher de me demander s'il ne jouait pas plutôt un rôle. Et lequel.

2

Ce soir-là, alors que nous nous préparions à sortir dîner, Jake se tourna vers moi.

— Appelle ta mère, va la voir demain.

— Demain ? Non, c'est beaucoup trop tôt !

— Trop tôt pour quoi ? voulut-il savoir.

— Pour la voir, Jake. J'ai besoin de temps pour me préparer avant de l'affronter sur son territoire. Il faudra que je l'appelle juste avant d'y aller, sinon...

— Sinon quoi ? Tu perdrais ton courage ?

Je me suis contentée d'un signe de tête affirmatif. Jake traversa la chambre en deux enjambées et me prit dans ses bras.

— Écoute, ma chérie, elle ne peut rien contre toi maintenant. Plus rien, comprends-tu ? Tu n'es plus une petite fille à sa merci, tu es une femme, tu es correspondant de guerre, tu as affronté tous les dangers imaginables et tu n'as jamais reculé. Tu peux la voir n'importe quand sans avoir à t'y préparer, Val. C'est puéril de raisonner comme cela. Allons, décroche le téléphone et parle-lui de la visite de Donald...

— Elle est sûrement déjà au courant, l'ai-je interrompu. Il a dû s'empresser de tout lui raconter.

— Admettons. Dis-lui alors que tu voudrais la voir demain. Je t'accompagnerai si tu veux.

— Oui, je veux bien.

Mon attitude d'un instant plus tôt m'apparut tout à coup puérile, Jake avait raison. Quel mal Margot Scott Denning pouvait-elle me faire ? Aucun, bien entendu. J'avais simplement accumulé tant de mauvais souvenirs d'elle que la seule perspective de me trouver en sa présence me mettait mal à l'aise.

— D'accord, ai-je dit. Je vais l'appeler.

— Bravo, ma chérie.

J'ai décroché le téléphone, composé le numéro de l'appartement de Park Avenue. C'est elle-même qui répondit.

— Val à l'appareil, ai-je annoncé sèchement. Donald m'a dit que vous vouliez me voir.

— En effet. Comment vas-tu, Valentine ?

« Comment vas-tu ? » Quel culot ! Pour la première fois de ma vie, elle prenait des nouvelles de ma santé ! Mes soupçons prirent corps immédiatement et m'envoyèrent des signaux d'alarme.

— Quand pouvons-nous nous voir ? me suis-je bornée à dire. Demain, peut-être ?

— C'est-à-dire, je...

— Demain après-midi me convient, l'ai-je interrompue, je n'ai pas beaucoup de temps devant moi.

Disons quatre heures ? C'est mon seul moment disponible.

— Très bien. Je t'attendrai à quatre heures.

— Parfait. À demain.

Sur quoi, j'ai raccroché sans rien ajouter.

CHAPITRE VINGT

1

Après avoir accepté l'offre de Jake de m'accompagner chez ma mère, j'ai changé d'avis à la dernière minute. La présence d'un tiers l'indisposerait et la mettrait sur ses gardes. Mieux valait y aller seule si je voulais la faire parler et en apprendre davantage. Je l'ai expliqué à Jake qui, malgré son instinct protecteur, se rendit à mes raisons. Ma mère avait demandé cette entrevue, je l'avais acceptée, j'écouterais donc ce qu'elle avait à dire. Mais, en réalité, c'est moi qui avais fixé le rendez-vous. Je pouvais donc me retirer quand il me plairait sans avoir à me justifier ni à fournir d'excuses, ce qui me rassurait. « Soit, me dit-il, vas-y seule si tu estimes que cela vaut mieux. Reste calme, domine tes émotions et tout se passera bien. »

Aussi, quand je sortis héler un taxi sur la Première Avenue, j'avais décidé que ma visite serait brève et que je dirigerais la conversation, sans me laisser entraîner sur des sujets déplaisants ou des digressions inutiles. M'attarder dans cet appartement, théâtre des épreuves de mon enfance et de ma jeunesse, ne ferait qu'attiser un ressentiment et une colère encore mal maîtrisés. Perdre mon sang-froid ne servirait qu'à me priver de la lucidité dont j'avais le plus grand besoin.

Depuis la mort de mon père, ma mère n'avait pas quitté le vaste appartement de Park Avenue où ils avaient emménagé après leur mariage en 1965. Lorsque le taxi tourna le coin de la 57e Rue pour remonter Park Avenue vers la 73e Rue, au coin de laquelle l'immeuble se trouvait, j'ai toutefois demandé au chauffeur de me déposer là. Je me sentais tout à coup oppressée, j'avais besoin de marcher, de respirer afin de dissiper la nausée que je sentais se former au creux de mon estomac. La perspective de me trouver face à face avec ma mère me rendait littéralement malade. Avec elle, je ne savais jamais à quoi m'en tenir, je ne pouvais jamais prévoir ce qu'elle dirait, comment elle réagirait. Mes vieilles craintes, mes phobies d'enfant revenaient m'assaillir alors que je les croyais guéries.

Ce n'est qu'après avoir parcouru une centaine de mètres que mon malaise commença à se dissiper et que je me sentis mieux. Jake m'avait dit la veille que ma mère ne pouvait plus me faire de mal. Il avait raison, je n'étais plus la petite fille vulnérable au cœur meurtri par la cruauté de son indifférence. J'étais une adulte, une femme de trente et un ans, habituée à affronter parfois les périls les plus extrêmes dans l'exercice de sa profession. Une femme indépendante, qui gagnait sa vie et la menait à sa guise. Une femme responsable d'elle-même et de ses actes. Je ne dépendais plus de personne, je n'avais pas besoin de la mère que je rêvais d'avoir quand j'étais enfant et qui s'était toujours dérobée à ma soif d'affection.

J'avais évacué ma mère de mon existence quatorze ans plus tôt. Alors, pourquoi cet accès de nervosité au moment de la revoir ? me suis-je étonnée. À cause du passé, bien sûr. Enfant, je n'aspirais qu'à mériter son attention, son amour, son approbation. Elle ne me les avait jamais accordés — et je ne comprenais toujours pas pourquoi.

Alors, en dépit de l'appréhension qui me tenaillait encore, je repris confiance. Certes, j'allais voir ma mère parce que Donald me l'avait demandé avec insistance mais, pour être tout à fait franche, j'y allais également parce que j'avais besoin de la voir, *moi*. Jake avait raison sur ce point-là aussi : je devais effacer l'ardoise, vider l'abcès, la forcer à jeter le masque. Et j'espérais réussir ainsi à voir apparaître en pleine lumière les démons qui m'avaient hantée de tout temps. Et à les tuer.

2

Elle n'avait pas changé.

Margot Scott Denning eût été encore digne de concourir pour un titre de reine de beauté. Je reconnus les cheveux noirs et brillants, les yeux verts sous des sourcils bien dessinés, les traits au modelé parfait, le teint laiteux mis en valeur par les lèvres rouge sang. Un visage qui avait rendu fous bien des hommes et en eût sans doute été encore capable. Grande, mince, d'une élégance à la sobriété calculée jusqu'au plus infime détail, elle n'avait rien perdu de sa prestance. Je reconnus la simplicité affectée des boucles d'oreilles et du double rang de perles, des bas gris perle qui moulaient ses jambes toujours aussi longues, fines et galbées. Ma mère telle qu'en elle-même...

Quatorze ans auparavant, j'avais quitté cet appartement pour chercher refuge chez mes chers grands-parents, qui m'avaient accueillie avec joie et m'avaient prodigué leur amour. Depuis ce jour, cette femme n'avait pas changé. Qu'elle soit restée exactement la même était moins étonnant que déconcertant. Troublant, même. Elle ne trahissait non plus aucun signe de maladie récente. De fait, elle avait toutes les apparences d'une santé florissante.

Elle m'ouvrit la porte elle-même, me salua de la voix froide et mesurée dont je ne me souvenais que trop bien. Elle ne fit pas mine de vouloir m'embrasser, n'esquissa aucun geste affectueux, ce qui n'était pas pour me surprendre. Si elle avait eu des élans d'affection dans sa vie, je n'en avais jamais été ni le témoin ni la bénéficiaire. Bien entendu, je ne lui fis pas non plus le moindre geste. Je me bornai à répondre à son salut du même ton neutre.

Je la suivis au salon, vaste pièce élégante, voire luxueuse, dont les fenêtres ouvraient sur l'avenue. À l'image de son occupante, rien n'y avait changé depuis mon départ. L'espace d'un instant, j'eus l'impression de remonter le temps. Le souvenir de mon enfance, de ma détresse morale, de mon effroyable sentiment de solitude et de rejet me submergea d'un coup. Tout ce que j'avais éprouvé alors m'assaillit, dans un tourbillon d'émotions, sous le soleil voilé de l'après-midi qui filtrait dans la pièce. Les décennies s'évanouirent, des voix depuis longtemps éteintes retentirent à mes oreilles, des échos, des images du passé luttèrent pour revenir à l'avant-scène de ma mémoire. Pendant quelques secondes, je me sentis vaciller, sur le point de perdre connaissance.

Je parvins cependant à me ressaisir, à reprendre pied dans le présent, à repousser les chagrins et les peines de mes jeunes années. Il ne fallait à aucun prix regarder en arrière. Me retourner vers des fantômes tapis dans l'ombre d'un passé révolu ne m'apporterait rien, ne me servirait à rien. Je devais garder les yeux tournés vers l'avenir.

3

Ma mère prit sa place habituelle, dans une bergère Louis XV disposée près de la cheminée. Je ne suis pas tombée dans le piège évident de m'asseoir sur la chaise où j'avais l'ordre de me tenir quand j'étais enfant et je suis restée debout à côté de la cheminée, une main sur le manteau de marbre.

Un long moment, elle me dévisagea avec la même curiosité que Donald la veille. Je soutins son regard sans ciller, en gardant une expression indéchiffrable. Je me savais élégante dans mon tailleur noir et, maintenant que j'étais là, ma nervosité s'était entièrement dissipée. Je me sentais parfaitement calme, détachée, maîtresse de moi et de mes sentiments.

— Tu as une mine resplendissante, Valentine, dit-elle enfin.

— Vous aussi. Mais je ne crois pas que nous soyons ici pour nous faire des compliments. Donald est dans tous ses états. Il m'a dit que vous ne cessez de parler de votre testament depuis votre première alerte cardiaque, mais que vous refusez de lui en dire davantage avant de m'avoir vue. Je suis donc venue à sa demande expresse et en son nom, d'une certaine manière. Allons-nous entrer dans le vif du sujet ?

Elle ne répondit pas, le regard fixé sur le tableau au-dessus de la cheminée, un merveilleux Boudin que j'avais toujours vu à cet endroit. Le bleu du ciel, l'extraordinaire lumière dans laquelle baignait le paysage marin me fascinèrent autant ce jour-là que lorsque j'étais enfant.

Je dus m'arracher à ma contemplation — et à mes souvenirs.

— Je ne puis imaginer, ai-je repris, de quelle manière ma part d'héritage et celle de Donald peuvent se trouver liées, mais je tiens à vous dire tout de suite que je n'en veux pas. Léguez-lui tout.

Ma phrase la tira enfin des réflexions où elle semblait plongée.

— C'est impossible, déclara-t-elle.

— Bien sûr que si. J'y renonce de mon plein gré. Il vous suffit de modifier votre testament dans ce sens en nommant Donald votre légataire universel.

— Je n'ai pas le droit de faire cela, ni toi non plus. Tu *dois* hériter de Lowell's, c'est un fait sur lequel on ne peut pas revenir.

— Pourquoi donc ?

— Parce que tu es la descendante de la fondatrice de la compagnie et que seule une femme peut hériter. C'est une tradition instituée par Amy-Anne Lowell, ton arrière-grand-mère, qui a débuté en 1898 dans sa petite boutique de Greenwich Village. Elle a décidé que seules les femmes de sa descendance hériteraient de Lowell's. Elle l'a légué à sa fille Rebecca qui l'a transmis à Violet, ma mère, qui me l'a légué à son tour. C'est maintenant à toi de recueillir l'héritage. Cette tradition familiale dure depuis cent ans, personne n'y a jamais dérogé.

— Que serait-il arrivé si vous n'aviez pas eu de fille ? me suis-je exclamée, stupéfaite par cette incroyable révélation. Si vous n'aviez eu que Donald ou un autre fils à ma place ?

— Dans ce cas, c'est la femme du fils aîné qui

doit hériter de la compagnie, même si elle n'est que propriétaire du capital et confie le soin de la gestion à des collaborateurs compétents. La situation ne s'est toutefois jamais présentée puisqu'il y a toujours eu des femmes dans la descendance directe d'Amy-Anne Lowell.

Il me fallut un moment pour digérer ses paroles.

— L'avez-vous toujours su ? ai-je enfin demandé. Étiez-vous au courant quand j'étais enfant de ces clauses édictées par Amy-Anne ?

— Bien sûr.

— Alors, pourquoi m'avez-vous traitée de manière aussi indigne ?

L'incompréhension, l'indignation aussi lui firent froncer les sourcils et plisser le front d'une manière qui la rendit presque laide.

— Comment peux-tu proférer de pareilles horreurs ? Je ne t'ai jamais maltraitée ! Tu as toujours été habillée comme une princesse, bien nourrie et parfaitement soignée dans ce merveilleux appartement. Tu as toujours eu une chambre pour toi toute seule, la plus belle si je puis te le rappeler. Tu allais dans les meilleures écoles, nous t'offrions des vacances de rêve. Ce que tu dis est absurde ! Une telle ingratitude après tout ce que j'ai fait pour toi. Vraiment, Valentine !

— Vous n'avez pas le droit de m'accuser d'ingratitude ! Tout ce que vous avez dit sur mes vêtements, l'appartement, les repas et les écoles est exact. Mais ce que vous oubliez, c'est que vous m'avez scandaleusement négligée, rejetée. Vous me priviez de l'amour maternel auquel tout enfant a droit, vous me traitiez avec une indifférence et une froideur si flagrantes, si choquantes que tous les gens qui venaient ici à l'époque considéraient votre attitude envers moi comme proprement criminelle.

— Comment oses-tu me parler sur ce ton, Valentine ? Je suis ta mère, tu me dois le respect !

Je me suis contentée de lui décocher un regard glacial.

— Ce qui m'étonne, depuis quelques minutes, c'est que vous m'ayez traitée de la sorte alors que vous saviez que j'étais l'héritière de Lowell's. C'est incroyable ! Ce qui me paraît encore plus invraisemblable, c'est votre culot. Comment avez-vous pu penser que j'accepterais de reprendre la compagnie dans de telles circonstances, après tout le mal que vous m'avez fait ? Vous avez gâché mon enfance et ma jeunesse. Sans mes grands-parents Denning, je serais aujourd'hui à coup sûr dans un asile d'aliénés à cause du traitement que vous m'avez infligé. Et vous osez me demander le respect ?

Assise droite et raide sur sa bergère comme sur un trône, elle était aussi imposante et glaciale qu'un iceberg. Dans l'éclat métallique de ses yeux verts et le pli de ses lèvres serrées, je lisais non seulement de la colère mais, surtout, une incompréhension totale. Ce que je venais de dire ne lui avait sans doute jamais effleuré l'esprit car elle se croyait innocente de toute faute à mon égard. A-t-elle même une conscience ? me suis-je demandé, effarée par son attitude. C'est alors que les paroles de Muffie me revinrent en mémoire. Selon elle, ma mère était mentalement déséquilibrée et elle avait sans doute raison, j'en découvrais la preuve. Seule une femme anormale pouvait avoir traité son propre enfant de manière aussi indigne, sans lui manifester le moindre sentiment d'humanité.

Comme elle gardait le silence, je repris l'initiative :

— Vous attendez-vous vraiment à ce que j'abandonne ma carrière de reporter photographe ? Vous croyez sérieusement que je vais revenir ici travailler chez Lowell's ? C'est bien cela, n'est-ce pas ?

— Bien entendu, Valentine. C'est ton devoir. J'ai déjà subi deux alertes cardiaques, il est grand temps que tu t'inities aux affaires de la famille, puisqu'elles t'appartiendront un jour.

Elle m'avait répondu d'un ton tout à fait normal, comme si ce que je venais de lui dire ne signifiait rien pour elle. Les mots lui étaient littéralement passés par-dessus la tête. Elle ne se doutait même pas de la gravité du mal qu'elle m'avait fait dans mon enfance.

— Je viens pourtant de vous dire que je ne veux pas de Lowell's. Léguez la compagnie à Donald, il a toujours été votre préféré.

— Et moi, je te répète que je ne peux pas la léguer à Donald. La tradition a toujours eu force de loi dans la famille.

Je ne pus retenir un ricanement amer.

— Je commence à comprendre ! Donald n'est pas marié, de sorte qu'il n'y a pas de femme disponible, à part moi. Je suis votre seule bouée de sauvetage, une bouée à laquelle vous ne comptiez pas vous raccrocher. Vous pensiez que Donald serait déjà marié et que vous n'auriez pas besoin de moi. N'est-ce pas, mère ?

Sa rougeur, sa mine soudain embarrassée m'apprirent que j'avais touché juste. Il me restait à enfoncer le clou.

— Vous aviez placé tous vos espoirs en Donald, vous aviez toujours escompté qu'il se marierait jeune et dénicherait un beau parti, si bien que vous

vous moquiez éperdument de mon sort. Seulement, voilà : votre calcul tombe à l'eau. Vous ne vous attendiez pas à subir deux crises cardiaques en l'espace de deux mois à l'âge de cinquante-six ans. Vous vous êtes toujours crue éternelle, alors que vous êtes mortelle comme nous tous. Et vous n'aviez jamais envisagé que Donald serait encore célibataire à vingt-six ans.

— Tu te trompes au sujet de Donald, répondit-elle posément. Il a une charmante jeune amie et je crois savoir que c'est sérieux. Ton frère m'annoncera ses fiançailles d'un jour à l'autre, j'en suis persuadée.

— Il le fera certainement en apprenant les avantages qu'il en retirera, ai-je répliqué d'un ton sarcastique. S'il le faut, il traînera sa douce amie à l'autel pieds et poings liés pour mettre la main sur le magot.

— Ce que tu dis est ignoble ! s'exclama-t-elle, outrée. D'ailleurs, tu as toujours été méchante avec ce pauvre Donald.

— Non, je n'étais pas méchante avec lui. C'est *vous* qui étiez méchante avec *moi*. Et je n'ai jamais compris les raisons de votre conduite. Alors, je vous repose la question : pourquoi ?

— Ne sois pas ridicule, Valentine ! Je n'ai jamais été méchante avec toi. Jamais ! De telles absurdités n'existent que dans ton imagination maladive. Tu as toujours eu tendance à exagérer et à dramatiser tout ce qui touche à ton enfance, qui a été parfaitement normale.

Je m'apprêtais à la pousser dans ses retranchements quand je me suis ravisée. À quoi bon ? Je n'en tirerais rien de plus.

— En quoi la part d'héritage de Donald est-elle liée à la mienne ? ai-je demandé froidement.

— Elle ne l'est pas, en réalité. Ce n'était qu'une façon de parler. Je ne voulais pas lui révéler l'existence de la tradition familiale et la teneur de mon testament avant d'avoir pu te les expliquer.

— De quoi Donald héritera-t-il, alors ? ai-je demandé, par simple curiosité cette fois.

— Il n'aura pas à se plaindre, crois-moi. Je lui laisserai un important paquet d'actions de Lowell's, où il pourra occuper un poste de direction s'il le souhaite. Je lui laisserai aussi cet appartement avec ce qu'il contient, les meubles, les œuvres d'art, tout, dit-elle en désignant d'un geste large les chefs-d'œuvre qui l'entouraient.

M'attendais-je à autre chose ? Non, bien sûr. Son préféré recueillerait tout ce qu'elle possédait en propre, mais Lowell's m'était destiné parce qu'elle se croyait obligée de se conformer à cette étrange tradition familiale ayant à ses yeux force de loi.

— Au risque de me répéter, ai-je dit, je considère que vous devriez laisser Lowell's à Donald en plus du reste. Je n'en veux absolument pas, à aucune condition.

— Je t'ai expliqué il y a un instant pourquoi c'est impossible !

— Écoutez-moi, à la fin ! me suis-je écriée en m'échauffant malgré moi. Je n'en veux pas, comprenez-vous ce que je dis ? Si vous me laissez la compagnie, je la donnerai à Donald le jour même. Lowell's ne présente pour moi aucun intérêt et ne possède aucune valeur. Vous ne m'avez jamais rien dit de l'entreprise ni de son fonctionnement. Personne n'a jamais fait devant moi la moindre allusion à cette tradition, ni vous ni votre mère, ma grand-mère. Si j'étais dès le début désignée pour prendre votre suite, je ne m'explique pas pourquoi vous m'avez laissée dans l'ignorance la plus complète de quelque chose à quoi vous attachez tant d'importance.

— Tu étais trop jeune.

— Ah oui ? Et qu'est-ce qui vous fait croire que je pourrais m'y intéresser maintenant davantage ? Quant à cette prétendue loi familiale, je la considère comme parfaitement idiote.

— Ce n'était pas l'avis d'Amy-Anne Lowell, dit-elle lentement. Et ce ne serait pas le tien non plus si tu avais eu la vie qu'elle a vécue durant ses jeunes années.

4

J'entendis une clef tourner dans la serrure et un claquement de porte : ce devait être Donald.

— Ah, te voilà ! lui ai-je lancé quand il apparut sur le seuil du salon. Viens donc, j'ai une surprise pour toi. Ta mère m'a expliqué cette fameuse histoire de testament. Je suis censée hériter de Lowell's à cause d'une tradition de famille qui remonte à notre arrière-grand-mère Amy-Anne en 1898. Seules les filles peuvent, paraît-il, hériter de la compagnie. Mais comme je n'en veux pas, je te la donnerai.

— Tu n'en as pas le droit ! s'écria ma mère, rouge de colère.

Figé au milieu du tapis, Donald nous regardait, l'air stupéfait.

— Je ne comprends pas, dit-il à sa mère. Je n'aurai rien de la compagnie, comme vient de le dire Val ?

— Mais si, Donald, tu auras des actions de Lowell's, sans compter mes autres capitaux qui te reviendront à toi seul. Cet appartement, avec les meubles et les œuvres d'art, sera aussi à toi après ma mort. Allons, dit-elle en tapotant le canapé à côté de sa bergère, viens t'asseoir ici, je vais t'expliquer tout cela en détail.

Il me lança un regard perplexe et obéit docilement.

Pendant qu'elle donnait à Donald les explications promises et lui retraçait l'historique de la fameuse tradition familiale, je comprenais qu'elle m'en avait assené la révélation de but en blanc parce qu'elle croyait que je défaillerais de joie et de reconnaissance. Les autres femmes de la famille avant moi avaient sans doute dû réagir ainsi. Mais je ne retirais rien de ce que je lui avais dit à ce sujet, au contraire : cette pseudo-tradition sacrée était une pure idiotie. Que se passerait-il s'il n'y avait aucune femme dans la descendance ? Si les fils n'avaient ni femmes ni filles ? Qu'adviendrait-il de la précieuse affaire familiale ?

Je me suis pourtant abstenue de lui poser la question aussi crûment. L'envie de partir me démangeait. J'avais assez clairement développé mon point de vue, à mon avis du moins. De plus, à l'évidence, elle ne se résoudrait sûrement pas à m'expliquer les raisons de sa conduite à mon égard pendant mon enfance. Alors, dans l'incapacité de vider l'abcès, comme disait Jake, et de tuer mes vieux démons, comme je l'avais espéré, je n'avais plus rien à faire ici. Autant m'en aller.

Après avoir écouté sa mère, Donald se tourna vers moi.

— Tu as dit que tu ne voulais pas de Lowell's, Val. C'est vrai ? Tu parlais sérieusement ?

— Bien sûr que c'est vrai ! Je n'habite plus New York mais Paris et je n'ai pas la moindre intention de déménager. En outre, j'ai déjà un métier, je n'en ai pas besoin d'un autre. Et si je l'envisageais, ce n'est certainement pas à Lowell's que je m'intéresserais. Je ne saurais pas quoi faire d'une entreprise de produits cosmétiques.

— Tu pourrais apprendre..., commença ma mère.

— Pas question ! l'ai-je interrompue. Toi, ai-je poursuivi à l'adresse de Donald, tu ferais bien de te marier le plus vite possible. Épouse donc ta ravissante amie. Quand j'hériterai de la compagnie, je lui en ferai cadeau, c'est aussi simple que cela.

— C'est vrai ? demanda Donald à sa mère.

— Cela ne s'est jamais produit dans toute l'histoire de Lowell's, répondit-elle sans enthousiasme, mais je suppose que Valentine, si elle y tient, pourrait le faire, puisque ta femme serait un membre de la famille du sexe féminin.

— Mais pourquoi faut-il que ce soit une femme qui hérite ? voulut savoir Donald.

— La règle a été édictée par la fondatrice de la compagnie, ton arrière-grand-mère Amy-Anne Lowell. Elle a vécu une enfance effroyable, martyrisée par son père et son frère qui la rouaient de coups quand ils étaient ivres. Elle s'est enfuie à quatorze ans de sa famille à Boston pour gagner New York, où elle s'est d'abord placée comme domestique chez des gens riches. À dix-sept ans, elle a pris un emploi de dame de compagnie et de secrétaire particulière auprès d'une vieille dame seule, une demoiselle Mandelsohn, qui l'aimait beaucoup et a été très bonne pour elle. À sa mort, survenue trois ans plus tard, sa patronne lui a légué une petite somme d'argent et lui a surtout laissé un recueil manuscrit de recettes pour la confection de crèmes, de lotions, de savons, de bougies et autres produits. Amy-Anne savait qu'ils étaient d'excellente qualité pour les avoir elle-même utilisés et parce qu'ils étaient confectionnés selon les prescriptions de la vieille demoiselle. Mlle Mandelsohn avait apporté ce cahier d'Allemagne quand elle avait émigré en Amérique encore jeune.

« Comment Amy-Anne a ensuite fondé sa boutique à Greenwich Village est une longue histoire que je ne retracerai pas maintenant. Sache seulement qu'une fois établie, elle a fait le serment solennel qu'aucun homme ne pourrait jamais plus exercer de pouvoir sur elle ni sur ses descendantes.

« Amy-Anne a eu la chance, ou plutôt le discernement, de choisir un bon mari, un homme de cœur dévoué à son épouse et à leurs trois filles. C'était aussi un excellent chimiste qui l'a aidée à réussir. La règle édictée par Amy-Anne est néanmoins restée et a acquis force de loi dans notre famille : seules les femmes peuvent exercer le pouvoir et recueillir la fortune édifiée par la fondatrice. Et cette tradition a toujours été respectée au fil des générations.

CHAPITRE VINGT ET UN

1

— Et voilà toute l'histoire, ai-je conclu.

J'avais tout raconté à Jake aussitôt revenue à l'appartement.

— C'est effarant ! Qu'elle aille jusqu'à nier sa conduite envers toi me dépasse, dit-il en hochant la tête avec incrédulité. Tu as raison, Val, elle devait être sérieusement dérangée pour t'avoir traitée de cette manière dans ton enfance. Mais que faisait ton père, pendant ce temps ?

— Oh, lui, c'était une chiffe molle ! Il lui passait tous ses caprices et se laissait mener par le bout du nez. Je m'en doutais déjà à l'époque, mais ma tante Isobel m'a confirmé il y a quelques années qu'elle le traitait comme un chien et qu'il ne protestait jamais. Elle m'a aussi laissé entendre qu'elle le trompait sans vergogne, ce que je crois volontiers. Je regrette quand même, en un sens, que tu n'aies pas fait sa connaissance, c'est un personnage extraordinaire.

— Je n'en doute pas.

— Elle est restée très belle, tu sais. Belle et glaciale. Le plus étonnant, c'est qu'elle n'a absolument pas changé depuis près de quinze ans. Le temps ne l'a pas marquée le moins du monde.

— Je la croyais gravement malade ?

— Si j'en juge d'après les apparences, elle s'est vite rétablie. Elle ne garde pas une seule trace de sa maladie, pas même une ride.

— Un bistouri aux mains d'un bon chirurgien peut accomplir des miracles, tu sais, observa Jake en tendant la main vers la boîte de Coca posée devant lui sur le bureau.

— Peut-être a-t-elle subi un lifting, je l'ignore. Je sais en revanche qu'elle a de bons gènes et qu'elle a toujours pris grand soin de sa personne, au point d'être littéralement obsédée par son apparence.

— Elle n'est pas la seule au monde atteinte de narcissisme. En tout cas, Val, tu as fait de ton mieux pour aller au fond du problème et ce n'est pas de ta faute si tu n'es arrivée à rien. Et puisqu'elle refuse de laver avec toi le linge sale de la famille, jette-le par la fenêtre et n'y pense plus. Occupons-nous désormais de notre propre vie.

— Tu as raison, Jake. C'est bien ce que je comptais faire.

— Une dernière chose avant de clore le chapitre une fois pour toutes. Que signifie cette règle sur la transmission exclusive de l'héritage aux femmes ? C'est l'histoire la plus incroyable que j'aie jamais entendue ! Qu'en penses-tu, toi ?

— Qu'elle est d'une rare stupidité. Mais la vie d'Amy-Anne a de quoi donner la chair de poule, à vrai dire. Se faire rouer de coups par les hommes de sa propre famille a dû gravement la marquer, au moral comme au physique. Je ne la blâme donc pas d'avoir voulu se libérer de l'influence des hommes. Elle avait sans doute vite compris que l'argent confère le pouvoir et constitue la meilleure des protections contre les abus de toutes sortes.

Jake vint alors s'asseoir à côté de moi et me prit la main en me regardant d'un air qui me parut étrange. Je le connaissais maintenant assez pour deviner aussitôt que la cause de son trouble n'avait rien à voir avec mes problèmes familiaux.

— Qu'est-ce qui ne va pas ? lui ai-je demandé.

— Mike t'a téléphoné pendant que tu étais chez ta mère. Il m'a demandé que tu le rappelles dès que tu pourras.

— Qu'est-ce qu'il t'a dit ? De quoi s'agit-il ?

— De Françoise, répondit-il avec un long soupir. Elle a fait une fausse couche.

J'ai senti des larmes me picoter les yeux.

— Oh non ! me suis-je écriée. Pauvre Françoise, elle qui avait déjà subi tant d'épreuves. Et maintenant, perdre son bébé... Tu aurais dû me le dire tout de suite quand je suis rentrée. C'était beaucoup plus important que mes démêlés avec ma mère.

— J'ai préféré que tu te décharges d'abord de tout ce que tu avais sur le cœur depuis si longtemps, ma chérie, dit-il en se penchant pour m'embrasser. Tu ne peux pas faire grand-chose pour Françoise, tu es trop loin, c'est pourquoi je t'ai laissée parler. Mais rappelle Mike tout de suite, il est déjà tard à Paris.

2

— Jake vient de m'apprendre ce qui s'est passé, ai-je dit à mon patron en écourtant les salutations. Je suis bouleversée.

— Moi aussi. C'est très dur pour elle.

— Comment va-t-elle ?

— Bien, le mieux possible en tout cas. Ce que je n'ai pas dit à Jake, poursuivit-il avec tristesse, c'est que l'enfant était mort à la naissance et l'était probablement depuis plusieurs jours.

— Mon Dieu ! Pauvre, pauvre Françoise... Elle doit être terrassée de chagrin.

— Surtout parce qu'elle s'en croit responsable. Elle croit qu'elle aurait dû quitter son mari depuis longtemps et elle est sûre que c'est la conséquence des coups qu'il lui a donnés à Marseille et de sa chute dans l'escalier. Pour elle, le bébé aurait vécu si elle s'était enfuie plus tôt. Qui sait ?... Je lui répète qu'elle n'y est pour rien et n'a aucun reproche à se faire. Elle est quand même très abattue.

— Je m'en doute. Puis-je l'appeler ? Où est-elle ?

— Je l'ai emmenée dans une clinique privée.

— Tu as eu raison, Mike. Laquelle ?

— J'y viendrai dans une minute. Mais je dois d'abord te dire quelque chose. Je suis à peu près certain qu'Olivier, son salaud de mari, rôde autour de ton appartement. Il est venu se renseigner à Gemstar et...

— Tu plaisantes ? Je suis contente de ne pas être à Paris en ce moment. Comment est-il ?

— Beau garçon, dans le genre truand. Je le crois capable de faire n'importe quoi sans le moindre scrupule. C'est Adam Macklin qui l'a reçu. J'étais en réunion à ce moment-là, mais j'ai eu le temps de l'apercevoir au moment où il partait. De toute façon, il ne sait pas que tu es à New York. J'avais donné à Adam des instructions formelles pour répondre que tu étais en mission spéciale au fin fond d'une forêt vierge en Ouganda. Il n'ira sûrement pas te chercher là.

— Il a donc retrouvé ma trace à Paris ?

— Visiblement. C'est pourquoi je n'ai pas voulu faire entrer Françoise à l'Hôpital américain, c'est sans doute le premier endroit où il serait allé fouiner s'il avait su qu'elle accouchait.

— Pourquoi crois-tu qu'il m'a dépistée, moi ?

— Tu étais le lien le plus évident, Val. Françoise m'a dit que sa mère avait mentionné ton nom quand elle est allée à Marseille. Olivier a dû l'entendre ce jour-là. Il savait d'autre part que tu résidais aux Roches Fleuries avec Jake et que tu étais encore là quand Françoise y est revenue avec ses parents. J'en ai déduit qu'il s'est fait communiquer la liste des passagers des compagnies aériennes après la disparition de Françoise et que c'est ainsi qu'il a trouvé son nom sur le même vol que Jake et toi. Ses parents ne lui ont rien révélé, j'en suis certain, mais n'oublie pas qu'il travaille à la Brigade criminelle et que, pour un homme comme lui, ce genre d'enquête est un jeu d'enfant.

Je ne voulus plus rien savoir sur le compte de cet Olivier. Il me faisait peur.

— Puis-je appeler Françoise demain, Mike ?

— Bien sûr. Je l'ai emmenée dans une clinique privée à Saint-Germain-en-Laye. Elle y sera en sécurité jusqu'à ce qu'elle ait retrouvé ses forces et puisse revenir en ville.

— Que va-t-elle devenir, Mike ? Quels sont ses projets, maintenant qu'elle a perdu son enfant ?

— Je ne crois pas qu'elle ait des projets précis, pas encore du moins. Sincèrement, je ne sais pas non plus ce qu'elle compte faire à l'avenir. Elle consacrait tant d'énergie à mener sa grossesse à terme qu'elle se trouve maintenant désemparée, sans but dans la vie.

— En tout cas, il n'est pas question qu'elle

retourne avec son mari, ce serait signer son arrêt de mort.

— Je suis d'accord et elle aussi, d'autant plus qu'elle le sait en train de remuer ciel et terre pour la retrouver.

— Soyez très prudents elle et toi, Mike. Moi aussi, d'ailleurs, puisque je constitue un lien avec elle dans l'esprit de cet individu. Au fait, pourquoi ne viendrait-elle pas ici quand elle sera de nouveau en état de voyager ? Il me croit en Ouganda et il ignore sûrement l'existence de cet appartement. Françoise pourrait y rester le temps de sa convalescence et réfléchir tranquillement à ce qu'elle fera ensuite.

Mike ne répondit pas.

— Allô ? Mike, tu es toujours là ?

— Excuse-moi, Val, je réfléchissais à ton idée. Elle n'est pas mauvaise, bien sûr, mais j'espérais que tu reprendrais bientôt ton travail. Il y a plusieurs missions en attente que je voudrais te confier.

— Rassure-toi, ni Jake ni moi n'avons l'intention de nous attarder à New York. Nous préparons une présentation complète du livre pour l'éditeur, mais une fois ce travail préliminaire terminé, nous rentrerons à Paris. Françoise pourra quand même rester ici sans moi, cela ne posera aucun problème. C'est l'ancien appartement de mes grands-parents, il est très confortable et une femme de ménage vient plusieurs fois par semaine. Muffie Potter Aston, ma meilleure amie, habite New York, elle ne demandera pas mieux que de garder un œil sur Françoise. Ici, au moins, elle sera en sécurité.

— Je te crois et ton idée représente peut-être la meilleure solution. J'en parlerai à Françoise, mais pas tout de suite. Elle est encore trop perturbée par la perte de son bébé.

— Son mari est un infâme salaud !

— Je ne te contredirai pas. Mais tu me posais la question sur ses projets d'avenir. Eh bien... j'aimerais beaucoup, vois-tu, qu'elle fasse partie du mien. Mes filles aussi adorent Françoise, comme je te l'ai dit l'autre jour. Et je crois avoir deviné que Françoise ne me dirait pas non. Mais elle est toujours mariée à cet énergumène et il va d'abord falloir se débarrasser de lui, ce qui ne sera pas commode.

— J'en ai peur, en effet. En tout cas, réfléchissons ensemble à mon idée. Maintenant, donne-moi le numéro de téléphone de la clinique, j'appellerai Françoise demain.

— Tout de suite. Tu as de quoi noter ?

Et Mike me lut la série de chiffres.

3

Pendant que je téléphonais à Paris, Jake finissait de trier les photos étalées sur la grande table de la salle à manger. Quand je l'ai rejoint à la fin de ma conversation, il prenait des notes sur un bloc et leva les yeux en m'entendant entrer.

— Mike m'a paru dans tous ses états, me dit-il.

— Oui, il est très inquiet. Il m'a avoué être tombé amoureux de Françoise depuis quinze jours. Je ne le lui reprocherai certes pas, elle est charmante et jolie comme un cœur. Mais elle a toujours un mari qui constitue un gros problème.

— Et comment ! renchérit Jake. C'est une brute, ce type.

— Mike le considère comme un truand.

— C'est probable, et il peut même devenir dangereux.

— J'ai proposé à Mike que Françoise vienne s'installer ici quand elle sera en état de voyager.

Jake me regarda avec étonnement :

— Je ne crois pas que ce soit une très bonne idée.

— Pourquoi ? Nous devons bientôt rentrer à Paris, elle peut très bien séjourner ici quelques semaines ou même quelques mois. Tante Isobel n'y verra pas d'objection et Muffie veillera sur elle.

— Tu l'as adoptée, ma parole, soupira Jake.

— Pas vraiment, mais elle me fait de la peine. Elle vit un véritable enfer depuis son mariage.

— Je sais, et tu lui as sans doute sauvé la vie ce fameux jour à la villa. De sorte que tu t'en sens désormais responsable, n'est-ce pas ?

— Je ne voyais pas du tout les choses de cette manière.

— Écoute, Val, d'après ce que nous en avons entendu dire, son mari est un individu peu recommandable, bien qu'il soit dans la police. S'il devient enragé parce qu'il ne retrouve pas sa femme, je ne voudrais pas qu'il passe sa fureur sur toi, ma chérie.

— Aucun risque de ce côté-là. Quand il est allé poser des questions à l'agence, on lui a répondu que j'étais en Ouganda.

— Quoi, il est déjà allé à Gemstar ? s'exclama Jake. Seigneur ! Je ne savais pas que c'était aussi grave. Tu ne dois plus te mêler de cette affaire, Val. Que s'est-il passé, au juste ?

— Mike était en réunion au moment de sa visite, mais il avait donné des instructions pour qu'on dise que j'étais en mission de longue durée en Afrique. Il ne peut pas savoir que je suis aux États-Unis.

— Tu veux parier ?

— Les policiers peuvent obtenir ce genre de renseignements s'ils s'en donnent la peine, je l'admets, ai-je grommelé de mauvaise grâce.

— Écoute, Val, Françoise ne peut pas venir ici, je te parle très sérieusement. Sois raisonnable, ma chérie. Elle doit régler elle-même ses problèmes conjugaux, demander le divorce, obtenir une protection ou un contrôle judiciaire à l'encontre de son mari, faire les démarches qui s'imposent. Personne ne peut les faire à sa place. Et si Mike est amoureux d'elle, comme tu viens de le dire, c'est à lui de l'aider. D'ailleurs, tu la connais à peine.

— Tu as peut-être raison, après tout, ai-je soupiré.

Jake se leva et me prit dans ses bras.

— Ton bon cœur te perdra, Val. Eh bien, moi, je veillerai sur toi et je te protégerai, contre toi-même s'il le faut, parce que tu es ce que j'ai de plus précieux dans la vie.

— Oh, mon chéri... merci de me l'avoir dit, ai-je murmuré en appuyant ma tête sur son épaule. Toi aussi tu m'es précieux. Je t'aime.

Il s'écarta juste assez pour me regarder dans les yeux.

— Moi aussi je t'aime, Val. Du fond du cœur.

4

Un instant plus tard, nous nous sommes assis côte à côte à la table de la salle à manger.

— Regarde, dit-il. J'ai réussi à esquisser un

thème directeur avec cette première série de photos.

Tout en parlant, il les disposait dans un ordre déterminé.

— Voici, reprit-il, un certain nombre des tiennes qui à elles seules racontent une histoire. Elles n'auraient même pas besoin de textes ni de légendes, à mon avis. Celles-ci, par exemple : des enfants avec des bouquets de fleurs, des chiens ou des chats. Et celle-là, ce petit garçon qui serre une miche de pain sur sa poitrine comme s'il avait peur qu'on la lui vole. Ces photos ont un tel impact... elles sont poignantes.

— C'est vrai. Je les regarde comme si je les voyais pour la première fois.

Je me souvenais pourtant de chacune d'entre elles ou presque, du lieu et des circonstances dans lesquels je les avais prises. Ces enfants étaient touchants, bouleversants et, pourtant, il se dégageait de leur apparence, de leurs sourires tristes ou courageux un réel espoir — un espoir dans l'avenir. Et s'ils étaient capables de m'émouvoir au point d'en avoir la gorge nouée, moi qui les avais photographiés, alors ils en émouvraient à coup sûr d'autres... La réussite du livre me tenait désormais à cœur. Surtout pour Jake.

CHAPITRE VINGT-DEUX

1

Ma tentative pour faire parler ma mère ayant été infructueuse, je décidai de suivre le conseil de Jake, de jeter par la fenêtre le linge sale de la famille et de ne plus y penser. Ma mère niait la réalité de sa conduite indigne envers moi, au point de s'être maintenant persuadée de son innocence. Essayer une fois de plus de lui arracher la vérité serait une perte de temps, rien ne la ferait revenir sur sa conviction. Je devais à l'avenir m'occuper de choses plus importantes.

À commencer par le livre, dans la préparation duquel je me jetai corps et âme. Jake m'ayant confié la rédaction de la plupart des textes, je me suis d'abord mise au travail sur les légendes des photos pour la présentation à l'éditeur le vendredi suivant. « C'est un bon entraînement pour le livre proprement dit », disais-je à Jake qui me voyait studieusement penchée sur ma feuille de papier. Au bout de deux jours, j'avais d'ailleurs pris goût à l'écriture, qui n'était pourtant pas mon fort. J'aimais rédiger les légendes explicatives et j'étais assez fière des commentaires admiratifs de Jake, qui lisait ma production tous les soirs. Je passais aussi de longues heures à sélectionner et trier les photos du fonds de Gemstar, dans lequel Mike m'avait autorisée à puiser. « N'oublie pas de nous rendre les négatifs quand tu les auras fait tirer », m'avait-il rappelé au cours d'une de nos fréquentes conversations transatlantiques.

Le mercredi matin, nous étions affairés comme à l'accoutumée autour de la table de la salle à manger quand le téléphone sonna. Jake se leva pour aller répondre. Sans interrompre mon travail, je l'entendis distraitement échanger quelques mots avec la secrétaire de l'agence et je le vis noter un numéro de téléphone.

— Tu ne devineras jamais qui est à New York et vient d'appeler l'agence pour me joindre, dit-il après avoir raccroché.

— Le mari de Françoise, ai-je répondu (je ne voyais personne d'autre à qui penser).

— Ne sois pas morbide, de grâce ! Non, Dieu merci. C'est Fiona.

— Fiona ? ai-je répété, interloquée.

— Oui, Fiona Hampton.

— Qu'est-ce qu'elle vient faire ici ?

— Je vais bientôt le savoir.

Sur quoi, il décrocha et composa le numéro avant que j'aie pu lui demander le moindre éclaircissement.

— Fiona ! Quelle bonne surprise ! s'écria-t-il un instant plus tard. Comment vas-tu ? Et que fais-tu à New York ?

Il écouta avec attention, visiblement intéressé.

— Une seconde, dit-il, je vais demander à Val.

— Qu'est-ce qu'elle veut ? ai-je articulé à voix basse.

— Fiona voudrait nous inviter à déjeuner ou à dîner. Qu'est-ce que tu préfères, ma chérie ?

— Quand cela ? Aujourd'hui ?

— Oui.

— Plutôt à dîner. Je suis au beau milieu des légendes, je préfère travailler sans m'interrompre jusqu'à ce soir.

— D'accord... Le dîner nous conviendrait mieux, Fiona, nous sommes en plein travail, enchaîna-t-il dans le combiné. Nous pourrions nous retrouver, voyons, laisse-moi réfléchir...

— Le Périgord, 52e Rue Est, huit heures, ai-je suggéré.

Jake répéta ce que je venais de dire.

— Nous serons nous aussi ravis de te revoir, Fiona, ajouta-t-il. À ce soir huit heures.

2

— Alors, qu'est-elle venue faire à New York ? ai-je demandé à Jake quand il eut raccroché.

— Elle s'offre des petites vacances. Avec un ami qu'elle nous présentera au dîner.

— *Un* ami ? ai-je répété.

— Oui. Un ami *homme*, précisa Jake en riant.

— Ah bon ? La veuve éplorée a donc séché ses larmes ?

— Je ne crois pas qu'elle en ait beaucoup versé, répondit-il en revenant s'asseoir en face de moi. Elle était un peu triste à la cérémonie mais pas franchement bouleversée, souviens-toi.

— C'est vrai, Jake. Et si l'assistance était émue, je n'ai pas vu non plus beaucoup de larmes ni entendu de sanglots pendant les oraisons funèbres. Eh bien, attendons ce soir pour voir de quoi il retourne.

— Nous ne pouvons rien faire d'autre, en effet, dit-il en riant.

— Au fait, comment savait-elle que tu étais à New York ?

— Elle avait cherché à me joindre aux Roches Fleuries, tu t'en souviens ? J'avais essayé de la rappeler à Dublin puis à Londres et à chaque fois je tombais sur son répondeur. De guerre lasse, je lui avais laissé un message en disant que je partais pour New York et elle a appelé mon agence en arrivant.

C'était tout à fait logique. Pourtant, quand je voulus me remettre aux légendes des photos sur lesquelles je travaillais, je fus incapable de me concentrer. Fiona me revenait sans cesse à l'esprit avec une insistance troublante.

Pendant l'année de notre liaison, Tony avait réussi à me persuader que sa femme était une harpie et une déséquilibrée. Celle dont j'avais fait brièvement la connaissance à Londres ne ressemblait en rien à ce portrait, bien au contraire. Depuis ce jour-là, je m'étais souvent demandé si elle était au courant de ma liaison avec Tony et j'avais toujours réussi à chasser cette pensée de ma tête. Les hommes mariés ne se vantent quand même pas de leurs maîtresses devant leurs épouses légitimes, me disais-je. Surtout dans le cas de Tony Hampton qui accumulait les aventures. S'il avait dû se confesser à chaque fois, son divorce aurait été consommé depuis des années.

Malgré tous mes efforts, ma concentration refusait de revenir et mon stylo s'obstinait à ne rien tracer sur la feuille de papier. La barbe ! ai-je pensé. Pourquoi faut-il qu'elle fasse irruption à New York en ce moment ? Je n'avais vraiment pas besoin de ce rappel de Tony, de ses mensonges, de sa double vie. Ni des souffrances qu'il m'avait infligées — comme à elle, sans aucun doute.

3

Le noir étant la couleur dominante de ma garde-robe, je me suis habillée en noir pour sortir dîner, me mettant d'ailleurs ainsi au diapason des New-Yorkaises qui portent rarement des couleurs vives le soir. Mais au lieu d'un de mes habituels tailleurs-pantalons, j'ai mis une robe qui eut pour effet de tirer de Jake un long sifflement admiratif quand je l'ai rejoint au salon à dix-neuf heures trente précises.

— Bigre, mais tu es époustouflante ! s'écria-t-il. C'est un crime de cacher des jambes comme les tiennes dans des pantalons. Tu devrais porter plus souvent des robes.

— Merci du compliment, ai-je répondu en rougissant un peu.

Mon simple fourreau de laine n'avait rien d'exceptionnel. Mais avec des bas noirs et des chaussures noires à talons aiguilles, les boucles d'oreilles en perles de ma grand-mère et une broche de perles sur une monture d'or, cadeau de Muffie pour mon anniversaire deux ans auparavant, je devais admettre que l'ensemble ne manquait pas de chic.

— Tu n'es pas mal non plus, ce soir, ai-je repris en le toisant de la tête aux pieds avec une moue provocante.

Il éclata de rire, me prit dans ses bras.

— Si tu continues sur ta lancée, me murmura-t-il à l'oreille, c'est au lit que nous allons finir, et non au restaurant !

Je l'ai repoussé en riant à mon tour.

— Allons-y, ai-je déclaré. Il vaut mieux arriver avant eux.

— Tu as raison. Partons avant qu'il ne soit trop tard, ajouta-t-il en riant de plus belle.

En passant dans le vestibule, j'ai pris mon sac et jeté un châle sur mes épaules. C'était une belle soirée d'octobre, un peu fraîche mais pas froide. Après être restée enfermée toute la journée, j'étais contente de respirer et de marcher. Comme s'il avait lu mes pensées, Jake me dit la même chose au bout de quelques pas. Nous n'avions pas l'habitude de la vie sédentaire que nous menions depuis quelques jours et l'exercice nous manquait.

— Que sais-tu d'Alexander Saint Just Stevens, le peintre ? ai-je demandé pendant que nous traversions Beekman Place.

— Pas grand-chose, à vrai dire. Les critiques l'encensent et le qualifient de nouveau Picasso. Tu t'intéresses à lui ?

— Mike m'a demandé d'aller le voir, de regarder ses œuvres. Il est paraît-il en plein milieu d'une nouvelle série et prépare une grande exposition à Paris. Mike a reçu des demandes de plusieurs magazines.

— Je ne savais pas qu'il habitait New York, je le croyais anglais.

— Il l'est, mais il n'a pas remis les pieds en Angleterre depuis des années ; il partage son temps entre un loft à New York et une propriété au Mexique, somptueuse paraît-il. Mike m'a dit qu'il travaillait ici en ce moment. Il voudrait connaître mes impressions sur sa peinture.

— Je ne peux pas t'être très utile à ce sujet, Val. J'ai vu quelques tableaux de lui, assez forts si mes souvenirs sont bons. Certains critiques, je crois, ont comparé ses toiles sur le thème de la guerre au

Guernica de Picasso. Mike t'a-t-il demandé de faire un reportage photo sur ses œuvres ?

— Non. Dans l'immédiat, je dois juste prendre contact avec lui afin de savoir quand il aura terminé sa nouvelle série et, si possible, obtenir de lui l'exclusivité d'un reportage ultérieur.

— Que Mike a l'intention de te confier, enchaîna Jake. S'il ne s'agissait que de regarder des tableaux et de prendre contact, il aurait pu en charger n'importe qui du bureau de Gemstar à New York.

— Je ne sais pas. Je crois qu'il veut simplement savoir ce que je pense de cette peinture avant d'engager des négociations sérieuses.

— En tout cas, je suis sûr qu'Alexander Saint Just Stevens sautera sur l'occasion, les artistes sont toujours avides de publicité. Plus leurs œuvres sont connues, mieux ils les vendent, dit-il en riant.

Nous étions presque arrivés au restaurant quand je retins Jake par le bras.

— Écoute, je me sens tout à coup mal à l'aise à l'idée de revoir Fiona. Est-elle au courant de... Tony et moi, à ton avis ?

— Sûrement pas, Val. D'ailleurs, elle a été très aimable avec toi après la cérémonie. Fiona est une femme remarquable à tous égards, tu peux me croire. Avec elle, tu sais toujours à quoi t'en tenir, elle est franche et directe. Détends-toi, tu n'as rien à craindre.

— Je ferai de mon mieux, mais... après tout, tu as sans doute raison. Elle est franche, c'est ce qui m'avait le plus frappée quand j'ai fait sa connaissance. Et puis, elle n'aurait sans doute pas envie de nous voir si elle soupçonnait quoi que ce soit à mon sujet. Entrons, ai-je dit en prenant le bras de Jake.

— Nous passerons une excellente soirée, tu verras.

Le patron nous accueillit et nous escorta jusqu'à notre table. Nous avions à peine pris place quand Fiona arriva en compagnie d'un bel homme grisonnant, au teint fleuri typiquement britannique. Fiona nous embrassa tous les deux et nous présenta David Ingham, son ami, dont l'accent me confirma aussitôt qu'il était sujet de Sa Majesté.

— Vous ne pouvez pas savoir combien je suis heureuse que nous dînions ensemble, dit Fiona après que nous eûmes commandé les apéritifs. Nous sommes arrivés hier et c'est notre seule journée à New York. Quelle chance que vous ayez pu vous libérer ce soir !

— Et où allez-vous ensuite ? demanda Jake.

— Dans le Connecticut, répondit Fiona. La fille de David a épousé un Américain, ils vivent à Greenwich. Nous partons en voiture demain.

— Ma fille Pamela et son mari Frank ont une charmante maison au bord de l'eau, intervint David. Je suis sûr que Fiona y passera un bon week-end.

— Greenwich est une très jolie ville, ai-je commenté. Et comment vont Moira et Rory ?

— C'est gentil de prendre de leurs nouvelles, Val. Ils vont très bien, merci. Ils se remettent peu à peu de la mort de Tony.

— J'avais essayé de te joindre à Dublin, Fiona, dit Jake, mais tu avais déjà quitté l'hôtel quand j'ai appelé.

— Oh ! il n'y avait rien d'urgent, Jake. Je voulais juste te dire bonjour. Et que faites-vous à New York, vous deux ?

— Je suis venu rencontrer un éditeur, dit Jake en posant sa main sur la mienne. Et j'ai insisté pour que Val m'accompagne parce que... Eh bien, vois-tu, elle et moi...

— Oh ! Jake, Val et toi ? C'est merveilleux ! Vous formez un couple idéal.

— Ma foi, je l'espère bien, dit Jake en riant.

— On pourrait dire la même chose de nous deux, intervint David avec un sourire attendri à l'adresse de Fiona.

Elle me parut un peu gênée sur le moment, mais ce devait être un effet de mon imagination car un sourire radieux apparut aussitôt sur ses lèvres.

— David est un très vieil ami ; il a été pour moi une bénédiction toutes ces dernières années, avec Tony qui était continuellement parti en voyage et tout et tout. Quoi qu'il en soit, il m'a demandée en mariage et j'ai accepté, mais nous ne nous marierons pas avant l'année prochaine. Il est encore un peu trop tôt et nous jugeons qu'il serait plus sage d'attendre, bien que Moira ne soit pas du tout d'accord avec ce point de vue.

— Que veux-tu dire ? s'étonna Jake.

Fiona fit un geste évasif et esquissa un bref sourire.

— Voyons, Jake, tu sais sûrement que Tony et moi n'étions mariés que pour la forme depuis des années. Je ne pouvais pas concurrencer toutes ses autres femmes et, à vrai dire, je n'en avais aucune envie.

Je me suis figée sur mon siège et ma main sous la table se posa sur le genou de Jake, qui me la serra pour me réconforter. À peine Fiona avait-elle parlé des *autres femmes* de Tony que je sentis un frisson glacé monter le long de mon dos. M'incluait-elle dans le lot ? Non, quand même pas, me suis-je dit en l'observant à la dérobée. Son sourire était chaleureux, amical. Il n'y avait rien de dissimulé ni de sournois dans la physionomie de cette belle femme pleine de charme, à la couronne de cheveux flamboyants, et aux grands yeux noirs et francs. Le jugement que Jake avait porté sur elle un peu plus tôt était juste.

— Pour te dire la vérité, Fiona, lui dit Jake, je ne prêtais guère attention à la vie privée de Tony, j'avais assez de problèmes de mon côté. Et je ne me doutais pas le moins du monde que votre couple battait de l'aile à ce point, il ne m'en a jamais parlé.

— Non, bien sûr, c'est du Tony tout pur, répondit-elle avec un geste résigné. Il aimait jouer à ses petits jeux avec tout le monde. Il soutenait qu'ils étaient inoffensifs, mais ce n'était pas vrai. C'étaient des jeux dangereux, au contraire.

Dieu merci, le serveur vint à ce moment-là distribuer les menus et c'est avec soulagement que j'ouvris le mien pour m'abriter derrière la double page de bristol. Je ne voulais à aucun prix me laisser entraîner dans une conversation de ce genre, car j'étais inquiète de la tournure qu'elle risquait de prendre.

4

L'étude de la carte referma heureusement le chapitre des « femmes de Tony ». Je sentis contre le mien le genou de Jake, qui m'adressa un sourire et un regard rassurants quand je levai les yeux.

Nous avons commandé nos plats, Jake suggéra les vins.

— Je suis désolé que votre visite soit si courte, dit-il à David et Fiona après le départ du maître d'hôtel.

— David doit être rentré en Angleterre la

semaine prochaine, répondit Fiona. Nous resterons chez Frank et Pamela jusqu'à lundi soir et prendrons mardi un vol direct pour Manchester.

— Manchester ? Que peut-on faire à Manchester ?

Il l'avait dit avec un tel dégoût que Fiona éclata de rire.

— Manchester n'est quand même pas l'enfer, bien qu'il y pleuve beaucoup ! Mais nous ne ferons qu'y passer, parce que c'est l'aéroport le plus proche du Yorkshire où j'ai acheté une maison que je suis en train de meubler.

— Tu quittes Londres ? s'étonna Jake. Tu ne vas quand même pas vendre ta belle maison de Hampstead ?

— Oh non, bien sûr ! J'y suis trop attachée. Mais nous habiterons le Yorkshire en été, quand il fait beau. J'y ai aussi acheté une affaire.

— Grands dieux, Fiona, tu nous réserveras toujours des surprises ! s'écria Jake. Quel genre d'affaire ?

Je trouvais Fiona de plus en plus fascinante. Que Tony se soit évertué à m'en tracer un portrait repoussant finissait de le condamner dans mon esprit — s'il en était encore besoin.

— Un restaurant, répondit-elle. David a fait toute sa carrière dans les vins et l'agro-alimentaire, nous dirigerons ensemble le restaurant quand il prendra sa retraite. Entre-temps, son fils Noël travaillera avec moi, c'est un cuisinier de premier ordre.

— Alors, où est la maison ? Et le restaurant ?

— À Middleham, une ville ravissante. J'espère que Val et toi pourrez venir y passer quelques jours et savourer la cuisine de Noël.

— Mon fils est un vrai cordon-bleu, intervint

David, et je parle sans parti pris. Il a l'intention de se spécialiser dans les plats régionaux traditionnels, dont on dit tant de mal mais qui sont délicieux quand ils sont préparés dans les règles de l'art, vous savez, le gigot à la menthe, le Yorkshire pudding, les tourtes à la viande ou au poisson. Je suis sûr qu'entre Fiona et lui, le restaurant aura beaucoup de succès.

— Moi aussi, j'adore cette cuisine-là, ai-je avoué. En un sens, je suis contente de ne pas vivre en Angleterre, je deviendrais vite obèse. Où se trouve Middleham, au juste ?

— Au nord du Yorkshire, près de Ripon, répondit David. Juste à côté il y a les ruines d'un célèbre château qu'on appelait le Windsor du Nord. C'était le fief du puissant comte de Warwick, qui était le gouverneur de Richard III et a remis les Plantagenêts sur le trône.

— Ce doit être une très belle région, ai-je observé.

— Oh oui ! répondit David en riant. Pour qui aime les landes désertes, les nuages à perte de vue, les troupeaux de moutons et les cottages biscornus en pierres grises. Il n'y a pas grand-chose d'autre...

— À part les chevaux, l'interrompit Fiona. On trouve autour de Middleham quantité d'écuries célèbres où sont élevés les meilleurs chevaux de course du Royaume-Uni. Au cas où ne l'auriez pas deviné, Val, ajouta-t-elle, David est natif du Yorkshire et très chauvin, surtout quand il en dit du mal pour inciter les autres à en vanter les mérites.

— Ainsi, vous êtes originaire de Middleham ? ai-je dit à David en souriant.

— Non, répondit-il, mais de Harrogate qui n'en est pas très loin. Je compte prendre l'année prochaine une retraite anticipée et me fixer à Middleham, où je travaillerai au restaurant avec Fiona.

— David est mon partenaire en affaires comme dans la vie, crut utile de préciser Fiona comme si nous ne l'avions pas déjà compris.

5

Un silence respectueux salua l'arrivée des entrées. Le plat principal relança la conversation ; on aborda les sujets les plus divers. Fiona nous bombarda de questions sur le livre, auxquelles Jake et moi avons répondu sans nous faire prier. Puis, tandis que les deux hommes se plongeaient dans une discussion sur le sport, nous avons parlé elle et moi des mérites comparés des boutiques de Manhattan. Le temps passa ainsi très vite jusqu'à la commande des desserts.

C'est alors que Fiona lança sa première bombe en remettant Tony sur le tapis.

— Tony était un incorrigible séducteur et un sacré chenapan dans son genre, mais un être adorable. Personne ne lui résistait. Vous ne croyez pas ?

Elle s'était adressée directement à Jake et à moi. Incapable de dire un mot, je me suis contentée d'approuver d'un signe de tête.

— C'est vrai, Fiona, répondit Jake. Je n'ai jamais rencontré personne de plus... charmeur que lui. Et puis, il était mon meilleur ami, je l'aimais beaucoup.

— Il t'aimait lui aussi beaucoup, Jake. Mais il était également très jaloux de toi. Il a toujours voulu ce que tu avais ou ce qu'il croyait que tu voulais. Il ne supportait pas l'idée que tu puisses obtenir quelque chose ou arriver quelque part avant lui.

Muet de stupeur, Jake fixa Fiona du regard.

— Prends le prix Robert-Capa, par exemple, poursuivit-elle. Tu l'as remporté, pas lui, et il ne s'en est jamais remis. Il a toujours considéré que Clee Donovan et toi avaient sur lui un avantage... injuste.

— Mais Tony a remporté bien d'autres distinctions, plus que moi d'ailleurs, répondit Jake qui avait retrouvé sa voix. Il était respecté par ses collègues et admiré du grand public.

— Oui, je sais, mais il ne pouvait s'empêcher de se sentir en concurrence avec vous et ça le rendait jaloux, parce que certaines de vos distinctions étaient plus importantes que les siennes.

Visiblement abasourdi, Jake ne put que hocher la tête et se donna une contenance en vidant le fond de son verre de saint-émilion. Et alors que je croyais connaître par cœur ses humeurs et ses sentiments, j'étais incapable d'interpréter l'expression de son regard.

— Je ne te dis pas cela pour dénigrer gratuitement Tony ni flétrir sa mémoire, reprit Fiona, mais pour que tu saches la vérité. Il en allait de même pour vous, Val, poursuivit-elle. Il était terriblement jaloux de vous sur le plan professionnel.

— Je ne vois vraiment pas pourquoi, ai-je répondu. Il était bien meilleur photographe que moi.

Le mot *professionnel* m'avait apporté un profond soulagement. Mon cœur battait cependant la chamade et je me demandais non sans inquiétude ce qui allait suivre.

— Peut-être dans certains domaines, les scènes d'action ou de guerre. Mais vos photos d'enfants sont bouleversantes et vos paysages superbes. Je les aime beaucoup. N'en avez-vous pas reconnu plusieurs dans le bureau de Tony, le jour de la cérémonie ?

— Si, bien sûr, ai-je réussi à articuler.

Mon verre de vin étant vide, je me suis donné une contenance comme avait fait Jake en vidant mon verre d'eau.

David se leva, s'excusa et partit aux toilettes. Et quand nous fûmes tous les trois seuls, Fiona lança sa deuxième bombe.

— C'est juste avant que ton divorce soit prononcé et que tu redeviennes un homme libre, déclara-t-elle, que Tony a voulu te prendre de vitesse auprès de Val.

Mon effort pour étouffer un gémissement d'horreur fut vain. Jake, en revanche, accueillit cette révélation avec flegme.

— Je l'avais déjà compris par moi-même, se borna-t-il à dire.

Fiona se tourna alors vers moi :

— J'étais au courant depuis le début pour Tony et vous, Val. Je veux simplement vous dire ceci : je n'ai jamais éprouvé envers vous ni colère ni rancune. Vous m'inspiriez plutôt une sincère compassion, parce que je savais qu'il jouait avec vous à un de ses jeux malsains, comme avec tant d'autres femmes avant vous. Mais ça, Tony n'a jamais pu s'en empêcher, Val. C'est la vérité vraie.

CHAPITRE VINGT-TROIS

1

— Pourquoi les as-tu invités à boire un dernier verre ? ai-je demandé à Jake avec un regard de reproche.

— Cela t'ennuie vraiment ?

Un soupir résigné m'échappa.

— Non, pas vraiment. Depuis sa deuxième bombe d'il y a une heure, Fiona est adorable avec moi. Je suis sûre qu'elle ne m'en veut pas. Je me demande simplement pourquoi tu tiens à prolonger la soirée, il est déjà près de onze heures.

— Parce que j'ai senti que Fiona avait encore beaucoup de choses à nous dire et aussi parce que je voulais lui poser à mon tour quelques questions, dit-il en sortant du frigo une bouteille d'eau minérale.

— J'en aurais un certain nombre à lui poser moi aussi, ai-je commenté en vidant des glaçons dans le seau à glace.

— Eh bien, profite de sa présence, Val. Elle ne te mentira pas, ma chérie. Je te l'ai déjà dit, elle est franche comme l'or.

— Je verrai, ai-je répondu évasivement.

Nous avons regagné le salon où nous attendaient

David et Fiona, qui se tenaient devant la baie vitrée dominant l'East River.

— Nous admirions la vue, me dit Fiona. Les ponts sont féeriques la nuit, avec ces guirlandes de lumières vert émeraude. Quel spectacle !

— Quand on est tout près, on constate que ce sont des ampoules blanches très ordinaires, ai-je répondu. C'est l'atmosphère et la distance qui leur donnent cette coloration ; ce vert n'est qu'une illusion.

— Comme tant de choses dans la vie, n'est-ce pas ? dit Fiona en me lançant un regard amusé. Nous vivons entourés d'illusions.

— Rien de plus vrai, ai-je approuvé.

J'ai posé le seau à glace sur la console à côté des bouteilles d'alcools et de liqueurs et je suis allée m'asseoir sur le canapé. Jake demanda à chacun ce qu'il désirait. Fiona choisit un verre de Drambuie, une liqueur écossaise que je ne connaissais pas et qu'elle me persuada d'essayer. David opta pour un cognac.

Pendant que Jake nous servait et apportait nos verres, j'observais avec une affectueuse admiration sa démarche pleine d'aisance et de grâce ; je remarquai qu'il ne boitait presque plus. Dans le sobre complet bleu marine qu'il portait ce soir-là, il était d'une élégance parfaite. Nous étions l'un et l'autre obligés par la force des choses d'endosser des tenues pratiques adaptées à nos activités. Depuis notre arrivée à New York, Jake s'habillait avec une certaine recherche, dont je me réjouissais de voir qu'elle lui allait à ravir.

2

Jake me rejoignit sur le canapé après s'être servi un verre de cognac, avec lequel il porta un toast auquel tout le monde répondit. Pas encore rassasiés de la vue, spectaculaire aux yeux de ceux qui la découvraient pour la première fois, Fiona et David étaient restés près de la fenêtre. Jake s'adressa à Fiona :

— Pour en revenir à ce que tu disais tout à l'heure au restaurant à propos de Moira, qui trouve que David et toi devriez vous marier sans attendre, je suis entièrement d'accord avec elle.

— Vous avez absolument raison, approuva David. J'estime moi aussi que ce serait ridicule d'attendre.

Fiona le remercia d'un sourire affectueux.

— Peut-être, répondit-elle à Jake, mais malgré tout, Tony n'est mort que depuis quelques mois et...

— Et votre couple depuis des années, l'interrompit Jake. C'est du moins la conclusion que j'ai retirée de ce que tu nous as dit. En fait, si j'ai bien compris, depuis la naissance de Rory ou peu de temps après.

Fiona vint s'asseoir dans un des fauteuils en face du canapé, David dans celui d'à côté. Il y eut un bref silence pendant lequel Fiona s'installa commodément, lissa sa jupe et but une gorgée de Drambuie.

— La situation a commencé à se détériorer trois ans après la naissance de Rory, quand Moira a eu cinq ans, commença-t-elle. À ce moment-là, nous étions mariés depuis sept ans. J'avais d'abord cru qu'il s'agissait du classique « syndrome des sept ans », comme on dit, mais ce n'était pas le cas.

Chez Tony, l'infidélité était un état permanent, quasi pathologique, qui n'a fait qu'empirer avec l'âge. Il est pénible, tu sais, d'être mariée à un homme incapable de résister à l'envie de se précipiter sur toutes les femmes qui passent à sa portée. Tant qu'on n'en sait rien, je suppose que c'est sans importance. Mais quand on le sait, on en souffre. Terriblement, même. C'est presque invivable, croyez-moi. David sait bien par quoi je suis passée, n'est-ce pas, mon chéri ?

— Oh, oui je sais ! s'écria David. Cela fait maintenant dix ans que je la console, dix ans pendant lesquels je ne souhaitais qu'une chose : qu'elle le quitte pour m'épouser. Je suis veuf depuis quinze ans, voyez-vous, donc j'étais parfaitement disponible et désireux de la libérer de cet enfer. Mais Fiona voulait que Rory soit sorti de l'enfance et même de l'adolescence avant de sauter le pas.

— David est un saint de m'avoir attendue aussi longtemps avec autant de patience, renchérit Fiona. Je ne sais pas comment j'aurais vécu sans lui.

Jake approuva d'un signe de tête sans faire de commentaire. Je m'en abstins aussi. J'avais des dizaines de questions sur le bout de la langue, mais je n'osais pas les poser. Peut-être de peur de peiner Fiona, peut-être aussi parce je craignais d'entendre ses réponses. Mieux vaut parfois rester dans l'ignorance. De qui, déjà, était cet aphorisme : « Quand l'ignorance est une félicité, c'est folie de vouloir être savant » ? Je faisais de mon mieux pour garder l'esprit vide. Je ne voulais pas perdre mon sang-froid en présence de Fiona et de David, et parler de Tony risquait de rallumer la fureur qui couvait encore en moi. Je me sentais plus que jamais bernée, trompée, abusée par lui comme Fiona l'avait été. À nous deux, nous faisons équipe, me suis-je surprise à penser. Une équipe de deux cents serait sans doute plus réaliste... Qui étaient ces « autres femmes », qu'étaient-elles devenues ? Je m'en moquais éperdument.

J'entendais les trois autres parler de Tony, mais j'étais tellement plongée dans mes amères réflexions que leurs paroles ne m'atteignaient pas. Au bout d'un moment, cependant, je me suis forcée à les écouter.

— Est-ce la seule raison pour laquelle tu n'as pas divorcé à ce moment-là ? demandait Jake. Parce que les enfants étaient encore très jeunes et que tu voulais qu'ils grandissent avant de vous séparer ? Ou y avait-il d'autres considérations ?

— Il y en avait d'autres, c'est vrai, admit Fiona avec un léger soupir. D'abord, je suis catholique et le divorce était contraire à mes principes. J'ai toujours considéré le mariage comme un sacrement qui unit deux personnes pour la vie. Mais il n'y avait pas que l'aspect religieux. Pour être tout à fait franche, j'étais encore très amoureuse de Tony, bien qu'il soit douloureux d'aimer un homme qui rentre chez lui encore imprégné du parfum d'une autre. C'est humiliant. Et croyez-moi, Val, ce n'est là qu'une des multiples choses capables d'éroder l'amour...

Incapable de proférer un mot, je me suis bornée à approuver d'un signe de tête. En cet instant, Tony Hampton m'inspirait de la haine, une haine d'autant plus forte qu'il était mort. Je me haïssais aussi moi-même, je détestais ma propre bêtise, mon aveuglement — et c'était sans doute la raison de ma répugnance à prolonger la soirée avec David et Fiona. J'avais senti qu'elle avait envie de parler de Tony et je ne voulais pas endosser le rôle odieux de son ultime maîtresse. Je l'étais pourtant, ce n'était que la stricte vérité. Autant l'admettre.

— Il y avait toujours eu beaucoup de femmes dans sa vie, me dit Fiona. Il faut que vous le sachiez, Val. Je ne vous dis pas ça pour vous faire de la peine, croyez-moi, je cherche simplement à vous faire comprendre que lorsque vous êtes arrivée dans le tableau, si je puis dire, je n'éprouvais plus aucun amour pour Tony, ses innombrables aventures avant vous l'avaient tué. J'avais dépassé le stade du chagrin, de l'humiliation, du simple intérêt. Tony et notre simulacre de couple ne comptaient plus pour moi.

— Je sais que vous ne voulez pas me peiner, Fiona, l'ai-je rassurée.

Un soupir lui échappa. Elle parut prête à céder à la lassitude mais elle se ressaisit aussitôt.

— J'attendais que Rory entre à l'université pour quitter Tony, voyez-vous. David et moi étions amants depuis six ans après avoir été amis intimes pendant quatre ans. Je connaissais donc ce merveilleux homme depuis dix ans et je savais que j'aurais avec lui une vie heureuse, sans jalousies, sans mensonges, sans trahisons, sans humiliations. Nous étions réellement faits l'un pour l'autre.

— Raison de plus, à mon avis, pour vous marier le plus tôt possible, intervint Jake.

Enchanté de cette marque de soutien, David le remercia d'un large sourire. Alors, prenant mon courage à deux mains, je suis sortie de mon mutisme :

— J'aimerais vous donner ma version de l'histoire, Fiona. Vous parler de mes rapports avec Tony...

Je m'interrompis, me demandant soudain si je ne commettais pas une grave erreur de me lancer dans un tel récit. À quoi bon évoquer ce qui appartenait au passé ? Si Fiona ne voulait pas l'entendre, je serais la dernière à le lui reprocher.

Elle dut deviner ma réticence, car elle m'incita à poursuivre :

— Je crois en savoir déjà beaucoup, Val, mais dites-le-moi quand même. Cela vous fera du bien, je crois.

— Oui, Val, parle à Fiona, renchérit Jake en me prenant amoureusement la main. Il faut exorciser aussi ce démon-là.

Je dus boire une longue gorgée d'eau avant de commencer :

— Voyez-vous, Fiona, quand j'ai fait la connaissance de Tony, je ne m'intéressais pas du tout à lui parce que je le savais marié. Je le considérais comme un grand photographe, un ami, mais cela n'allait pas plus loin en ce qui me concernait. Nous étions ses « frères d'armes », comme il nous appelait Jake et moi. Ce que vous ne pouvez pas savoir, c'est que j'ai été dès le début très attirée par Jake, mais il était alors en train de se débattre dans ses problèmes de divorce. Et puis, environ un an avant sa mort, Tony m'a annoncé à brûle-pourpoint qu'il était lui-même en instance de divorce et m'a invitée à sortir en... disons, en amoureux. Mais c'était un mensonge, n'est-ce pas ? Il n'a jamais, à aucun moment, envisagé de divorcer ?

— Non, bien sûr, répondit Fiona. Je suis la veuve de Tony, pas son ex-femme. J'aurais volontiers accepté le divorce s'il en avait pris l'initiative à ce moment-là. Mais il ne me l'a jamais demandé.

— J'aimerais ajouter quelque chose, Fiona, intervint Jake. Je suis tombé amoureux de Val dès le premier jour de notre rencontre. Elle n'en savait rien parce que je ne le lui avais pas dit, ce qui était idiot de ma part maintenant que j'y repense. J'étais désemparé quand Tony et Val ont démarré leur liaison et je n'ai pas caché à Tony que je la désapprouvais. Il m'a aussitôt répondu que c'était sérieux avec elle et que vous étiez tous deux déjà séparés. Et il s'était si bien enferré que l'été dernier il se trouvait dans une situation impossible, ce que Val et moi ignorions, bien entendu.

— Il l'était en effet, Jake, à cause de ses mensonges, approuva Fiona.

— Je me rends compte maintenant qu'il s'était pris à son propre piège. Et ce n'est pas tout, ajouta Jake. Quand il est arrivé à Paris à la fin juillet, juste avant notre départ pour le Kosovo, il m'a annoncé que votre divorce était prononcé.

Fiona sursauta, effarée.

— Quoi ? s'écria-t-elle. Il n'a quand même pas osé dire cela ?

— Si, ai-je confirmé. Il m'a dit exactement la même chose et m'a même promis que nous serions mariés avant la fin de l'année.

Un silence si total suivit ma déclaration que je me suis demandé si je n'en avais pas trop dit. Fiona avait pâli. Son regard allait de David à Jake et à moi. Elle avait l'air en état de choc quand, peu à peu, elle parvint à se reprendre.

— Je ne vois pas pourquoi je suis atterrée à ce point, dit-elle avec fermeté, puisque je le savais capable de tout. Mais je dois avouer que là, je n'en reviens pas. Comment a-t-il pu vous raconter un mensonge aussi monstrueux, Val ? Et à toi aussi, Jake ? Mais si j'en souffre, ce n'est pas pour moi, c'est pour Val qui en a été la victime.

— Comment avez-vous découvert, euh... en ce qui me concerne, Fiona ? ai-je demandé d'une voix mal assurée.

Ma question parut l'étonner.

— Mais... je n'ai rien eu à découvrir, Val ! Il m'a lui-même annoncé sa liaison avec vous, en précisant que c'était la raison pour laquelle il s'absentait si souvent entre ses missions. Il devait rester avec vous à Paris, me disait-il, parce que vous aviez besoin de sa présence.

— C'est faux ! me suis-je exclamée. Il n'était presque jamais avec moi à Paris. Il rentrait toujours à Londres, pour être avec vous.

— À Londres peut-être, mais sûrement pas avec moi. Oh ! bien sûr, il passait de temps en temps quelques semaines avec nous parce qu'il aimait les enfants, la maison de Hampstead, le jardin. Mais la plupart du temps il était absent entre ses missions.

— En tout cas, renchérit Jake, il n'était pas à Paris. Cela, je peux en témoigner.

— Nous menions une vie étrange, dit Fiona d'une voix étouffée. Quand il revenait à la maison, nous faisions semblant de nous comporter normalement, bien qu'il n'y ait plus rien entre nous depuis des années. Il savait ce que David était pour moi, mais il semblait ne pas s'en soucier, peut-être parce qu'il ne me prenait pas au sérieux. Il s'imaginait sans doute que je serais toujours là, à sa disposition.

— En un mot, Val, Tony ne voulait pas divorcer, déclara David. Il voulait rester marié avec Fiona tout en continuant à s'offrir autant d'aventures qu'il lui plairait. Voilà le mode de vie qui lui convenait.

— Je ne comprends pas, dit Jake. Il me disait toujours qu'il devait rentrer à Londres. J'ai peine à croire qu'il mentait aussi à ce sujet-là.

— Alors, dit David d'un air perplexe, s'il n'était

pas à Londres avec toi, Fiona, ni à Paris avec Val, où diable était-il ?

— Pour ma part, je n'en ai aucune idée, ai-je dit.

Fiona réfléchit un instant, les sourcils froncés.

— Je crois le savoir, dit-elle enfin. Je me rappelle maintenant qu'il paraissait très épris d'Anne Curtis et...

— Grands dieux ! me suis-je exclamée en interrompant Fiona. Je l'ai rencontrée à Beyrouth quand j'y étais en même temps que Tony, au moment de l'enlèvement de Bill Fitzgerald par les islamistes. Tu étais aux États-Unis, Jake, et il n'y avait encore rien entre Tony et moi, mais je me souviens de l'attitude de cette fille. J'étais sûre qu'elle avait des visées sur Tony. Vous avez vraiment cru qu'il couchait en même temps avec elle et moi, Fiona ?

Fiona hésita un instant.

— Oui, Val, sans mentir je l'ai cru. Mais si ce n'était pas Anne, c'en était une autre, ailleurs. Il n'était pour ainsi dire jamais à la maison entre ses missions.

— Comment pouvait-il s'imaginer continuer à mener impunément ce genre de vie ? demanda Jake avec un éclat de colère dans la voix.

— Je n'en ai aucune idée, dit Fiona avec un haussement d'épaules fataliste.

— Il faut être plus qu'un peu dérangé pour se croire capable de tromper tout le monde tout le temps, ai-je commenté.

Je m'en suis tenue là en regrettant de l'avoir dit. Je ne voulais plus parler de Tony Hampton. Son seul souvenir me rendait malade.

— Dis-moi, Fiona, dit Jake. Crois-tu qu'il aurait été jusqu'à épouser Val et devenir bigame ?

— Je ne sais pas, Jake. Peut-être. D'autres l'ont

fait, c'est connu. Et ça peut marcher assez longtemps... jusqu'à ce qu'ils se fassent prendre.

— Ou il aurait inventé une excuse pour se dédire à la dernière minute, suis-je intervenue presque malgré moi. D'autres l'ont fait aussi.

— Les excuses ne manquent pas en pareil cas, suggéra David. Du genre : « Ma femme est gravement malade, je ne peux pas la quitter en ce moment. » Ce n'est qu'un exemple.

— Et si la maîtresse pique une crise, c'est elle qui passe pour une harpie sans cœur, ai-je grommelé.

— Tu n'es peut-être pas d'accord, ma chérie, dit David à Fiona, mais je suis à peu près convaincu que Tony n'aurait pas reculé devant la bigamie et qu'il aurait épousé Val.

Je ne pus retenir un ricanement amer :

— Et pourquoi pas Anne Curtis ou une autre ?

Fiona ne releva pas ma remarque.

— Peut-être aurait-il été bigame avec Val, répondit-elle à David. Il était impulsif et imprévisible. Mais l'excuse du genre « ma pauvre femme malade » lui aurait beaucoup plu.

— Écoutez, vous tous ! me suis-je écriée. Il m'a trompée, soit. Je suis adulte, je l'accepte. Mais ce que je voudrais savoir, c'est pourquoi.

— Pourquoi *vous*, voulez-vous dire, ou pourquoi il avait tant de maîtresses et racontait tant de mensonges ? me demanda Fiona.

Sentant une soudaine bouffée de fureur monter en moi, je dus prendre sur moi pour conserver mon calme.

— C'est exactement cela, Fiona.

— Il avait décidé de vous séduire, Val, commença-t-elle posément, parce qu'il savait que Jake vous voulait pour lui, comme je vous l'ai déjà dit au restaurant. Et aussi, bien sûr, parce que vous étiez belle et que vous représentiez un défi à relever. Mais surtout parce que Tony était un incorrigible coureur. Rien ne l'arrêtait, pas même la décence. Je l'ai toujours soupçonné de m'avoir trompée pendant notre voyage de noces, sans avoir malheureusement le moyen de le prouver. Il était d'un égoïsme forcené, qui allait de pair avec le besoin puéril d'obtenir la satisfaction immédiate de ses désirs. Quand il voulait quelque chose, il ne le voulait pas le lendemain ou dans une heure, non, il fallait que ce soit sur-le-champ. Comme un enfant mal élevé.

Fiona avait prononcé ces derniers mots avec une telle tristesse que je ressentis un élan de pitié. Quelle femme au monde mériterait ce que la vie — et Tony — lui avait infligé ?

Le silence retomba. Que dire après cela ? Ce fut elle, finalement, qui reprit la parole.

— Oui, c'était un fieffé égoïste et il avait l'esprit dérangé. Mais ce n'était pas un méchant homme, non. Dérangé, mais pas méchant. Je crois aussi que le sexe était devenu pour lui comme une drogue. Il avait besoin de changer tout le temps de femme afin de... de...

— D'avoir une érection, ai-je complété sans pouvoir me retenir.

— C'est cela, acquiesça Fiona en me lançant un regard entendu.

— Disons les choses comme elles sont et ne lui cherchons pas d'excuse, intervint David. Tony était pourri jusqu'à la moelle. Tu le sais très bien, Fiona. Nous le savons tous.

L'attitude de David me surprit agréablement. Je découvrais de plus en plus de qualités à cet homme tranquille, un peu effacé. Il savait ce qu'il était, ce qu'il pensait et il n'avait pas peur de le dire, même au risque de heurter Fiona. En tout cas, il était à coup sûr plus digne d'elle que Tony ne l'avait jamais été.

— Ce n'est pas tout, poursuivit-il en se tournant vers Fiona. Tony se moquait éperdument de tes sentiments et de ceux des enfants. Et de ceux de Val et de Jake, par la même occasion. Encore moins des miens, bien que je ne compte guère dans ce drame familial.

— Mais si, David, tu comptes énormément, au contraire ! protesta Fiona. Et Tony le savait. Il savait que je tenais à toi, que tu prenais soin de moi et de ses enfants.

— De *tes* enfants, rectifia David. Il ne s'est pour ainsi dire jamais occupé de leur éducation, il était tout le temps parti.

— Rory et Moira m'avaient pourtant donné l'impression qu'il leur avait consacré beaucoup de temps l'été dernier, s'étonna Jake.

— Il a passé une quinzaine de jours à la maison, pas plus, répondit Fiona. Tu sais bien que les enfants ont souvent tendance à exagérer un peu, à idéaliser. Ils auraient bien voulu qu'il passe des mois avec eux, mais ce n'était jamais le cas, même s'ils te l'ont dit.

David vida d'un trait son verre de cognac, se leva.

— Puis-je me resservir ? me demanda-t-il.

— Bien sûr, David, faites comme chez vous.

Il traversa le salon. Puis, arrivé près de la console, il s'arrêta, se retourna :

— Tony a toujours fait ce qui lui plaisait et pris ce qu'il voulait sans jamais se soucier des conséquences, déclara-t-il. Rien ni personne n'a jamais compté que lui-même. Oh ! certes, c'était un charmeur, toujours adorable. Talentueux, nul ne peut le lui contester. Il savait raconter les plus belles histoires, prendre les meilleures photos, cuisiner les plats les plus savoureux, nous faire rire mieux que tous les clowns. Nous faire pleurer, aussi. Nous l'avons tous aimé à un moment ou à un autre. Mais malgré tout, c'était un franc salaud.

Fiona poussa un long soupir.

— Il était le père de mes enfants, j'ai été amoureuse de lui. Mais ce que vient de dire David est la vérité vraie.

3

— Pourquoi as-tu orienté la conversation sur ce sujet, Fiona ? lui demanda Jake quelques minutes plus tard. L'avais-tu prévu ?

— Oh non, Jake ! Pas le moins du monde. Je n'avais rien prévu, rien préparé. C'est quand je vous ai vus, Val et toi, assis côte à côte à la table du restaurant, si bien ensemble, si visiblement amoureux l'un de l'autre, que je me suis dit qu'il fallait que vous sachiez toute la vérité sur Tony. Je crois l'avoir connu mieux que quiconque, avoir compris ce qu'il avait dans la tête. C'était un personnage si complexe... Et puis, il n'y a rien de pire que d'être hanté par le souvenir d'un fantôme. C'est pourquoi j'ai voulu que vous n'ignoriez plus rien sur son compte.

— Je partage votre opinion sur les fantômes dont il faut se débarrasser, Fiona, ai-je approuvé. Et je suis heureuse que vous nous ayez offert cette occasion de parler à cœur ouvert. D'ailleurs, je peux vous le dire maintenant, j'ai tout de suite compris que vous étiez la veuve de Tony et non pas son ex-femme. Je l'ai senti dès l'instant où je vous ai vue à l'église, le jour de la cérémonie.

— Si je vous ai parlé ce soir, c'est parce que je ne voulais pas que vous souffriez inutilement, que vous risquiez de gâcher votre vie en regrettant un homme tel que lui. Il fallait que vous sachiez la vérité. J'ai toujours considéré, voyez-vous, que la vérité est ce qu'il y a de plus précieux au monde.

4

J'avais cru, ces dernières semaines, avoir réussi à exorciser le fantôme de Tony Hampton. J'avais cru que Jake, lui aussi, y était parvenu. Mais ce ne fut qu'après cette conversation franche et sincère que je me sentis réellement libérée de son souvenir.

Jake éprouvait le même sentiment, je le sentis aussitôt. Après le départ de Fiona et de David à minuit passé, nous n'en avons plus reparlé ni même fait allusion à la conversation. J'avais l'impression d'avoir été déchargée d'un fardeau écrasant, enfin tombé de mes épaules.

Oui, Tony Hampton avait à jamais quitté ma vie. Je n'aspirais plus, cette nuit, qu'à m'étendre à ses côtés et à faire l'amour avec Jake. Avec l'homme qui m'aimait sincèrement et que j'aimais de tout mon cœur.

Le passé était enfin redevenu poussière. Le présent appartenait à notre seule passion.

Et quand notre passion fut enfin assouvie, quand nous sommes retombés côte à côte, tendrement enlacés, j'ai vu dans ses yeux bleus si clairs que Jake était en paix avec lui-même. Comme il l'était avec moi, comme je l'étais avec moi-même.

Jake m'avait dit que nous étions destinés l'un à

l'autre et c'était vrai, je le savais désormais en toute certitude. Nous l'étions depuis notre venue au monde, depuis la nuit des temps. Nous avions simplement failli un instant nous manquer, mais tout était rentré dans l'ordre. J'étais, je serais toujours sienne. Sa femme, l'objet de son désir, de son amour. Comme il était pour moi le seul homme sur terre, le seul à qui j'appartiendrais jamais.

Et cela, comme aurait dit Fiona, c'était la vérité vraie.

CHAPITRE VINGT-QUATRE

1

Moins d'une semaine après notre mémorable soirée avec Fiona et David, une série de coups de téléphone imprévus fit voler en éclats ma paix intérieure toute neuve et encore fragile.

Les mauvaises nouvelles commencèrent à fondre sur Beekman Place un beau mercredi matin, froid mais ensoleillé. Ce jour à marquer d'une pierre noire restera gravé dans ma mémoire comme la preuve que les bonnes choses ne durent jamais très longtemps pour l'infortunée Valentine Denning.

Le premier appel émanait de Mike Carter à Paris. Mon patron commença par me reprocher d'avoir raté le coche avec l'illustre artiste, qui s'était retiré dans sa thébaïde du Mexique afin d'agiter son pinceau magique dans un environnement plus propice à sa muse qu'un loft de SoHo. Mike me révéla ensuite, d'une voix frémissante de colère, que de sérieux problèmes pointaient à l'horizon du fait d'Olivier, le mari abusif de Françoise. Ayant découvert que son épouse toujours légitime résidait chez Mike, il rôdait aux alentours, proférait des menaces et semblait prêt à déclencher une guerre mondiale s'il se heurtait à la moindre résistance.

Avant de m'engager dans une conversation s'annonçant délicate au sujet de Françoise, je me suis excusée d'avoir laissé filer le sublime Alexander Saint Just Stevens, qui n'avait jamais eu la courtoisie élémentaire de retourner les innombrables coups de téléphone par lesquels je sollicitais de Sa Grandeur le privilège d'obtenir un rendez-vous. De ce simple fait, je n'avais pu accomplir ma mission et m'étais trouvée privée du plaisir ineffable de contempler les chefs-d'œuvre du Maître.

Mike ayant accepté mes excuses en grommelant, je me suis alors attaquée au problème du policier sur le sentier de la guerre.

— Il faut envoyer Françoise ici, ai-je déclaré.

— New York est trop loin, Val, et Françoise dit qu'elle ne s'y plairait pas, surtout si tu n'y es plus. Parce que tu comptes toujours revenir à Paris, j'espère ? Tu reprends le travail la semaine prochaine ?

Il me fallut le rassurer sur la pureté de mes intentions avant de me hasarder à lui donner un conseil judicieux :

— Si tu ne l'as pas déjà fait, engage un bon avocat, Mike. Et assure-toi qu'il est non seulement compétent mais qu'il dispose de bons contacts en haut lieu, c'est le seul moyen de contrer Olivier. Ce flic de malheur semble avoir des appuis efficaces. Et d'abord, comment s'est-il débrouillé pour découvrir qu'elle habite chez toi ?

— Aucune idée. Quant à l'avocat, je ne t'ai pas attendue pour engager le genre de bulldozer sans scrupules dont tu parles. Françoise doit le voir demain. En attendant que tout se décante, je voudrais pouvoir la mettre un moment à l'abri quelque part. Londres serait parfait, mais je n'y connais personne et...

— Middleham ! ai-je crié, en conclusion d'une

séance éclair de brainstorming à laquelle je m'étais livrée pendant qu'il parlait.

— Qu'est-ce que ça signifie ? gronda-t-il.

Je ne pus m'empêcher de rire, tout en sachant que le moment était mal choisi et que Mike n'apprécierait pas mon hilarité. Puis, reprenant mon sérieux, je lui expliquai en quelques mots que Fiona Hampton, la veuve de Tony, aménageait une maison et ouvrait un restaurant dans le Yorkshire.

— Elle m'a dit qu'elle cherchait un assistant pour l'aider à décorer les deux, surtout le restaurant, et je viens de penser que Françoise serait la candidate idéale puisqu'elle travaille ou, plutôt, travaillait pour un décorateur à Marseille.

Mike exprima son scepticisme par quelques grognements.

— Écoute, ai-je insisté, elle y serait parfaitement en sécurité et le Yorkshire n'est pas loin de Paris. Fiona nous a invités chez elle pour Noël, Jake et moi. De Paris, il y a des vols directs pour Leeds et Manchester, l'un et l'autre à moins d'une demi-heure de voiture. Françoise serait très facile à joindre si tu voulais aller la voir.

— Oui, ce n'est peut-être pas une mauvaise solution, admit Mike. Fiona Hampton pourrait-elle la loger ?

— Je ne peux pas m'y engager pour elle mais, compte tenu des circonstances, je suis sûre qu'elle acceptera. Fiona est une des femmes les plus généreuses et les plus compréhensives que je connaisse. Veux-tu que je lui téléphone ? Elle est rentrée à Londres hier.

— Laisse-moi d'abord en parler à Françoise.

— Tu me donnes l'impression de te considérer pleinement responsable de son sort.

Je me suis interrompue de peur de paraître indiscrète, et aussi parce que Jake me répétait que moins nous nous mêlerions de cette affaire, mieux nous nous en porterions.

— Bien sûr que je me sens responsable de Françoise ! répondit Mike en s'échauffant. Je l'aime, elle m'aime et je veux l'épouser. Elle est la seule femme que j'aie aimée depuis la mort de Sarah, ajouta-t-il après avoir marqué une brève pause.

Cette dernière déclaration ne m'étonna pas, mais l'idée de leur mariage m'inquiétait. Le mari de Françoise, même après leur divorce, n'était pas de ceux qu'on puisse traiter à la légère.

— J'espère que je serai demoiselle d'honneur, ai-je dit en feignant une gaieté que j'étais loin d'éprouver.

Mike pouffa de rire, promit d'appeler Françoise et de me tenir au courant sans délai. Puis, sur un dernier conseil de prudence envers le mari, nous avons raccroché.

2

J'avais à peine reposé le combiné que le téléphone sonna de nouveau. Je reconnus avec étonnement la voix de mon frère.

— Val, il faut que je vienne te voir le plus tôt possible, déclara-t-il sans l'ombre d'une salutation ni d'un préambule.

— Mais il est à peine sept heures et demie du matin et je n'ai même pas encore bu mon café ! ai-je protesté.

Je commençais d'ailleurs à me demander ce que faisait Jake, sorti acheter du lait depuis plus d'un quart d'heure.

— Je ne te demande pas de me recevoir à la

minute, expliqua Donald, mais dans la matinée. Je t'en prie, Val, il faut que je te parle.

— De quoi ?

— Du testament.

— Ah non, de grâce ! Nous en avons assez parlé dimanche dernier et tu connais mon point de vue. Tu auras tout ce que tu voudras, y compris Lowell's. Je ne veux rien d'elle, je te l'ai dit et à elle aussi.

— Oui, mais elle ne veut pas m'écouter et me répète que tu *dois* avoir l'affaire, que c'est une obligation. Je me disais que tu pourrais peut-être essayer encore une fois de la convaincre, de trouver un arrangement, un compromis, je ne sais pas.

— Enfin, Donald, tu sais bien qu'elle m'écoutera encore moins que toi. Tu es, tu as toujours été son préféré. Tu as toujours réussi à l'entortiller, essaie encore une fois.

— Elle ne veut pas démordre de cette fichue Tradition de Famille, avec un grand T et un grand F.

— Existe-t-il une base légale, un document quelconque, ou est-ce une simple tradition lancée par Amy-Anne il y a cent ans ?

— Je n'en sais rien, répondit Donald d'un ton accablé.

— Je n'ai pas pensé à le lui demander, mais il faudrait avant tout savoir si cette clause figure dans les statuts ou un document juridique quelconque. Tâche donc de te renseigner.

— D'accord, mais pourquoi veux-tu le savoir ?

La stupidité de sa question me laissa un moment sans voix, mais je me suis rappelée que la duplicité n'exige pas de génie. Et la duplicité était à peu près le seul titre de gloire de Donald dans notre famille.

— Parce que si cette ridicule tradition figure

dans les statuts de Lowell's, ai-je expliqué en maîtrisant de mon mieux mon exaspération, nous devrons trouver une solution *juridique*. Dans le cas contraire, rien ne nous empêchera de faire ce que nous voudrons parce qu'il n'y aura aucun obstacle *légal*. As-tu compris ?

— Elle ne nous laissera jamais violer la tradition.

— Qu'est-ce que tu as ce matin, Donald ? me suis-je exclamée. Débrouille-toi et fais ce que je te dis ! Si cette histoire de fous ne repose sur aucune base légale, je refuserai la succession, voilà tout. Mieux encore, je ferai semblant de l'accepter et je te la céderai par des actes officiels que personne ne pourra contester.

— Je sais, tu l'as déjà dit. Mais le feras-tu vraiment ?

— Tu n'as pas confiance en moi ? ai-je grondé.

— Si, si, bien sûr, marmonna-t-il d'un ton dont je préférai ne pas relever l'évident scepticisme.

— Bon, alors appelle ta mère ou va la voir, essaie d'en savoir le plus possible et viens me rejoindre ici à treize heures, pas avant, lui ai-je ordonné. Je t'emmènerai déjeuner dans un bistrot du quartier et nous réglerons cette affaire une fois pour toutes. Compris ?

— Compris, frangine.

— Donald ! ai-je hurlé. Combien de fois faudra-t-il...

Il m'avait déjà raccroché au nez.

Sale petit ingrat ! ai-je pensé avec rage, en me demandant tout de suite après pourquoi je me donnais la peine de m'occuper de lui. De toute façon, je ne voulais pas de Lowell's, décision sur laquelle je ne reviendrais sous aucun prétexte. Il était normal que ce soit lui, le chouchou de notre mère, qui recueille l'entreprise familiale. Il n'y avait d'ailleurs aucun autre héritier, à part de lointains cousins qui se bornaient à encaisser des chèques tous les ans parce qu'ils comptaient pour la forme au nombre des actionnaires.

Et je n'avais toujours pas absorbé ma ration de café ! En désespoir de cause, Jake n'étant pas encore revenu du supermarché avec le lait, je suis allée à la cuisine m'en verser un bol, non que j'apprécie le café noir le matin mais je n'avais pas le choix. Debout près de la fenêtre, je regardais distraitement le ciel d'un bleu immaculé en me disant que j'aimais le passage des saisons, raison pour laquelle je n'avais jamais voulu vivre en permanence dans un pays tropical, quand la sonnerie stridente du téléphone mural me fit sursauter. Qui appelle encore à une heure pareille ? me suis-je dit en décrochant, agacée.

— C'est vous, Valentine ? fit en réponse à mon « Allô » une voix de femme que je ne reconnus pas.

— Oui, ai-je dit sèchement. Qui est à l'appareil ?

— Lauren Foucher, la femme de Jacques. Bonjour, Val.

— Ah ! Bonjour, Lauren. Comment allez-vous ?

— Moi, très bien. Mais Jacques a eu un grave accident de voiture, je voulais prévenir Jake. Est-il là ?

— Non, il est sorti faire une course, mais il ne devrait pas tarder à rentrer. Qu'est-il arrivé à Jacques ?

— Il est à l'hôpital, assez gravement blessé, mais il s'en remettra. Hier soir, il a eu un léger malaise cardiaque au volant. Sa voiture a percuté une camionnette en stationnement et a dérapé avant de rentrer de plein fouet dans un mur de l'autre côté de la rue. Il a quand même eu de la chance dans son malheur, il aurait pu se tuer.

— Grands dieux ! Il a eu de la chance de s'en tirer, en effet. Ses blessures sont-elles graves ?

— Le nez cassé, une clavicule fracturée, des contusions un peu partout, mais rien de sérieux, Dieu merci.

— Cela aurait pu être pire, en effet.

— S'il avait roulé plus vite, il serait mort, admit Lauren. Dites à Jake que je suis au bureau et que j'assurerai la permanence tous les jours jusqu'à votre retour. Quand pensez-vous rentrer à Paris ?

— Nous comptions revenir au début de la semaine prochaine, mais maintenant, Jake voudra sans doute rentrer plus tôt.

— Inutile de bouleverser vos projets, tout va bien et Jacques est en bonnes mains. Que Jake ne s'inquiète pas pour l'agence, je m'en occupe. Il ne se passe d'ailleurs pas grand-chose en ce moment.

Je connaissais l'efficacité de Lauren Crane. Anglaise de naissance, elle dirigeait le bureau parisien d'une importante agence américaine représentant des artistes célèbres. Elle était la deuxième femme de Jacques Foucher qui l'adorait, avec qui elle avait eu une petite fille de quatre ans. Comme moi, elle vivait à Paris depuis des années et était devenue résolument francophile.

— Mais comment allez-vous diriger votre agence ? ai-je demandé.

— Pas de problème. Je passerai les matinées ici, à Photoreal, et les après-midi à mes bureaux. Comme je travaille avec New York et Los Angeles, le décalage horaire m'est favorable.

— Bon courage, Lauren. Je dirai à Jake de vous

rappeler dès qu'il sera rentré. Transmettez à Jacques tous mes vœux de prompt rétablissement.

— Merci, Val, je n'y manquerai pas. À bientôt.

3

Après avoir raccroché, je me suis servi un deuxième bol de café en pensant à Jacques Foucher. Il avait une douzaine d'années de plus que Jake, quatorze peut-être, ce qui lui faisait environ cinquante ou cinquante-deux ans. C'était quand même jeune pour avoir un malaise cardiaque. L'effet du surmenage, sans doute, car il n'avait jamais ménagé sa peine ni compté son temps. La chance lui avait souri, en tout cas, comme elle avait souri à Jake et à moi au Kosovo. Notre heure n'avait pas sonné, comme elle n'avait pas sonné pour Jacques. On ne peut pas changer le cours de sa destinée...

J'en étais là de ma rêverie quand le téléphone sonna encore une fois. Excédée par ces appels continuels à une heure aussi matinale, j'ai décroché en aboyant un « Allô ! » dont j'ai aussitôt regretté la sécheresse en reconnaissant la voix de Françoise.

— Françoise ! Quelle bonne surprise ! Vous devez être contente d'avoir quitté la clinique et d'être revenue chez Mike.

— Oui, je suis très heureuse avec lui. Il est merveilleux. Mais vous savez déjà qu'Olivier me cherche et veut me ramener à Marseille.

— Je sais. Alors, écoutez-moi bien. Il faut que vous quittiez Paris dès demain, quand vous aurez vu cet avocat. Je m'arrangerai pour que vous alliez chez une de mes amies en Angleterre. Qu'en dites-vous ?

— J'irai. Mike m'a répété tout ce que vous lui

aviez dit sur cette amie et son restaurant. Olivier me fait très peur et mes parents aussi ont peur. Il va continuellement les harceler aux Roches Fleuries.

— Cela ne m'étonne pas. Il a sans doute aussi réussi à mettre le téléphone sur écoute et à intercepter le courrier. N'essayez surtout pas de joindre vos parents si vous voulez être en sécurité, Françoise.

— Je sais, Val. Mais ils sont très inquiets à mon sujet.

— Tout s'arrangera, vous verrez, ai-je dit d'un ton rassurant. Je vais tout de suite téléphoner à mon amie à Londres et je vous rappellerai ou, plutôt, j'appellerai Mike à son bureau. Restez sur vos gardes, Françoise, et ne prenez aucun risque. D'accord ?

— D'accord. Merci encore, Val.

Je sortais de la cuisine, de plus en plus étonnée de l'absence prolongée de Jake, quand j'entendis le bruit de la clef dans la serrure de la porte d'entrée. En débouchant dans le vestibule, je vis que Jake refermait la porte d'un coup de pied car il disparaissait presque derrière trois gros sacs du supermarché.

— Il fait un froid de canard, m'annonça-t-il. Désolé d'avoir mis si longtemps, mais j'ai fait les courses pour le dîner pendant que j'y étais. J'ai pensé que cela ferait gagner du temps et que...

— Il y a de mauvaises nouvelles, l'ai-je interrompu. Viens, Jake, je te raconterai.

Sur quoi, je l'ai déchargé d'un des sacs et l'ai entraîné à la cuisine.

4

Aussitôt après mon compte rendu, Jake alla téléphoner à Lauren pendant que je restais à la cuisine préparer le petit déjeuner.

En me levant, avant cette série de mauvaises nouvelles, j'avais prévu un petit déjeuner intime. Notre séjour à New York approchant de sa fin, je voulais marquer le coup en redoublant de petites attentions qui pouvaient paraître futiles aux yeux de certains, mais auxquelles j'accordais une valeur peut-être un peu superstitieuse. Pourquoi en éprouvais-je le besoin ? m'étais-je demandé. Parce que je puisais dans cette intimité quasi conjugale avec Jake un sentiment de sécurité et de plénitude qui m'avait été jusqu'alors refusé. Et puis, hélas, le monde extérieur et ses problèmes avaient refait irruption, me ramenant brutalement à la froide réalité.

Une fois le café passé et les toasts grillés à point, j'ai disposé le tout sur le plateau où attendaient déjà la vaisselle, le beurre et la confiture, et je l'ai emporté à la bibliothèque, où je suis entrée au moment où Jake terminait sa conversation avec Lauren.

— Pauvre Jacques, c'est affreux ce qui lui est arrivé, commenta-t-il. Le plus curieux, c'est qu'il n'avait jamais eu la moindre alerte cardiaque auparavant. Lauren m'a dit qu'il avait passé des examens médicaux à peine quinze jours plus tôt et qu'il était en parfaite santé.

— Cela ne veut rien dire, lui ai-je fait observer, on a vu des gens frappés d'un infarctus foudroyant chez le cardiologue où ils venaient de subir un électrocardiogramme impeccable. En tout cas, il a eu de la chance, il s'en tire relativement bien.

Pendant qu'il dégustait un toast généreusement tartiné de confiture, je lui ai rapporté les nouvelles de Françoise et de son enragé de mari, prêt à la kidnapper et à réduire en miettes ceux qui s'y opposeraient, c'est-à-dire Mike, ses filles et moi-même, le cas échéant.

Jake poussa un rugissement et s'étrangla avec son toast.

— C'est insensé ! explosa-t-il. Je savais depuis le début que cette affaire tournerait mal.

Dans l'espoir de le calmer, je lui fis alors part de mon idée de demander à Fiona de prendre Françoise sous son aile quelques semaines ou, du moins, le temps que l'orage s'éloigne.

— Et voilà, tu recommences ! s'exclama-t-il, mais cette fois sans s'étrangler.

— Recommencer quoi ? ai-je demandé de mon air le plus innocent.

— À te mêler des affaires des autres.

— Je m'en suis mêlée une fois en créant un problème auquel je ne m'attendais pas, c'est-à-dire l'Amour avec un grand A. Je ne peux donc pas faire moins qu'aider ses innocentes victimes à résoudre celui-ci.

— Mike est assez grand garçon pour s'occuper tout seul de Françoise. Je ne veux plus que tu t'en mêles ! Un type comme cet Olivier est capable de tout, la colère lui fait perdre la raison.

— Ce que tu dis est vrai, Jake, mais calme-toi, je t'en prie. Tout ce que je compte faire, c'est appeler Fiona, lui exposer la situation et lui demander si elle peut héberger Françoise quelque temps. Il n'y a pas de mal à cela, que je sache.

Avec un soupir excédé, Jake m'empoigna par les épaules et m'attira contre lui.

— Tu es incorrigible, Val ! Toujours à fourrer

ton nez dans ce qui ne te regarde pas pour rendre service aux autres ! Je n'ai jamais connu de fille plus impossible, plus têtue, plus belle, plus sexy, plus...

J'ai stoppé ce flot de paroles en lui fermant la bouche par un baiser que je fis durer et qui devint très vite ardent et passionné. Ce qui était une grosse erreur de ma part, car cela ne fit que l'exciter et lui donner les idées qu'il ne fallait pas. Sauf que ces idées n'étaient pas si mauvaises, tout compte fait, car deux minutes plus tard, nous commencions à faire l'amour sur le canapé.

Et voilà mon merveilleux petit déjeuner intime sauvé malgré tout, ai-je pensé en me souriant à moi-même.

CHAPITRE VINGT-CINQ

1

L'apparition à treize heures précises de mon frère Donald, porteur d'une coûteuse gerbe de fleurs enveloppée de cellophane et nouée par un ruban rose, éveilla instantanément mes soupçons.

Me prenait-il pour une imbécile ? me suis-je retenue de lui jeter à la figure. Était-il obtus au point de s'imaginer qu'il suffirait de ce geste d'affection fraternelle, le tout premier depuis sa naissance, pour me mettre dans de bonnes dispositions à son égard ? Croyait-il que je me laisserais prendre à sa ruse, que je ne comprendrais pas qu'il se montrait tout sucre tout miel parce qu'il avait brusquement besoin de moi ? Des fleurs ! C'était le bouquet...

Je parvins toutefois à ravaler l'acerbe rebuffade qui me montait aux lèvres. Autant me montrer aimable, je n'avais rien à y perdre. Faire l'amour avec Jake au petit déjeuner, régime infiniment plus stimulant que les toasts et la confiture, m'avait rendue d'humeur magnanime. Donald ne saurait donc jamais qu'il avait échappé de justesse à une de ces diatribes dont sa grande sœur était si prodigue.

Je lui fis mon plus doux sourire, je lui tendis ma

joue à embrasser, je le remerciai pour les fleurs et l'invitai à laisser son manteau sur la banquette de l'entrée. Puis, après avoir mis les fleurs à tremper dans l'évier de la cuisine en attendant un vase, je l'escortai à la bibliothèque.

— Où est le clone de Costner ? voulut-il savoir en regardant autour de lui avec curiosité.

— Il déjeune avec Gwynneth Paltrow, l'ai-je informé.

Je savais taper dans le mille. Donald le Magnifique avait toujours rampé sans vergogne aux pieds des stars.

— C'est vrai ? s'exclama-t-il, les yeux écarquillés.

— De grâce, Donald, ne sois pas aussi bête ! Je plaisantais. Jake déjeune avec l'éditeur. Aux Four Seasons.

— Vous avez déjà un éditeur ?

— Bien sûr. Notre présentation l'a impressionné, il discute du contrat avec Jake. Nous le signerons avant de partir.

— Félicitations, fran...

— Donald !

— Euh, pardon. Val.

Je lui ai montré du doigt le canapé, sur lequel Jake et moi avions savouré notre substitut de petit déjeuner, tandis que je restais debout et le regardais de haut.

— Assieds-toi et parle. Qu'est-ce qu'elle t'a dit ?

— Elle ne m'a pas dit grand-chose...

— Quoi ? Tu viens sans les renseignements que je t'ai demandés et tu t'attends à ce que je te reçoive à bras ouverts ? C'est pour cela que tu m'apportes des fleurs ? Pour implorer mon indulgence ?

— Mais non, mais non, geignit-il. Laisse-moi finir.

— Bon, je t'écoute. Mais tu as intérêt à être bref.

— J'en ai marre de me faire traiter comme un gamin, fran... Val ! Tu redeviens aussi emmerdante qu'avant. Puisque c'est comme ça, je préfère m'en aller et te laisser mijoter dans...

Il commença à se lever. Je m'avançai d'un pas, l'air menaçant.

— Tu ne partiras pas, Donald ! lui ai-je intimé sèchement. Et ne sois pas grossier, je te prie, tu sais que je ne le supporte pas.

— Bon, bon, maugréa-t-il en se rasseyant. Pour en revenir à maman, elle n'a d'abord pas dit grand-chose quand je lui ai posé la question. Elle trônait comme une reine en me toisant avec froideur. Et puis, après que je l'ai entortillée, comme tu dis, en la flattant et en lui débitant des fadaises, elle a fini par admettre qu'il n'existait aucune disposition légale concernant cette fichue tradition, conclut-il avec un air satisfait.

— Voilà une bonne nouvelle, ai-je dit en le gratifiant d'un sourire bienveillant pour l'encourager à parler. T'a-t-elle dit autre chose ?

— Elle m'a expliqué la fameuse tradition en long et en large, car ce n'est rien d'autre qu'une tradition orale, même si elle est devenue parole d'évangile pour les femmes de la famille. Elle m'a dit aussi que les descendantes d'Amy-Anne croyaient dur comme fer que s'il n'y avait plus de femme à la tête de Lowell's, cela porterait la poisse à toute la famille. J'ai l'impression qu'elle y croit elle aussi, ajouta-t-il piteusement.

Je dus en hâte aller prendre position près de la

cheminée pour lui dissimuler le sourire amusé qui me venait aux lèvres.

— Mon pauvre Donald ! Te voilà dans de beaux draps, ai-je déclaré d'un ton faussement apitoyé.

— Au fait, annonça-t-il alors, je me fiance. Alex a accepté.

— Quel heureux hasard, Donald !

Je ne pus, cette fois, retenir un éclat de rire sarcastique. Il ne perdait décidément pas une minute pour mettre toutes les chances de son côté ! Mais après tout, ces fiançailles « providentielles » convenaient tout à fait à mes intentions de lui faire cadeau de cette affaire de famille dont je ne voulais à aucun prix.

Par prudence plutôt que par sagesse, Donald ne releva pas mon commentaire désobligeant.

— Maman voudrait te voir encore une fois, Val, annonça-t-il.

— Pourquoi ? ai-je demandé d'un ton redevenu glacial.

— Je ne sais pas, elle ne me l'a pas dit.

— Bon sang, Donald, ce que tu peux être obtus par moments ! Pourquoi ne lui as-tu pas demandé ?

— Je l'ai fait ! Et arrête de faire la garce !

— Et qu'a-t-elle répondu ? ai-je demandé en affectant de n'avoir pas entendu.

— Elle n'a pas voulu me donner ses raisons ; elle a seulement dit qu'elle te devait une explication.

— Pas possible ? ai-je murmuré, étonnée de ce soudain besoin de vérité de la part de ma mère.

— Si, confirma Donald.

— En tout cas, ai-je dit d'un ton radouci, savoir qu'il n'existe pas de document juridique est une bonne nouvelle. Cela facilitera mon projet de te céder la compagnie.

— Je lui ai rappelé que tu voulais le faire et elle m'a dit qu'elle ne te le permettrait pas.

— Voyons, Donald, je n'hériterai de la compagnie qu'après sa mort. Elle ne pourra plus m'empêcher de faire ce que je voudrai.

— Hmm... ouais, c'est vrai. Il faut quand même que tu ailles la voir, Val.

— Pas question.

— Je t'accompagnerai, si tu veux.

— Dis plutôt que tu t'imposeras, compte tenu des circonstances.

— Je t'en prie, Val, ne sois pas aussi méchante ! Tu m'aimais bien quand j'étais petit. Quand tu as changé, tu m'as fait très mal, tu sais. J'en ai souffert, j'en souffre encore.

— Épargne-moi tes sornettes, Donald. Tu sais très bien que c'est elle qui t'a éloigné de moi quand cela l'a arrangée. Mais dis-moi, pourquoi diable tiens-tu autant à récupérer Lowell's ?

— Parce que tu n'en veux pas et que l'affaire doit rester dans la famille.

— Tu comptes y travailler ?

— Bien sûr.

— Et ton job en or, dont tu as si longtemps rêvé ? Pourquoi accepterais-tu d'abandonner ta rubrique, qui a un impact très fort d'après ce que m'a dit Muffie et qui te met en contact avec toutes sortes de gens célèbres, pour aller tous les jours à heure fixe dans un bureau vendre des produits dont personne n'a jamais entendu parler ?

Donald se redressa et me regarda avec curiosité.

— Tu n'es pas au courant ?

Alertée par son soudain changement d'attitude, je me suis demandé quelle nouvelle bombe il allait me lancer à la figure.

— Au courant de quoi ?

— De Lowell's, de ce qui se passe dans la compagnie.

— Comment voudrais-tu que je le sache ? Je passe mon temps sur les champs de bataille à photographier les morts et les mourants.

Donald se leva.

— J'ai faim, allons déjeuner, déclara-t-il avec une autorité que je ne lui connaissais pas. Je te raconterai tout en détail.

2

Intriguée par son allusion à Lowell's, j'ai tenté de l'interroger pendant que nous traversions Beekman Place. Mais il éluda mes questions et ne me parla que de sa fiancée Alex, qu'il voulait à toute force me présenter avant mon retour à Paris. Pour le faire taire, j'ai fini par accepter en l'invitant à dîner avec elle le vendredi soir.

En arrivant chez Billy's, un pub du quartier connu pour la qualité de ses fish-and-chips et de ses hamburgers, Donald faisait assaut de charme et d'amabilité envers moi jusqu'à en être sirupeux. Sans doute voulait-il m'exprimer ainsi sa reconnaissance pour mon invitation à dîner, en plus de tout ce que je faisais pour lui par ailleurs.

— Buvons d'abord un verre de vin blanc pour fêter ça, déclara-t-il quand nous fûmes installés à notre table.

— Fêter quoi ? ai-je demandé, perplexe.

— Mes fiançailles avec Alex, bien sûr ! De quoi croyais-tu que je parlais ?

— Je ne sais pas, ai-je répondu évasivement.

De fait, je l'aurais vu plus volontiers prêt à fêter

son entrée dans le monde des affaires, sans parler de son mirifique héritage.

Une serveuse vint prendre nos commandes. Puis, après son départ, Donald se pencha vers moi.

— Je ne connais pas beaucoup de frères qui te révéleraient ce que je vais te dire, Val, commença-t-il sur le ton de la confidence bien qu'il n'y ait aucune oreille indiscrète à proximité. D'autres que moi te laisseraient repartir à Paris dans l'ignorance. Mais je ne suis pas de ceux-là, moi. Quoi que tu penses de moi, je t'ai toujours aimée. Tu as beau avoir été souvent odieuse avec moi, je n'ai jamais cessé de t'aimer.

Je m'abstins de tout commentaire. Qu'il tresse donc lui-même la corde pour se pendre, me disais-je, étonnée malgré tout de ces protestations d'amour fraternel que rien n'avait laissé prévoir.

— Ne me regarde pas de cet air soupçonneux ! reprit-il, ulcéré. Tu crois que je ressemble à maman, je sais. Mais ce n'est pas vrai.

— Me laisser partir pour Paris dans l'ignorance de quoi ? me suis-je contentée de demander.

— La stupéfiante expansion de Lowell's. La compagnie est devenue une mine d'or.

— Quoi ? Tu parles de Lowell's ?

— Oui, de Lowell's, répondit-il avec un rire supérieur. Grâce à la gestion de maman, la compagnie connaît une expansion foudroyante depuis dix ans. Ses produits sont vendus dans les plus grands magasins de New York et jusqu'à...

— Quels magasins ? l'ai-je interrompu, ma curiosité éveillée.

— Les meilleurs, comme Bergdorf-Goodman, Saks Fifth Avenue, Neiman Marcus, sans parler de leurs succursales dans toutes les grandes villes — et j'en passe. En fait la gamme complète est maintenant vendue dans tous les États-Unis, nos produits ont un succès fou. Nous comptons nous implanter bientôt en Europe.

J'étais trop stupéfaite par ce que j'entendais pour relever le « nous », pour le moins prématuré.

— Quoi ? Ces petits flacons et ces pots de crème ridicules ?

— Parfaitement, Val. Et ne sois pas aussi méprisante, c'est justement à leur simplicité et à leur aspect rustique qu'ils doivent leur succès, d'après ce que dit maman.

J'étais de plus en plus déconcertée.

— Que veux-tu dire, au juste ? ai-je demandé après avoir porté un toast à ses fiançailles.

— Je veux dire que ces flacons et ces pots n'ont rien de ridicule. Leur présentation n'a pas changé depuis que notre arrière-grand-mère a fondé la maison il y a cent ans. En fait, ce sont des reproductions en miniature des anciennes jarres d'apothicaires, y compris les étiquettes écrites à la main. Savais-tu, par exemple, que ces étiquettes n'ont pas changé depuis cent ans ?

— Comment voudrais-tu que je le sache ?

— C'est vrai. D'ailleurs, je ne le savais pas moi non plus jusqu'à ces jours-ci.

— Tu ne perds pas de temps pour faire tes recherches, ma parole, ai-je dit d'un ton sarcastique que Donald ne releva pas.

— Je n'ai pas eu besoin de faire des recherches, maman me parle de temps en temps de ses affaires quand je vais dîner chez elle. Elle m'a parlé récemment d'une chaîne de grands magasins japonais qui veut importer la gamme complète des produits, parce que les Japonaises raffolent des jarres d'apothicaires et des étiquettes manuscrites qui indiquent simplement le nom du produit, sans fioritures inutiles.

— Tu te moques de moi !

— Pas du tout ! Ils sont bizarres ces Japonais, tu sais. Savais-tu qu'ils adorent les meubles américains de l'époque coloniale ?

— Je ne vois pas le rapport avec Lowell's, Donald.

— Il n'y en a pas, je l'ai dit à titre de comparaison. Mais ce goût des antiquités est répandu dans le monde entier. Attribue-le à la nostalgie, à un besoin d'avoir des racines, à la confiance dans les choses anciennes plutôt que dans les produits modernes et frelatés, je ne sais pas. Mais tout le secret est là, selon maman. En conservant cette présentation à l'ancienne et en limitant la gamme, elle a réussi à réduire les prix de revient.

J'allais de surprise en surprise.

— Comment cela, limiter la gamme ?

— Maman m'a dit que, de son vivant, papa la poussait à fabriquer plein d'autres produits, vernis à ongles, rouge à lèvres, fard à paupières, des choses de ce genre. Elle a toujours refusé et choisi de rester fidèle à la gamme créée par Amy-Anne, tu sais, les lotions, les crèmes, les shampooings, les sels de bain. C'est ce choix qui a entraîné le succès de Lowell's parce que les coûts sont restés stables et ont même diminué dans certains cas. Au lieu de suivre les modes et de changer tout le temps, elle a pu consacrer les bénéfices au marketing.

Donald avait conclu son exposé sur le ton docte d'un professeur s'adressant à une classe d'élèves ignares. J'étais trop déconcertée pour lui en faire l'observation.

— Comment a-t-elle fait pour redresser la compagnie à ce point ? me suis-je exclamée. Quand nous étions petits, nous entendions tout le temps parler de problèmes d'argent.

— La situation n'était quand même pas si mauvaise, non ? dit Donald avec un regard interrogateur.

— Si. Je me souviens qu'à certaines périodes, l'argent était rare. Rappelle-toi quand les parents ont voulu renvoyer Annie, notre nurse, parce qu'ils ne pouvaient plus la payer. Nous en avons fait un tel drame qu'elle est restée, mais je crois que c'est grand-père qui l'a payée à leur place, pendant quelques mois du moins.

— Annie nous aimait bien, n'est-ce pas, Val ? dit-il d'un ton soudain rêveur.

— Oui, cette chère Annie nous aimait beaucoup.

Sans elle, me suis-je dit, sans ses soins et son affection, je n'aurais sans doute pas survécu.

— Ainsi, si je t'ai bien compris, ai-je repris en le gratifiant d'un sourire, ta mère gagne des millions depuis dix ans.

— Exactement. Et en plus, elle édite un catalogue de vente par correspondance et a ouvert un site sur Internet. Elle compte lancer la gamme en Europe et au Japon d'ici dix-huit mois et prépare l'introduction des actions de Lowell's à Wall Street.

— Ça alors ! Notre mère est un nabab et je ne m'en doutais pas !

L'ironie de mon exclamation échappa complètement à Donald.

— Moi non plus, répondit-il le plus sérieusement du monde. Je l'entendais de temps en temps lâcher quelques mots dans la conversation, mais c'est Alex qui m'a fourni tous les renseignements. Elle est journaliste dans un magazine économique, précisa-t-il.

— Tu te renseignes depuis huit jours ? ai-je demandé.

Il s'abstint de relever le ton soupçonneux de ma question.

— Non, depuis plus longtemps. Depuis la première crise cardiaque de maman, en fait.

— Félicitations, mon cher petit frère. Tu hériteras d'une grande et puissante compagnie et tu seras très riche.

— Tu dis vrai, Val ? Tu ne me fais pas marcher ?

— Bien sûr que non ! Quel intérêt aurais-je à te faire marcher ?

Je le vis prendre une profonde inspiration avant de répondre :

— Écoute, quand maman introduira les actions en Bourse, le capital de Lowell's devrait chiffrer entre cinq cents millions et un milliard de dollars, à deux ou trois cents millions près.

Bouche bée, le souffle coupé, je l'ai fixé des yeux un long moment sans pouvoir parler.

— Tu m'en vois estomaquée, ai-je enfin réussi à articuler.

Il éclata de rire, plus de mon expression ahurie que des mots sortis de ma bouche, car lorsqu'il reprit son sérieux, il me demanda d'un air un peu gêné :

— Euh... qu'est-ce que ça veut dire *estomaquée*, Val ?

Ce fut à mon tour de pouffer de rire.

— C'est un mot venu du vieux français qui veut dire qu'on a reçu un grand coup dans l'estomac, ai-je improvisé.

Il eut la bonne grâce de ne pas insister.

3

À la fin du déjeuner, alors que j'espérais en avoir terminé avec lui, Donald revint à la charge au sujet de ma mère.

— Viens donc, Val, allons la voir tout de suite. Règle la question une bonne fois avant de rentrer à Paris.

— Donald, je t'ai promis de te céder la compagnie quand j'aurai hérité, ne me demande rien de plus. Je ne veux pas la voir.

— Elle veut t'expliquer quelque chose, elle me l'a répété. Allons, sois gentille, viens à l'appartement. En même temps, tu en profiteras pour lui refaire part de ta décision à propos de Lowell's. Et de moi, bien sûr.

Agacée par son insistance, je l'ai dévisagé. L'espace d'un instant, mon animosité s'évanouit, je l'ai observé avec objectivité. Et j'ai vu un beau, un très beau garçon de vingt-six ans, viril, séduisant comme une star de cinéma — en cela, il ressemblait à notre mère. Pour être tout à fait honnête avec moi-même, il n'était pas aussi invivable que je voulais bien le dire. Peut-être avais-je toujours été plus ou moins consciemment jalouse de lui parce que notre mère le favorisait à mon détriment et le gâtait sans vergogne. Il était sournois et médisant, bien sûr, mais pas beaucoup plus que la plupart d'entre nous, tout compte fait.

— Tu ne te rends pas compte, Donald, de l'épreuve que cela représente pour moi d'aller la voir, ai-je enfin répondu en soupirant.

— Je crois que si. Elle n'a jamais été très... tendre avec toi, je sais.

— Ah, tu l'admets enfin !

— Je l'ai toujours su. Mais nous n'avons pas

souvent eu l'occasion de nous parler à cœur ouvert depuis notre adolescence, n'est-ce pas ?

— Rien de plus vrai, hélas !

— Écoute, je me rends très bien compte qu'elle est imbuvable la plupart du temps et que c'est pénible pour toi d'aller la voir. Mais si je t'accompagne, cela t'aidera à la supporter, non ?

— Et quand nous y serons, Donald, que veux-tu au juste que je dise à ta mère ?

— À *notre* mère, me corrigea-t-il. Je voudrais que tu lui fasses accepter l'idée de signer un papier spécifiant que tu pourras me céder la compagnie si tu le décides et que moi, qui suis un homme, j'aurai le droit d'en hériter.

— Tu ne me fais décidément pas confiance, si je comprends bien.

— Mais si, bien sûr ! protesta-t-il. S'il y a une qualité qu'on ne peut pas t'enlever, Val, c'est que tu as toujours été directe. Mais tu ne crois quand même pas qu'un papier de ce genre serait utile ? Écoute, supposons... à Dieu ne plaise, mais supposons qu'il t'arrive quelque chose dans ton métier. Que se passera-t-il, alors ? Qui héritera ?

Il n'avait pas tort. Je bus quelques gorgées de café pour m'accorder le temps de réfléchir. Si j'étais tuée au cours d'un reportage, ai-je conclu, ma mère serait *forcée* de tout lui léguer.

— Qui héritera ? Toi, bien entendu ou, plutôt, ta femme. Au fait, ai-je ajouté après une brève pause, je me demande comment cela se passerait en cas de divorce.

— Il n'y en a encore jamais eu dans la famille. Il faudrait demander à maman ce qu'elle en pense.

— Non, ne lui demandons rien, ai-je décidé. Allons la voir, puisque tu insistes, mais présentons un front uni et expliquons-lui que, juridiquement, il doit y avoir un document officiel par lequel je fais part de ma volonté de te léguer la compagnie au cas où je mourrais dans l'exercice de ma profession.

— Tu as raison. Je me demande ce qu'elle peut bien vouloir t'expliquer, ajouta-t-il avec curiosité.

— Je n'ai aucun besoin d'écouter ce qu'elle croit avoir à me dire, Donald. J'y vais simplement dans le but de m'assurer qu'elle fera son devoir envers toi.

Comme elle ne l'a pas fait envers moi, ai-je omis de préciser.

— Pourquoi prends-tu tout à coup autant mes intérêts à cœur, Val ? demanda-t-il, visiblement perplexe.

— Parce que tu es mon frère et que je t'aimais beaucoup quand tu étais un petit garçon. Et aussi parce que tu as raison. Nous approchons de l'an 2000, nous n'avons plus aucune raison d'obéir à une règle qui date de 1898. C'était certainement une excellente règle à l'époque et Dieu sait si je défends la cause des femmes, mais...

— La règle a grand besoin d'une modernisation, compléta-t-il.

— Tu me voles les mots de la bouche, ai-je dit en souriant.

4

Donald sortit de sa poche son téléphone portable, appela notre mère et lui annonça notre visite pour quinze heures.

— Voilà, c'est fait, dit-il en coupant la communication. Nous avons le temps de prendre encore un café.

— D'accord, ai-je répondu. Pendant ce temps, apprends-moi d'autres choses sur Lowell's.

— Quoi, par exemple ?

— Tu m'as parlé des emballages et du marketing, mais tu ne m'as rien dit des produits. S'ils ont tant de succès, ils doivent être bons.

— Oui, excellents. Alex les adore. Elle dit que les crèmes sont les plus efficaces du marché.

— Où et quand seront-ils lancés en Europe ?

— À Londres et à Paris pour commencer, mais maman ne m'a rien précisé à ce sujet. Je n'en sais pas autant que tu as l'air de le croire, tu sais. Elle ne m'avait jamais dit un mot jusqu'à sa crise cardiaque. C'est Alex, en réalité, qui m'en a le plus appris sur le côté financier.

— Je sais, Donald. Écoute, je tiens à ce que nous abordions la question du document officiel dès que nous serons arrivés. Je ne veux absolument pas me laisser entraîner dans une autre discussion avec elle.

— Je comprends. Nous exposons notre demande et nous partons tout de suite après. Pas de discussions, pas d'explications.

— Exact. Je ne veux rien de plus. Et si elle insiste pour me raconter je ne sais quelles histoires, je n'écouterai pas.

Je ne pouvais pas prévoir à quel point je me trompais.

5

Quand nous sommes arrivés à l'appartement de Park Avenue, c'est une femme de chambre en uniforme qui nous ouvrit la porte.

— Bonjour, Florine, la salua Donald. Je vous présente ma sœur Valentine.

— Bonjour, mademoiselle, dit la jeune femme qui me regardait avec curiosité en prenant mon manteau.

Je lui rendais son salut quand ma mère fit dans le vestibule une entrée de star internationale, comme à son habitude. En noir de la tête aux pieds, elle était particulièrement éblouissante. Elle portait, peut-être par un fait exprès, des chaussures à très hauts talons, mais comme j'en avais par hasard moi aussi ce jour-là, je me trouvais au même niveau qu'elle. Ses cheveux noirs étaient tirés en chignon et, grâce à son maquillage d'une savante discrétion, on ne voyait de son visage que les yeux et les pommettes.

Pour la première fois, je me demandai comment elle avait pu gérer sa vie durant une beauté aussi éclatante. Était-ce pour elle un fardeau, voire un handicap ? Je n'en savais rien et je pris ainsi conscience que j'ignorais presque tout de cette femme qui m'avait mise au monde.

CHAPITRE VINGT-SIX

1

Après un salut assez froid, Margot Denning nous désigna la porte du salon d'un geste désinvolte.

— Venez, nous prendrons le thé.

Sur quoi, elle entra dans la pièce sans attendre notre réponse.

— Je ne veux rien, merci, ai-je répondu en la suivant. Donald et moi sortons de table.

— Rien pour moi non plus, merci, maman, grommela Donald d'un air déçu, en m'emboîtant le pas.

Elle alla, comme prévu, trôner dans son fauteuil habituel ; sans doute savait-elle que, dans cette partie de la pièce, la lumière la flattait. Je me suis postée debout d'un côté de la cheminée et Donald à côté de moi, afin de bien lui montrer que nous étions alliés.

— Je suis contente que tu sois venue, Valentine, commença-t-elle. J'avais dit à Donald que je voulais t'expliquer...

— Je ne veux pas d'explications, quel qu'en soit le sujet, l'ai-je interrompue. Je ne suis pas venue pour écouter mais pour parler et faire entendre la voix de la raison sur Lowell's et votre testament.

— Nous avons déjà eu cette conversation.

— Oui, mais je n'en suis pas satisfaite.

— Il n'y a rien de plus à en dire.

— Il y a beaucoup à dire, au contraire. Donald m'a informée de la situation actuelle de Lowell's et de la réussite dont la compagnie vous est redevable. Vous êtes à l'évidence une remarquable femme d'affaires, c'est pourquoi je comprends encore moins que vous vous accrochiez à une tradition ridicule et démodée. Et puisqu'il n'existe aucun document juridique à l'appui de cette tradition, rien ne vous empêche de léguer Lowell's à Donald.

— Je ne peux pas, déclara-t-elle. Seule une descendante d'Amy-Anne peut hériter.

— Ne me dites pas que vous croyez à cette grotesque superstition de la malchance qui s'abattrait sur la famille si Lowell's n'était pas dirigé par une femme ? Mais si, ai-je ajouté en éclatant de rire devant sa mine outragée, vous y croyez ! C'est le comble de la stupidité !

Donald me dévisagea avec effarement. Notre mère resta impassible et garda un silence glacial.

— Lowell's n'est plus la même compagnie, ai-je repris. Sa structure même a changé. Vous vous apprêtez, d'après ce que m'a dit Donald, à lancer les produits sur le marché international et à introduire les actions en Bourse. Vous avez réussi à faire entrer cette petite affaire artisanale dans le troisième millénaire en faisant jeu égal avec les plus grands et pourtant, vous vous accrochez à un passé périmé.

— Pas du tout ! protesta-t-elle.

— Oh, mais si ! Alors, mettez-vous bien dans la tête, je vous prie, que je ne veux rien avoir à faire avec cette compagnie après votre mort. Laissez-la à Donald, il en sera ravi et il y a droit. Il est votre seul fils, il doit être votre héritier et, de toute façon, il a toujours été votre préféré. Ne parlez plus de cette absurde tradition et conduisez-vous enfin comme la femme d'affaires avisée que vous semblez être.

— Est-ce la raison pour laquelle tu ne veux pas de Lowell's ?

— Je ne comprends pas.

— Tu y renonces parce que tu t'imagines que je t'ai maltraitée durant ton enfance ?

— Non, ai-je menti.

— Cette compagnie dont tu fais fi vaudra des millions, déclara-t-elle dans l'espoir évident d'influer sur ma décision.

— Dites plutôt des milliards, mère. Eh bien, non merci. Je n'en veux toujours pas.

— Réfléchis, Val, je t'en prie.

— C'est tout réfléchi, je ne peux pas.

— Dis plutôt que tu ne veux pas, dit-elle sèchement.

— Écoutez, ai-je répondu en me dominant, j'ai ma propre vie que je mène comme je l'entends. Je ne veux pas d'une vie que vous m'imposeriez sans raison au bout de tant d'années d'indifférence.

— Ta rancune est... totalement ridicule quand il y a une fortune en jeu.

— Je me moque éperdument de l'argent.

— Tu as bien tort.

J'ai laissé échapper un soupir excédé.

— Supposons que j'accepte de prendre Lowell's, qu'est-ce que cela entraînerait ? Par simple curiosité, qu'attendriez-vous de moi ?

Je sentis à côté de moi Donald se raidir d'inquiétude.

Ma mère se redressa dans sa bergère et me

regarda sans mot dire. Cet examen me mit les nerfs à vif. J'aurais voulu pouvoir fuir, échapper à sa présence qui m'était insupportable. Je regrettais amèrement d'être venue. Je ne l'avais fait que pour rendre service à mon frère, qui n'était pas un si mauvais bougre, tout compte fait, mais je regrettais ma gentillesse qui m'avait fourrée dans un tel guêpier.

— J'attendrais de toi que tu reviennes vivre à New York, me répondit-elle de sa voix la plus distinguée. Et aussi, cela va sans dire, que tu travailles à mes côtés chez Lowell's. Je te formerais, je t'apprendrais tout ce que je sais du métier. Cela me ferait très plaisir, Val.

— Autrement dit, vous avez eu deux alertes cardiaques d'autant plus inattendues que vous aviez toujours été en excellente santé. Mais vous êtes encore jeune et, maintenant que vous vous sentez vulnérable, il vous vient à l'idée que vous avez besoin d'une fille. C'est bien cela, n'est-ce pas ?

— Ne dis pas de sottises, je te prie ! Je veux que tu reviennes chez toi parce que c'est ta place. Avec moi, dans nos affaires.

— Ce n'est certainement pas ma place ! me suis-je écriée. Écoutez, ne perdons pas davantage de temps. Puisque vous refusez de modifier votre testament, je ferai établir par un bon avocat un document officiel qui protégera les droits de Donald s'il m'arrivait quelque chose. Dans mon métier, je peux très bien me faire tuer, auquel cas, je léguerais Lowell's à Donald.

— Merci, Val, me dit mon frère.

Notre mère garda le silence.

2

L'arrivée de Florine porteuse d'un plateau de thé interrompit notre conversation. Elle posa le plateau sur une table, demanda si elle devait remplir les tasses puis, sur la réponse négative de ma mère, se retira discrètement.

— Pas de thé pour moi, merci, ai-je dit en me dirigeant vers la porte. Je m'en vais.

— Attends-moi, Val, me héla mon frère.

— Je suis pressée, ai-je répondu depuis le pas de la porte. Au revoir, mère. À bientôt, Donald.

— Non, Val, attends-moi, j'en ai pour une seconde ! dit Donald, qui alla donner un rapide baiser sur la joue de sa mère.

J'étais au milieu du vestibule quand j'entendis la voix de ma mère :

— Ne pars pas, Val, il faut que je t'explique...

— Je vous ai déjà dit que je ne voulais pas d'explications, ai-je lancé par-dessus mon épaule. Je n'en ai plus besoin.

— Tu ne veux vraiment pas savoir pour quoi j'ai toujours été incapable de t'aimer ?

Ces mots me stoppèrent net. À pas lents, j'ai fait demi-tour et je me suis arrêtée à la porte du salon où je suis restée adossée au chambranle, les yeux fixés sur le visage de ma mère.

3

— Viens t'asseoir, Val, me dit-elle. Toi, Donald, tu devrais partir. Ce que j'ai à dire ne te regarde pas.

— Donald reste, sinon je pars avec lui, ai-je répliqué.

— Oui, je reste, approuva mon frère avec une détermination qui m'étonna, alors qu'il n'avait jamais défié sa mère.

Nous avons tous deux regagné nos places, debout près de la cheminée. Donald prit ma main dans la sienne, comme quand nous étions petits et qu'on nous faisait venir dans cette même pièce afin d'être dûment morigénés. Nous nous tenions exactement au même endroit qu'avant, tandis que notre mère trônait dans sa bergère. Mais aujourd'hui je n'avais plus peur d'elle et, à l'évidence, Donald non plus.

— Ceci ne regarde vraiment pas Donald, me dit-elle. Il vaudrait mieux que nous soyons seules, toi et moi.

— Donald ne partira pas, ai-je répété. C'est mon frère, il a le droit de savoir ce qui me concerne.

— Elle a raison, renchérit-il en me pressant la main. Je reste.

Margot Denning garda le silence un long moment, comme si elle se recueillait. Je maîtrisais mal mon impatience.

— Tout cela remonte à très longtemps, quand j'étais encore très jeune, commença-t-elle.

Sa voix se brisa, elle s'interrompit, agrippa les accoudoirs de sa bergère. Si je n'avais pas été certaine qu'elle avait de l'eau glacée dans les veines, j'aurais pu croire qu'elle cédait à l'émotion.

— Voilà une bien courte histoire, ai-je dit avec ironie. Eh bien, adieu, je n'ai pas de temps à perdre.

— Non, non ! Il faut m'écouter, Val. J'essayais de... trouver les mots, de mettre de l'ordre dans mes pensées. J'avais à peine dix-sept ans quand j'ai fait la connaissance d'un jeune homme qui s'appelait Vincent Landau. Nous étions très amoureux l'un de l'autre. Malheureusement, ma mère s'opposait à notre amour et ses parents aussi.

— Pourquoi votre mère s'y opposait-elle ? ai-je demandé, poussée par la curiosité.

— Parce qu'il était juif.

— Et les siens parce que vous ne l'étiez pas ?

— Oui, mais pour des raisons beaucoup plus graves. Les Landau étaient extrêmement riches. Ils possédaient une banque et avaient de hautes ambitions pour leur fils. Ils voulaient qu'il épouse quelqu'un de leur milieu. Pour eux, je n'étais rien.

Elle marqua une nouvelle pause.

— Alors, intervint Donald, que s'est-il passé ?

— Son père a envoyé Vincent en Europe travailler dans la succursale de leur banque à Berlin. Deux ans plus tard, de retour à New York, il a immédiatement cherché à me revoir. Nous nous rencontrions en secret et, peu de temps après la reprise de nos relations, je me suis aperçue que j'étais enceinte. J'avais à peine dix-neuf ans. Sachant que si j'en parlais à ma mère, elle exigerait que je me fasse avorter, je ne lui ai donc rien avoué jusqu'à ce qu'il soit trop tard. Vincent était inquiet de la réaction de ses parents, mais heureux en même temps. Il espérait qu'après m'avoir présentée à eux, ils consentiraient à notre mariage.

— Mais ils ne l'ont pas fait, ai-je observé pendant une nouvelle pause.

— Non. Ils étaient plus furieux que jamais contre nous et ont tout fait pour nous séparer.

— Et ils y ont réussi, commenta Donald.

— Oh, que oui ! soupira-t-elle.

— Ensuite, vous avez fait une fausse couche ? ai-je suggéré.

— Non.

— Alors, l'enfant est mort-né ?

— Non. C'était une fille, adorable et parfaite à tous points de vue. Ma mère était hors d'elle. Elle en voulait surtout à Vincent de n'avoir pas passé outre à l'interdiction de ses parents et de ne pas m'avoir épousée. La situation la dépassait, elle ne savait pas comment y faire face. Je n'avais pas vingt ans et j'étais mère d'un enfant illégitime.

Je commençais à me sentir envahie d'un froid glacial. Je ne voulais pas entendre la suite, mais j'étais hors d'état d'interrompre ce flot de paroles qui me faisait peur et je restais figée sur place.

— Alors, qu'est-il arrivé ? demanda Donald.

Nous nous tenions la main, unis comme nous l'étions jadis, nous protégeant l'un l'autre. Je sentais que Donald éprouvait la même appréhension que moi à entendre la suite.

— Je me suis résignée à remplir seule mon rôle de mère. Vincent venait souvent me voir, il aimait autant que moi la petite Angelica, elle était si belle, si adorable. Sa présence auprès de moi calmait un peu ma mère, qui espérait que nous finirions par nous marier. C'est alors que son père l'envoya de nouveau à l'étranger, à la succursale parisienne de la banque. Et puis, peu après son départ de New York, j'appris dans le *New York Times* ses fiançailles avec une riche héritière, elle aussi fille de banquier. Quand je lui ai téléphoné à Paris, il m'avoua avoir été forcé d'accepter ces fiançailles.

« Ma mère m'a alors ordonné de faire adopter Angelica et j'ai dû lui obéir, je n'avais pas le choix. Je n'ai plus jamais revu mon enfant, j'ai failli en mourir de chagrin. Lorsque Vincent est revenu à New York quelques mois plus tard, nous nous sommes revus, mais nous savions que notre situation était intenable et que nous devions nous dire adieu. Une semaine avant son mariage, il s'est suicidé en laissant tourner le moteur de sa voiture dans le garage fermé de la propriété de sa famille à la campagne.

— Donc, vous n'avez plus revu votre fille et votre amant s'est tué, ai-je dit avec froideur pour dissimuler ma crainte. Je ne vois pas ce que tout cela a à voir avec moi.

— Laisse-moi finir, je te prie. J'ai déjà assez de mal à me confesser devant vous deux.

— Soit, ai-je dit sèchement.

— J'ai épousé ton père plusieurs années plus tard. Il était très bon, mais je n'ai jamais pu l'aimer comme il l'aurait souhaité, avec la passion qui m'unissait à Vincent...

— Et vous n'avez jamais pu m'aimer moi non plus ! l'ai-je interrompue, tremblante d'une rage que je ne pouvais plus maîtriser. C'est à cela que vous voulez en venir, n'est-ce pas ?

— J'ai essayé, Val, j'ai vraiment tout fait pour t'aimer. Mais à chaque fois que je te regardais, je pensais à ma petite Angelica et les remords me submergeaient. L'idée qu'elle était seule sans moi, élevée par une inconnue, m'était insoutenable. La perte d'Angelica et de Vincent m'avait brisé le cœur sans que je parvienne jamais à en guérir. Des années durant, j'ai vécu dans des sortes de limbes, comme un zombie. Je pensais à mon Angelica tous les jours, elle ne quittait jamais mes pensées. La naissance de Donald ne m'a pas affectée de la même manière, puisque c'était un garçon.

Nous la regardions avec stupeur, Donald et moi, bouche bée, incapables de proférer un mot. Le silence dura longtemps.

— Je regrette, dit-elle enfin. Je regrette beaucoup...

— Je *regrette* ? ai-je hurlé, incapable de me dominer davantage. C'est tout ce que vous trouvez à me dire au bout de trente et un ans de calvaire ? Je *regrette* ? Merci, *mère* ! Merci pour votre indifférence, vos injustices, votre abandon, votre criminelle absence de tendresse maternelle et même de simple affection ! À cause de vous, j'ai vécu une enfance malheureuse, tourmentée. Votre égoïsme forcené, votre incapacité à penser à tout autre être que vous-même est la seule cause de mes souffrances ! Vous osez parler de votre cœur brisé ! Et le mien ? Vous l'avez brisé, *mère*, en me punissant de vos propres fautes ! Grands dieux, mais vous êtes un monstre ! Non, vous êtes pire qu'un monstre, vous êtes... diabolique !

Elle était livide, soudain vieillie, presque laide, mais je n'en avais cure. Elle ne m'inspirait aucune compassion. Cette femme avait détruit mon enfance et presque réussi à gâcher ma vie entière. Sans ma nurse Annie et mes grands-parents, Dieu sait comment j'aurais fini. Dans une camisole de force, sans doute. Ou, pis, dans un cercueil.

Priver un enfant innocent d'amour maternel est un acte inhumain, criminel et, pourtant, c'est ce qu'elle m'avait infligé. Je sentais des larmes me picoter les paupières, mais je réussis à les ravaler. Je n'allais surtout pas lui accorder le plaisir de me voir pleurer.

Alors, me redressant de toute ma taille, j'ai repris la parole :

— Parce que vous vous apercevez maintenant que vous avez besoin de moi, vous croyez pouvoir m'attirer de nouveau dans votre orbite, dans votre monde ! Pas de chance, Margot, je n'ai jamais eu aussi peu envie de mordre à votre appât, il me dégoûte. Quant à Lowell's, si vous persistez à le refuser à Donald qui y a cependant droit, laissez-moi vous suggérer d'en faire cadeau à cette fille que vous avez abandonnée il y a si longtemps. Votre chère petite Angelica. Si vous réussissez à la retrouver au bout de tout ce temps.

4

Le visage contracté comme s'il était sur le point de fondre en larmes, Donald voulut m'attirer contre lui d'un geste protecteur.

— Val, laisse-moi t'aider...

— Non ! ai-je crié en me dégageant. Je n'ai pas besoin d'aide.

Livide, pétrifiée sur son trône comme une statue de marbre, ma mère me regardait avec terreur, comme si j'allais me jeter sur elle pour la rouer de coups. Ce n'était d'ailleurs pas l'envie qui m'en manquait.

— Val, écoute...

— Non, ne me dites plus un mot ! Vous en avez assez dit et fait depuis trente et un ans ! me suis-je écriée, prise d'un tremblement incontrôlable. Quand je pense à ma misérable enfance, à votre cruauté envers moi, il ne me reste qu'une seule chose à vous dire, Margot Denning : je vous souhaite de brûler en enfer pour l'éternité.

J'ai quitté la pièce et l'appartement en titubant, secouée par ce tremblement déclenché par le jaillissement brutal de souffrances trop longtemps refoulées. Donald se précipita à ma suite et me rejoignit dans l'ascenseur. Pendant que nous descendions, il s'efforça de me calmer et de me consoler. En vain :

j'étais hors d'état de maîtriser mon tremblement et j'avais l'estomac soulevé par la nausée.

Donald avait eu la présence d'esprit de récupérer nos manteaux avant de sortir. Sur le trottoir de l'avenue, il me drapa dans le mien, endossa le sien et fit signe à un taxi. Pendant tout le trajet jusqu'à Beekman Place, je me suis blottie contre lui, le visage enfoui au creux de son épaule, en priant de toutes mes forces pour que cet abominable tremblement cesse enfin et que ma nausée s'évanouisse.

Peine perdue. Je n'arrêtais pas de trembler et je dus épuiser les dernières ressources de ma volonté pour ne pas vomir sur mon frère. Donald tentait de me parler, de me consoler, de me témoigner avec une tendresse maladroite sa compassion, mais j'étais hors d'état de lui répondre et je me retenais farouchement de verser les larmes brûlantes que je sentais sourdre au bord de mes paupières.

Arrivé à destination, Donald m'aida à mettre pied à terre, me prit par les épaules et me soutint pour traverser le hall et prendre l'ascenseur. Sur le palier, il dut fouiller dans mon sac pour en sortir mon trousseau de clefs que mes doigts étaient incapables de saisir.

Jake avait dû nous entendre, car il arriva dans le vestibule au moment où nous y entrions.

— Ah, te voilà ! Je me demandais où tu étais passée...

Il se tut en me voyant affalée dans les bras de Donald.

— Grands dieux, Val, es-tu malade ? Réponds, ma chérie ! Qu'as-tu, tu es blanche comme un linge ?

J'ai réussi à lâcher Donald, à faire deux pas en titubant et à tomber dans les bras de Jake avec un intense sentiment de soulagement.

— Que lui est-il arrivé, Donald ? demanda Jake avec inquiétude.

— Entrons et asseyons-nous d'abord, répondit mon frère.

À eux deux, ils durent presque me porter jusqu'à la bibliothèque. Je me suis écroulée sur le canapé, Jake s'assit à côté de moi, me débarrassa de mon manteau et me prit dans ses bras.

— Alors, Donald, racontez-moi ce qui s'est passé. Pourquoi Val est-elle dans un état pareil ?

Donald s'assit en face de nous et commença son récit pendant que je m'abandonnais à mes larmes trop longtemps retenues, parce que Jake était là et que je me sentais enfin en sécurité.

5

J'ai pleuré sans arrêt pendant que le long exposé de Donald ravivait ma peine de manière insoutenable. Jake écouta mon frère sans l'interrompre en me serrant contre lui et en me caressant les cheveux.

— Je n'ai jamais rien entendu d'aussi abominable ! s'exclama-t-il quand Donald eut fini. Ta mère est un monstre, ma chérie, ou alors elle est folle.

— Un monstre, ai-je bredouillé.

— Et mentalement déséquilibrée, en un sens, corrigea Donald.

C'est alors que mes larmes devinrent des sanglots que je ne pus ni contrôler ni faire cesser. Et pendant très longtemps, me dit Jake quand je fus enfin calmée, j'ai pleuré et sangloté à la fois, me vidant de toutes les larmes, de toutes les peines, de tous les sanglots accumulés en moi depuis des années. Depuis le jour de ma naissance, en réalité.

Car il avait fallu aussi longtemps à cette mère indigne pour me faire expier de ne pas être Angelica.

Troisième partie

UNE QUESTION DE CONFIANCE

CHAPITRE VINGT-SEPT

1

Paris, novembre 1998

— Je suis contente que Françoise s'entende si bien avec Fiona, ai-je dit à Mike Carter qui me recevait dans son bureau.

— Moi aussi, et jamais son mari ne pourra la retrouver là-bas.

— Félicitations d'avoir eu l'idée d'affréter un avion privé.

— L'idée était de Fiona, admit-il, et c'est elle qui a fait toutes les démarches auprès d'une compagnie locale. Elle avait raison : avec un avion de ligne, le nom de Françoise aurait figuré sur la liste des passagers tandis que là, elle reste dans l'anonymat. Je ne te remercierai jamais assez de nous avoir présenté Fiona, Val. Comme je te l'ai dit au téléphone, j'ai accompagné Françoise là-bas.

— Était-ce bien prudent, Mike ? Le mari te fait peut-être filer par un de ses collègues ou par un privé.

— Tu penses à tout, Val ! dit-il en riant. Moi aussi, figure-toi. Je me suis rendu seul au Bourget par un itinéraire détourné et Françoise y est allée seule de son côté. Personne n'aurait pu nous suivre.

— D'après ce que Françoise m'a dit, Fiona vous a accueillis à bras ouverts.

— Elle est sensationnelle et nous nous sommes tout de suite entendus comme de vieux amis. Tout s'arrange à merveille. Françoise adore la décoration et c'est une vraie pro. Elle terminera le restaurant en un temps record et Fiona pourra l'ouvrir avant les vacances de Noël, comme elle en avait l'intention.

— Ces bonnes nouvelles me font plaisir, Mike. Mais sans vouloir jouer les trouble-fête, y a-t-il du nouveau au sujet d'Olivier ?

— Un peu, oui. Il travaille en ce moment sur une grande enquête criminelle à Marseille, des règlements de comptes entre trafiquants de drogue, je crois. Ça l'occupe pas mal car il paraît que c'est un des as de la Brigade criminelle. Tant mieux, comme ça il nous fiche la paix pour l'instant. L'avocat que j'ai engagé pour Françoise l'a contacté : il sait donc qu'elle a entamé une procédure de divorce et qu'elle n'est plus à Paris. S'il savait où, il chercherait sûrement à remettre la main sur elle, au propre comme au figuré, mais il est accaparé par son enquête, ce qui nous laisse le temps de souffler. J'ai joint les parents de Françoise, qui ces derniers temps n'ont pas entendu parler de leur gendre autrement que par les journaux, qui chantent ses louanges à longueur de colonnes.

— Armand et Simone ne savent pas où est Françoise, je suppose ?

— Bien sûr que non ! Tu me prends pour une andouille ? répondit-il en riant.

— Comment aurais-je une idée pareille, Mike ! l'ai-je rassuré en riant à l'unisson. En tout cas, croisons les doigts et espérons que cette enquête durera des mois.

— Que le ciel t'entende, mon chou. Voyons, poursuivit-il en fouillant dans les papiers étalés sur son bureau, plus de guerres ni de missions dangereuses, m'as-tu dit quand tu es rentrée il y a quinze jours. Tu n'as pas changé d'avis depuis ?

— Non, Mike. Sincèrement, j'en ai plus qu'assez de risquer ma vie pour prendre une photo. Je ne veux pas non plus aller n'importe où.

— Sauf avec Jake, n'est-ce pas ?

— Exact. Je ne demande pas mieux que de reprendre le travail, mais pour des missions intéressantes — et locales. Vois-tu, Mike, je suis lasse de tout ce cirque qui entoure les guerres — des rodomontades, de la langue de bois des militaires et des hommes politiques, de quelque bord qu'ils soient. J'en ai trop vu, trop entendu. J'ai trop vu aussi de cadavres, de destructions. Je ne me sens plus capable d'en supporter davantage. Je ne veux jamais plus ressentir la peur, l'horreur devant des corps mutilés ou des survivants trop terrifiés pour se sauver eux-mêmes. Il n'y a rien de noble ni de glorieux dans le spectacle de cadavres en costume du dimanche, massacrés pendant un repas de fête ou un office religieux. Et j'en ai assez de me frayer un passage entre des pans de murs écroulés, des éclats de verre, de la boue, des flaques de sang, des corps désarticulés. Ce que j'essaie de te dire, en fait, c'est que je suis devenue moi aussi une sorte de victime des horreurs de la guerre.

Mike garda le silence un long moment.

— Je comprends parfaitement ce que tu ressens, Val, dit-il avec gravité. Que tu sois au bout du rouleau ne m'étonne pas, tu en as trop vu, trop subi pour ton âge. Il est grand temps de changer d'air. Alors, dit-il en choisissant un dossier sur son bureau, je me suis dit que ce reportage pourrait t'intéresser.

— De quoi s'agit-il ? ai-je demandé, intriguée.

— De mode — et ne fais pas cette tête-là, ce pourrait être beaucoup plus intéressant que tu le crois. Les coulisses de la haute couture, trois maisons surtout, Balmain, Lacroix et Givenchy. La création et la préparation de la collection d'été 1999. Il y a tout, là-dedans, le prestige, la beauté, des personnages d'exception. Je te sais capable d'en faire un petit chef-d'œuvre, Val, parce qu'il faut y mettre autre chose que des belles photos et des jolies filles.

— Oui, bon... J'y penserai. Rien d'autre ?

— Eh bien, j'espère toujours que l'illustre peintre nous autorisera à photographier ses toiles au Mexique, mais ce n'est prévu que dans quelques mois.

— Alexander Saint Just Stevens, le mufle qui ne s'est jamais donné la peine de répondre à mes coups de téléphone ? Je ne crois pas que cela me plairait. Et puis, qu'est-ce que c'est que ce nom baroque ?

— Le nom de ce type n'a pas d'importance, Val, ce qui compte c'est son génie, dit Mike en riant de mon expression furibarde. J'ai aussi à couvrir un tournage de film que tu pourrais faire les yeux fermés. Au fait, avant que j'oublie, comment se présente le bouquin ?

— Formidable, Mike. Jake et moi avons sélectionné l'essentiel des photos pendant que nous étions à New York et Jake y travaille depuis notre retour. Il a le temps, d'ailleurs, il ne va plus nulle part.

— C'est vrai, Jacques est encore à l'hôpital. Comment va-t-il ?

— Bien. Ses fractures se réduisent et les médecins le traitent pour le cœur. Il sera bientôt sur pied, mais il devra mettre la pédale douce. Interdiction de courir le monde. Imagine Jacques derrière un bureau !

— Il deviendra enragé, dit Mike en riant. Et c'est Jake qui dirige l'agence jusqu'à son retour ? Il ne doit pas être content non plus.

— Pas vraiment, sauf que cela lui laisse le temps de travailler sur le livre, comme je te le disais. Mais il faut que te laisse, Mike, ai-je dit en me levant. Je ne veux pas te faire perdre ton temps. Et d'accord pour la haute couture, ai-je ajouté. Il faut bien gagner sa vie, après tout.

— Nous en sommes tous là, mon chou, répondit-il d'un ton pitoyable qui me fit pouffer de rire.

2

Après ma conversation avec Mike aux bureaux de Gemstar, je suis rentrée chez moi. Tout en commençant à préparer le dîner, car l'après-midi touchait déjà à sa fin, j'ai repensé aux quinze jours qui s'étaient écoulés depuis notre retour à Paris.

Aussi férus d'ordre et d'organisation l'un que l'autre, Jake et moi avions pris sans peine des habitudes qui nous convenaient. Tous les soirs, nous travaillions ensemble sur le livre, que nous devions remettre à l'éditeur en décembre. Ma salle à manger m'ayant toujours servi aussi de bureau, il n'y avait rien eu à y bouleverser. Quand Jake partait le matin à son agence, je m'attaquais aux légendes et aux corrections du texte principal, sur lequel Jake travaillait dans la journée ou terminait le soir. Lorsqu'il était relativement satisfait du résultat, il me donnait les pages à revoir et à corriger le cas échéant.

Diplômé d'Oxford, Jake était bien plus cultivé que moi et, étant historien, il était aussi plus qualifié que moi pour écrire ce livre. Il en avait eu l'idée, il était normal à mes yeux qu'il en soit l'auteur. Aussi, après maintes discussions, il avait accepté que je me borne à la rédaction des légendes et, quand il le fallait, de quelques raccords de texte, dont je lui laissais toutefois la responsabilité car j'estimais qu'ils devaient refléter son point de vue.

Habitués à travailler en équipe, nous progressions de manière très satisfaisante. Le manuscrit serait prêt plus tôt que nous ne l'avions prévu, ce qui nous donnait l'espoir de pouvoir accepter l'invitation de Fiona d'aller passer les fêtes de fin d'année dans le Yorkshire.

Jake s'était installé dans mon appartement, mais il retournait souvent chez lui s'assurer que tout allait bien, prendre son courrier ou rapporter du linge et des vêtements. Il avait craint, à notre retour de New York, que le mari de Françoise ne soit encore en train de rôder dans les parages à la recherche de sa femme et il avait donc décidé de rester avec moi pour me protéger en cas de besoin. Naturellement, je n'avais pas protesté. J'étais enchantée, au contraire, de cette vie quasi conjugale qui nous permettait de tout partager.

Le temps froid et humide m'avait donné l'envie, ce soir-là, de faire une poule au pot. Les légumes épluchés, j'ai tout disposé dans la marmite avec les herbes de rigueur et allumé le fourneau. J'ai ensuite mis la table, puis je suis allée au salon allumer du feu dans la cheminée. La nuit tombait, il commençait à pleuvoir. Rien de plus accueillant en pareil cas qu'une bonne flambée. Je savais que Jake l'apprécierait.

En m'asseyant dans le canapé pour attendre son retour, j'ai regardé avec plaisir autour de moi le beau cadre paisible conçu pour moi par mon cher grand-père. Et c'est dans ces quelques moments de tranquillité à la fin d'une journée affairée que mes pensées, presque malgré moi, se sont tournées vers Margot Denning.

3

Après l'horrible scène avec ma mère, j'avais refoulé ma fureur et ma peine au plus profond de moi-même. Il le fallait si je voulais survivre, mais l'ombre en planait toujours sur moi. La détresse de mon enfance, l'innommable injustice que m'avait infligée cette femme qui se prétendait ma mère revenaient me hanter.

Il fallait avoir été — et être sans doute encore — mentalement malade pour refuser d'aimer son enfant à cause d'un amour exclusif pour une fille illégitime abandonnée à son sort. Les remords l'avaient écrasée, lui avaient empoisonné la vie entière. Son obsession morbide avait fini par oblitérer toute pensée rationnelle, par la pousser au bord de l'aliénation, sinon la faire basculer au fond du gouffre. Avait-elle tenté de retrouver la trace de son Angelica ? me demandais-je parfois. Quelque part dans le monde, j'avais donc une demi-sœur ayant sans doute vécu, dans une famille d'inconnus, une enfance aussi peu enviable que la mienne...

Je partageais de temps en temps ces réflexions avec Jake, à qui je ne voulais cependant pas imposer le fardeau de mes propres peines. Personne, de toute façon, ne pouvait les atténuer ni m'en consoler. Je ne pouvais pas davantage coller un sparadrap sur mon âme blessée dans l'espoir qu'elle finisse par se guérir. Mais maintenant que je connaissais enfin la vérité, même incomplète, je pouvais peut-être m'efforcer de me rétablir moi-même — je l'espérais, du moins.

La seule question que je n'avais pas posée à ma mère au cours de notre affrontement concernait mon père. C'était, en fait, une double question. Était-il au courant de sa liaison avec ce Vincent Landau et de la naissance de sa fille illégitime ? Et pourquoi avait-il approuvé, voire encouragé, la cruauté de sa conduite envers moi dans mon enfance ?

Avant mon départ de New York, je m'étais résolue à lui téléphoner et elle était immédiatement venue à l'appareil. Peut-être croyait-elle que j'avais changé d'avis au sujet de Lowell's...

Déconcertée par ma demande, elle avait gardé le silence un instant avant de répondre :

— Non, je n'ai jamais parlé à ton père de Vincent et d'Angelica. À quoi bon ? Cette partie de ma vie était finie.

Quant à ma deuxième question — pourquoi mon père s'était-il laissé influencer par elle au point de lui obéir comme un toutou et d'ignorer mon existence jusqu'au jour de sa mort ? —, la réponse lui vint aux lèvres le plus naturellement du monde :

— Peter ne voulait pas d'enfants, il les considérait comme des obstacles à notre vie de couple. Il voulait m'avoir tout à lui. Donald et toi étiez pour lui des importuns, des intrus, bien qu'il vous ait tous deux engendrés.

— Pourquoi vous être donné la peine d'avoir des enfants, dans ces conditions ?

Je me doutais de la réponse avant même qu'elle la prononce :

— Pour Lowell's. Parce qu'il me fallait une héritière.

Je lui avais raccroché au nez. Y avait-il une personne au monde capable de supporter une femme pareille ? Mon amie Muffie, à qui j'avais tout raconté pendant notre déjeuner d'adieu, en avait été aussi indignée que moi. Pourtant, malgré ma décision de couper les ponts avec ce passé trop douloureux et celle qui en avait été responsable, il m'arrivait encore de penser à Margot Denning, comme je le faisais en ce moment, parce que je poursuivais ma lutte intérieure pour terrasser enfin les démons de mon enfance — et, du même coup, préserver ma santé mentale.

En surface, j'étais calme et maîtresse de moi, je fonctionnais sans heurts dans la vie quotidienne. Au plus profond de moi-même, j'étais toujours frustrée, craintive. J'avais peur de perdre Jake, j'éprouvais un besoin presque maladif de sa présence, de son amour, de ses attentions. Il m'arrivait aussi d'être assaillie par la peur irrationnelle qu'il lui arrive malheur et que je me retrouve seule au monde. Ces jours-là, je me demandais si je ne devrais pas demander de l'aide à un psychiatre, puis je changeais d'avis, incapable de sauter le pas. Dans l'ensemble, malgré tout, je parvenais à me maintenir à un niveau acceptable de normalité.

4

Avant mon départ de New York, mon frère et moi avions longuement parlé de Peter Denning, notre père. Dès le début de notre discussion, Donald m'avait dit qu'il n'avait pas été pour lui un père comme les autres. « Jamais de sorties, de matchs, de pique-niques, nous ne faisions rien ensemble. Aurais-tu oublié ? Ils nous laissaient même seuls des journées entières avec Annie, toi et moi, quand nous étions en vacances, comme si nous n'existions pas.

— Tu as raison, j'avais oublié. Pourtant, ta mère te dorlotait, Donald. Elle chantait tes louanges et énumérait sans arrêt tes qualités.

Il l'avait admis, avec un peu de gêne vis-à-vis de moi.

Mon frère et moi nous étions beaucoup rapprochés pendant mon séjour à New York et Donald était enchanté que Jake et moi ayons sympathisé d'emblée avec sa fiancée. Alex était une jeune femme ravissante et, plus important encore, intelligente et douée d'un bon sens rarement pris en défaut. Jake et moi nous étions félicités que Donald ait fait le bon choix. Avec elle, son avenir se présentait bien.

Depuis mon retour à Paris, Donald était resté régulièrement en contact avec moi et je constatais avec plaisir que ce n'était pas par intérêt. De fait, il m'avait donné la preuve qu'il se souciait sincèrement de moi. Je ne pourrais jamais oublier sa sollicitude quand j'avais fui l'appartement de ma mère après notre confrontation. Que mon frère et moi puissions renouer des liens normaux au bout de tant d'années d'indifférence et de malentendus m'apportait un réel réconfort.

CHAPITRE VINGT-HUIT

1

Yorkshire, décembre 1998

— Nous avons beaucoup de touristes en été et en automne, bien sûr, mais aussi en hiver, me dit David Ingham.

Nous marchions dans une étroite et pittoresque rue pavée de Middleham, où nous faisions des achats de dernière minute.

— Je comprends pourquoi ! me suis-je exclamée en souriant. Le pays est superbe, je n'ai jamais rien vu de semblable au monde. Tout est si vaste, si majestueux et austère à la fois !

— Vous avez raison, la lande de Coverdale est peut-être une des plus belles du Yorkshire. Avez-vous pris de bonnes photos hier, Val ?

— Oui, en particulier de la lande autour de Middleham et des extraordinaires collines rocheuses au-delà. J'ai aussi photographié les ruines du château, elles sont splendides.

— J'espère qu'il neigera avant la fin de la semaine, dit David. Vous serez étonnée de l'effet que produit un tapis de neige sur le réseau de murets en pierres sèches. On dirait un gigantesque édredon blanc.

— J'ai hâte que Jake découvre cette région, il en tombera amoureux comme moi, sans parler de la ravissante maison de Fiona. *Ure House*. Le nom est un peu bizarre, vous ne trouvez pas ?

— C'est vrai, sauf pour les gens du pays. La rivière Ure coule juste à côté, c'est sans doute pourquoi elle a été baptisée de la sorte. La maison date de la fin du siècle dernier, elle a toujours porté ce nom et Fiona n'a pas voulu le changer — un peu par superstition, je crois.

— En tout cas, elle a admirablement réussi la décoration.

— Ça, c'est vrai ! approuva fièrement David. Et Françoise lui a donné un sérieux coup de main pour terminer le restaurant. Il y a gagné une touche de charme continental qui rompt un peu avec le côté plus rustique de la région, je l'avoue, mais personne ne s'en plaint.

— Puisque nous parlons de Françoise, je tiens à vous remercier du fond du cœur de tout ce que vous avez fait pour elle, Fiona et vous. Elle est beaucoup plus détendue ici qu'à Paris.

— Elle s'inquiète pourtant encore de temps en temps au sujet de son maudit mari.

— Jake nous apportera sans doute des nouvelles de lui demain, il comptait appeler ses parents avant de partir. Il a toujours eu énormément d'affection pour Simone.

— Il n'a pas téléphoné de son bureau, au moins ? s'écria David.

— Bien sûr que non : d'une cabine publique. J'espère que cet Olivier ne les fait pas espionner par un détective privé, lui et Mike.

— Rassurez-vous, cela lui coûterait beaucoup trop cher. Et puis, d'après ce que je sais de lui, il se croit plus fort que tout le monde et veut toujours tout faire lui-même. Il est encore très pris par cette enquête, je crois ?

— D'après la presse française, oui.

— En tout cas, à votre place, je ne m'inquiéterais pas. Personne ne vous a suivie, n'est-ce pas ? Et nous n'avons vu aucun individu suspect rôder dans les parages. D'ailleurs, Jake et Mike vont arriver eux aussi en avion privé. Mais entrons ici, poursuivit-il en poussant la porte d'une boutique dans la vitrine de laquelle paissait un troupeau de moutons sculptés en bois. J'ai encore un ou deux cadeaux à acheter et c'est le meilleur endroit pour les chaussons.

Il avait raison, comme je n'ai pas tardé à m'en rendre compte. La boutique était spécialisée dans les articles de laine. Les chaussons fourrés en peau de mouton, coupés et cousus à la main, étaient particulièrement réussis. J'en ai aussitôt acheté une paire pour Jake et deux autres pour les filles de Mike, qui devaient arriver le lendemain avec leur père. Les chandails leur plairaient sûrement aussi, me suis-je dit en en choisissant deux à leur taille. Puis, pour parer à toute éventualité, j'ai aussi acheté deux merveilleuses écharpes tricotées à la main, un gros pull-over marin en laine écrue pour Mike et un superbe gilet tricoté pour Jake. J'avais déjà apporté de Paris des cadeaux pour Françoise, Fiona, David et son fils Noël, du parfum et des écharpes en soie pour les femmes, des cravates Hermès pour les hommes. Avec ces achats de dernière minute, la fête serait complète.

2

Les bras chargés de paquets, nous avons repris le chemin d'Ure House en bavardant amicalement. J'étais enchantée d'écouter David, mine inépuisable sur le folklore, les légendes et l'histoire locale, me parler de Middleham, de son château et de son illustre passé aux mains de son puissant seigneur Richard Neville, comte de Warwick. Il avait réussi à mettre fin à la fameuse guerre des Deux-Roses et à rendre le trône d'Angleterre à sa dynastie légitime, les Plantagenêts, tout en continuant dans l'ombre à exercer le pouvoir.

— Tout ce que vous me racontez passionnera Jake ! me suis-je écriée. Je trouve ça fascinant, mais Jake sera encore plus intéressé. Il a étudié l'histoire à Oxford.

— Je le savais, en effet, Fiona me l'a déjà dit. Vous savez, Val, je dois à Jake une reconnaissance éternelle.

— Pourquoi ?

— Sa franchise avec Fiona à New York lui a permis de se libérer de ce qu'elle avait sur le cœur, ce qui lui a fait le plus grand bien. Nous comptons nous marier après le nouvel an, ajouta-t-il. Nous avions d'abord envisagé Noël, mais nous n'avons pas pu car nous ouvrions le restaurant le 15 décembre. J'ai pris un congé à ce moment-là pour donner un coup de main et jusqu'à présent tout se passe à merveille, nous faisons même un chiffre d'affaires record.

David s'arrêta et me regarda d'un air qui m'intrigua.

— Qu'y a-t-il, David ?

— Et vous, Val ? Quand allez-vous vous marier, Jake et vous ?

— Je ne sais pas. Jake ne me l'a pas encore proposé.

— Une belle fille comme vous ? Il aurait tort de ne pas se dépêcher, un autre pourrait très bien le prendre de vitesse.

— C'est très improbable, David, ai-je répondu en riant.

— Allons donc, Val ! Aucun homme digne de ce nom ne laisserait échapper une femme aussi magnifique que vous !

3

Ure House se tenait au sommet d'une éminence un peu à l'écart de la pittoresque petite ville, lovée dans un repli de la lande et cernée par ses amples ondulations comme par une fraise élisabéthaine.

Ce matin-là, le ciel d'un bleu translucide était parsemé de petits nuages floconneux. Mais j'étais à peine arrivée depuis deux jours que j'avais déjà appris à quel point ces ciels nordiques peuvent être capricieux ! Le vent d'est qui poussait devant lui les nuages faisait soudain régner une obscurité aussi profonde que la nuit, déversait une pluie glaciale venue de la mer du Nord et apportait un froid sibérien.

Située en retrait de la route au milieu d'une pelouse et adossée à un demi-cercle d'arbres, la maison était entourée d'un mur bas en pierres grises du pays. Un cheminement dallé allant de la grille à la porte traversait la pelouse. De belles proportions, la maison ou, du moins, sa façade était bâtie en pierres d'une teinte différente provenant des ruines du château, m'avait expliqué Fiona. Longue et basse, elle avait un toit d'ardoises, d'innombrables fenêtres et de hautes cheminées. La porte de chêne massif était peinte en blanc et ornée de ferrures noires.

En la découvrant l'avant-veille, j'avais aussitôt pensé que mon grand-père l'aurait aimée pour son architecture, idéalement adaptée au paysage de la lande dans laquelle elle semblait se fondre sans cependant se laisser écraser par sa majestueuse grandeur.

Nous traversions la pelouse quand la porte s'ouvrit et Fiona apparut sur le seuil, auréolée de sa couronne de cheveux flamboyants. Nous voyant chargés de paquets, elle vint au-devant de nous.

— Vous avez acheté la ville entière, ma parole ! s'exclama-t-elle en nous déchargeant d'une partie de notre fardeau.

— Val a fait une véritable razzia dans la boutique de lainages, expliqua David.

— Et toi aussi, mon garçon, si je ne me trompe, répliqua Fiona. Mais je suis ravie que vous participiez à l'essor de l'industrie locale. S'il y a quelque chose dont nous ne manquons pas dans la région, ce sont les moutons. Et maintenant, poursuivit-elle pendant que nous pénétrions dans le vestibule, vous me paraissez avoir grand besoin d'un reconstituant. Un bouillon bien chaud ou un verre d'alcool bien fort ?

Bien que je ne boive que rarement de l'alcool avant le déjeuner, je me suis décidée pour un des délicieux bloody mary dont David avait le secret. Puis, après nous être débarrassés de nos manteaux, nous avons suivi Fiona au salon. Longue et spacieuse, la pièce était éclairée par quatre fenêtres ouvrant sur la lande. Une cheminée de pierre en occupait une des extrémités et un grand tapis à fond clair, aux motifs verts et noirs assortis aux rideaux, couvrait le parquet ciré. Élégante sans ostentation, la pièce était avant tout confortable et chaleureuse. Deux profonds canapés se faisaient face de chaque côté de la cheminée ; un assortiment de tables, de lampes, de meubles rustiques et quelques beaux tableaux complétaient l'ensemble.

Pendant que David préparait ses fameux bloody mary, je pris place dans un des fauteuils près de la cheminée et Fiona resta debout, le dos aux flammes.

— Nous pouvons dîner seules ce soir si vous voulez, Val, me dit-elle. David va au restaurant jouer les hôtes attentionnés et Françoise veut aller aider Noël, elle adore faire la cuisine. Quand vous êtes arrivée lundi, vous m'avez dit que vous aimeriez que nous parlions seule à seule et ce soir me paraît le meilleur moment, avant que les autres arrivent demain.

— Ce sera parfait, Fiona, merci. Mais je précise tout de suite qu'il ne sera pas question de Tony, ai-je ajouté.

— Disons que nous avons déjà épuisé le sujet, répondit-elle avec un sourire amusé. C'est de Jake que vous voulez me parler ?

— Non, pas du tout. Il s'agit de ma mère, de ce qui s'est passé entre nous à New York. Depuis, je me débats avec ce problème ; j'essaie de la comprendre mais je me heurte à un mur. Vous pourrez peut-être m'aider à y voir clair. Vous êtes si sensée, si compréhensive, Fiona. Je suis sûre que vous saurez m'éclairer.

— Je ferai de mon mieux, Val.

— Ah ! vous êtes là ! s'écria Françoise depuis le pas de la porte.

Je l'observai pendant qu'elle traversait le salon. Elle semblait complètement remise de sa fausse couche et des sévices de son mari, physiquement du moins, car je ne savais pas si elle avait surmonté le traumatisme psychologique qu'elle avait subi ; en effet, depuis mon arrivée je n'avais pas eu l'occasion d'en parler avec elle. En tout cas, elle paraissait en parfaite santé et, surtout, beaucoup plus détendue qu'auparavant. Son comportement lui-même avait changé depuis notre dernière rencontre à Paris, sûrement parce qu'elle se sentait en sécurité.

Elle m'embrassa sur les joues avant d'embrasser Fiona, à qui elle vouait une évidente adoration. David revint à ce moment-là, portant un plateau avec nos verres.

— Moira a téléphoné pendant que tu étais sorti faire des courses avec Val, lui dit Fiona. Finalement elle vient ici et arrivera à Harrogate par le train jeudi matin avec Rory.

— Amènera-t-elle le fameux petit ami ?

— Non, David, et c'est là tout le problème. Ils ont rompu et elle n'a plus nulle part où aller pour les fêtes, puisqu'elle comptait passer Noël dans sa famille à lui. J'ai cru comprendre qu'elle préférait être avec nous, qu'il l'avait mal pris et qu'ils s'étaient disputés.

— C'est dommage, commenta David en me tendant mon bloody mary, il avait l'air très gentil, ce garçon. Mais je suis content qu'elle soit avec nous, rien ne vaut un bon Noël en famille.

Il finit de distribuer les verres, se servit en dernier et leva le sien.

— À notre santé à tous ! déclara-t-il.

— Et à celle de notre famille agrandie, ajouta Fiona. À Françoise et à Val.

4

— Si nous allions aux ruines du château tout à l'heure ? me suggéra Françoise pendant que je l'aidais à débarrasser la table après le déjeuner. C'est une très belle promenade... Val.

Elle avait du mal à m'appeler par mon prénom et j'avais l'impression qu'elle était toujours prête à me donner du « mademoiselle ».

— Excellente idée, ai-je répondu en souriant. Marcher m'aidera à brûler mes calories en trop. Nous mangeons comme des ogres.

— Vous ferez un régime après les fêtes. Moi aussi, d'ailleurs.

Le lave-vaisselle rempli, nous avons endossé nos manteaux et pris le chemin du château de Middleham. Françoise ne dit presque rien en cours de route et je suis moi-même restée silencieuse. Je ne m'attendais pas à l'arrivée de Rory et de Moira, dont Fiona ne m'avait pas parlé, et je n'avais pas acheté de cadeaux pour eux à Paris. Heureusement que j'avais eu la présence d'esprit de faire des achats en surnombre à la boutique de Middleham, me disais-je en pressant le pas pour soutenir le train de Françoise qui marchait vite.

— Papa et maman me manquent, me dit-elle tout à coup pendant que nous descendions de la colline.

— Je le crois volontiers, Françoise. Mais il vaut mieux rester prudente pour le moment. Ils savent que vous êtes en sécurité et bien soignée par nos amis, pour eux c'est l'essentiel. Ils n'ont pas besoin de savoir exactement où vous êtes.

— Je sais... Le jour où je vous ai rencontrée aux Roches Fleuries, je voulais mourir, poursuivit-elle.

Maintenant, je veux vivre. Si Olivier me retrouve, il me tuera, j'en suis persuadée.

Je ne répondis pas aussitôt.

— Il faut me croire, Val, insista-t-elle. C'est vrai, je vous assure.

— Je sais que vous avez raison, Françoise. Mais il faut me croire aussi quand je vous dis qu'Olivier ne vous retrouvera pas. Comment le pourrait-il ? Vos parents ignorent où vous êtes. Vous êtes arrivée en avion privé, Jake et Mike en feront autant demain. Personne ne pourra les suivre ni découvrir où ils vont. Détendez-vous, Françoise, je vous en prie.

— J'essaie, mais... je suis inquiète. J'ai peur. Et s'il me faisait rechercher par un détective privé ?

— Olivier gagne-t-il beaucoup d'argent ?

— Non. Il n'a que son traitement et il n'a pas d'économies.

— Eh bien, vous voyez ! Il n'a pas les moyens d'engager un détective. Faites-moi confiance, Françoise, vous ne risquez rien ici.

— Oui, Val, je vous crois. Et je vous fais confiance.

5

Tandis que nous errions dans les pièces sans toit du jadis glorieux château de Middleham, je pensais à ceux qui y avaient vécu. Au puissant Richard Neville, à sa femme, à ses filles, au jeune prince du sang qu'il protégeait et qui allait retrouver son trône grâce à lui. Je songeais à ces splendeurs passées disparues à jamais. Des herbes folles poussaient entre les dalles, des oiseaux nichaient dans les crevasses des murs. Des siècles auparavant, de puissants seigneurs et leurs épouses, vêtus d'étoffes précieuses, arpentaient ces vastes salles, y donnaient des banquets, des bals. Ici, entre ces murs délabrés, avait vécu l'élite de la société. Ils y avaient comploté, travaillé, fait l'amour, donné le jour à leurs héritiers. Ils y avaient lutté, fait la paix.

Et ils étaient morts. Oubliés leurs hauts faits, leurs trahisons. Poussière, ils étaient retournés à la poussière. Un jour, comme eux, Françoise retournerait à la poussière... Moi aussi. Et qui s'en soucierait ? Que pèseraient ces vies qui avaient été les nôtres ? Ces vies durant lesquelles nous avions lutté pour obtenir ce que nous avions et auquel nous tenions tant, pour le préserver...

— Val, Val ! Qu'est-ce qui ne va pas ?

Je me suis retournée, étonnée.

— Rien, je vais très bien. Pourquoi ?

— Vous pleurez, répondit-elle à voix basse.

J'ai porté une main à ma joue et me suis rendu compte que mes doigts étaient mouillés.

— Je pensais à tous les gens qui ont vécu ici et qui sont morts depuis des siècles, lui ai-je répondu. Je pensais à leur vie, à leurs souffrances, à leurs joies, à tout ce à quoi ils avaient aspiré... Des vies entières, actives, riches, éteintes en une fraction de seconde. Nous sommes sur terre pour si peu de temps. Quand nous sommes partis, qui s'en soucie encore ? Pourquoi nous donnons-nous tant de mal pour vivre ? Pourquoi luttons-nous ?

Un long moment, Françoise me dévisagea pensivement.

— Parce que... nous sommes des êtres humains, répondit-elle enfin.

— Oui, Françoise. Et peut-être aussi parce que nous voyons toujours briller devant nous un rayon d'espoir. Un espoir pour nous-mêmes, pour nos vies. L'espoir d'un avenir toujours meilleur.

CHAPITRE VINGT-NEUF

1

La nuit était devenue glaciale et il commençait à neiger. Debout à la fenêtre du salon, je regardais tomber les flocons, délicats comme des éclats de cristal dans la lumière de la pleine lune qui brillait entre les nuages. Fiona avait allumé un grand feu dans la cheminée et remonté le thermostat du chauffage central.

— Dieu merci, nous avons pensé à faire installer le chauffage, dit-elle en déposant le plateau du café sur la table basse. Ces vieilles maisons sont bâties comme des forteresses, mais il peut y faire un de ces froids ! Venez prendre le café pendant que nous bavarderons, Val.

— Volontiers, Fiona. Et merci pour le dîner, il était délicieux.

Je vins m'asseoir sur un des canapés près de la cheminée, elle prit place dans celui d'en face. Le crépitement des bûches et les lumières tamisées faisaient régner dans la pièce une atmosphère intime et douillette, propice aux confidences. Après notre mémorable conversation sur Tony à New York, Fiona et moi n'avions plus de réticences à nous parler à cœur ouvert.

— Vous ne savez presque rien de moi, ai-je commencé. Laissez-moi d'abord vous parler de ma vie avant mon installation à Paris.

— Bonne idée, Val. Je comprendrai beaucoup mieux.

Alors, en m'efforçant de rester brève et d'éviter les digressions, je lui ai raconté mon enfance et ma jeunesse à New York. Je lui donnai cependant assez de détails pour qu'elle comprenne bien comment j'avais été élevée et je lui dépeignis du mieux que je pus les personnages ayant fait partie intégrante de ma vie, mon père, ma mère, Donald, mes grands-parents et Annie, ma nurse.

Lorsque j'eus terminé, Fiona avait les yeux humides. J'attendis en silence qu'elle prenne la parole.

— Quelle triste enfance vous avez eue, Val. Mais c'est tout aussi malheureux pour votre mère qui s'est privée de la joie de vous voir grandir. Comme vous avez dû souffrir !

— C'est un miracle que je sois normale, Fiona. Bien que... il m'en est resté des traces, je m'en rends compte, ai-je ajouté en hésitant. J'éprouve toujours le besoin d'être aimée. Cajolée, même.

J'ai ensuite relaté à Fiona la liaison de ma mère avec Vincent Landau, la naissance d'Angelica, leur fille illégitime qu'elle avait dû faire adopter, le suicide de Vincent huit jours avant son mariage.

— Ma mère m'a expliqué qu'elle n'avait jamais pu m'aimer à cause de ses remords d'avoir abandonné Angelica.

Fiona écouta cette partie de mon récit avec stupeur.

— Mais... c'est inconcevable ! s'exclama-t-elle. Ce qu'elle vous a fait subir est inexpiable ! Traiter son propre enfant avec une telle cruauté dépasse l'entendement. Elle doit être sérieusement dérangée.

— Je le crois aussi. Ce jour-là, à New York, je lui ai dit qu'elle était pire qu'un monstre, qu'elle était diabolique. Je le pense toujours et ce n'est pas la seule chose qui me déroute à son sujet, Fiona. Elle est belle, d'une beauté à couper le souffle malgré le passage du temps, mais elle est d'une froideur presque... inhumaine. Elle m'a dit le plus naturellement du monde que notre père ne nous aimait pas non plus, Donald et moi, parce qu'il nous considérait comme des gêneurs. Mais lui, c'était une vraie chiffe molle qu'elle menait par le bout du nez. Pourtant, elle était capable d'aimer puisqu'elle adorait Donald au point de m'avoir sciemment séparée de lui quand il était encore tout petit. Pourquoi voulait-elle me faire souffrir ? Pourquoi ? J'ai beau chercher, je ne trouve aucune réponse à cette question.

— Je me le demande aussi, Val. Seul un psychiatre pourrait peut-être vous donner un début d'explication s'il pouvait sonder le psychisme de votre mère, découvrir ce qui la motivait et la motive encore aujourd'hui. Pour ma part, je dirais que, parmi d'autres facteurs, son comportement dénote une certaine stupidité.

— Elle est pourtant loin d'être idiote, Fiona. C'est même une femme d'affaires remarquable.

— Vraiment ? s'étonna-t-elle.

Je lui ai alors raconté l'histoire de Lowell's, depuis sa création par mon arrière-grand-mère Amy-Anne jusqu'à aujourd'hui, en lui expliquant la fameuse tradition familiale qui s'était perpétuée de génération en génération.

— C'est pour ça, voyez-vous, qu'elle se croit obligée de me léguer l'affaire : à cause de cette tradition qui ne repose sur aucune base légale. Pourtant, je n'en veux pas. Je lui ai dit de la léguer à Donald.

Fiona pouffa de rire :

— Bravo, Val ! Je n'en attendais pas moins de votre honnêteté. Mais pour en revenir à votre mère, je crois qu'elle a fait preuve non seulement de bêtise mais aussi de faiblesse quand elle était jeune, ce qui n'est pas du tout incompatible avec son sens des affaires.

— Qu'entendez-vous par là ?

— Écoutez, sa mère lui avait permis pendant des mois de garder sa fille illégitime. Pourquoi ne pas continuer en se faisant appeler « madame » et en prétendant être une jeune veuve ? Elle n'était pas connue à l'époque, personne n'y aurait vu que du feu. Elle s'est donc conduite bêtement et elle a été trop faible envers sa mère, votre grand-mère. Elles auraient pu s'arranger entre elles. Et ce Vincent Landau, quel triste imbécile ! S'il aimait sa Margot autant qu'il le disait, il aurait dû défier ses parents et l'épouser malgré tout. Ou alors, bien que ce soit immoral, épouser sa riche héritière, garder votre mère comme maîtresse et l'aider à élever leur chère petite Angelica. Et si elle avait refusé, il avait au moins le devoir de les aider financièrement. Non, il a trouvé plus commode de se suicider ! Tout cela est absurde, Val. Je suis aussi déconcertée que vous par cette histoire.

— C'est vrai. Au point que je me demande, parfois, si elle ne l'a pas inventée de bout en bout.

— Inventée ? Pourquoi vous mentirait-elle ?

— Peut-être s'est-elle sentie obligée de m'expliquer pourquoi elle ne m'aimait pas et s'est-elle dit que cette touchante histoire d'innocente jeune fille forcée d'abandonner son enfant et à jamais rongée par les remords ferait mieux passer la pilule.

— Ce n'est pas impossible, mais je ne crois pas qu'elle ait menti. Son histoire sonne juste. Mais vous savez, ma chère Val, vous devriez cesser de vous interroger sur votre mère, sur son état mental et sur les causes profondes de sa conduite indigne envers vous. C'est sans importance, parce que savoir le *pourquoi* ne changera rien en ce qui vous concerne aujourd'hui. Cela appartient au passé et ne vous apportera rien de plus.

— Non, Fiona, rien. Vous avez raison.

— Alors, oubliez votre mère et ne pensez plus qu'à vous-même. Soignez le mieux possible vos blessures morales de manière à repartir du bon pied, comme Jake vous l'a dit.

— Oui, mais... je ne sais pas comment m'y prendre, Fiona.

— En pardonnant à votre mère. Il faut avoir le courage et la force d'âme de le faire, Val. Videz votre cœur de la haine qui s'y est accumulée. C'est par votre pardon que vous vous libérerez vous-même.

Je ne trouvai rien à répondre. Un long moment, je me suis bornée à fixer Fiona des yeux en m'efforçant d'assimiler la sagesse de son conseil. Elle vint s'asseoir à côté de moi, m'attira contre elle comme une mère prenant dans ses bras son enfant malheureux.

— Oui, Val, elle vous a infligé d'affreuses tortures morales pendant votre enfance. Mais maintenant il faut tourner la page. Rien de tout cela ne vaut la peine de s'y attarder. Cela ne vous apporterait rien.

Alors, sans que je m'y attende, un flot de larmes jaillit de mes yeux, ruissela sur mes joues. Je fis de mon mieux pour me ressaisir, mais en vain. Un instant plus tard, j'étais secouée par des sanglots. L'influence apaisante de Fiona me permit enfin de me dominer. Me dégageant de son affectueuse étreinte, je me suis redressée et j'ai réussi à lui faire un timide sourire.

— Excusez-moi, Fiona. Je ne me doutais pas que le barrage céderait aussi facilement.

— Je sais, mais ne le regrettez pas. Rien ne vaut une bonne crise de larmes pour se sentir mieux.

Je ne pus qu'acquiescer d'un signe de tête en cherchant un mouchoir dans ma poche.

— Ce sera difficile, reprit-elle, parce que vous vous êtes débattue toute votre vie pour tenter de comprendre l'attitude de votre mère. Il est temps maintenant d'effacer ça de votre esprit. Et n'oubliez jamais ceci, Val : de même que la vérité, le pardon est libérateur. Sur ce point, vous pouvez me faire confiance, je sais de quoi je parle...

2

Le lendemain matin jeudi, un épais édredon de neige recouvrait la lande. Jake, Mike et ses deux filles arrivèrent à Ure House dans l'après-midi, à temps pour le thé. En ce 24 décembre, l'ambiance était à la fête. Fiona et Françoise avaient déjà décoré les pièces du bas avec des rameaux de houx et une grosse branche de gui, pendue au lustre de cuivre du vestibule au fond duquel se dressait un majestueux sapin. Sa décoration devait avoir lieu dans la soirée et je fis part à Jake du programme établi par Fiona pendant que je le guidais vers notre chambre.

— Quel lit fabuleux ! s'exclama-t-il à peine entré. Je n'en ai jamais vu de plus... comment dire... tentant.

Je ne pus m'empêcher de rire. L'immense lit à colonnes occupait presque tout l'espace de la chambre, et c'est vrai qu'avec ses grands oreillers blancs et son couvre-lit à l'ancienne, il invitait à toutes les voluptés.

— Il est très confortable, ai-je précisé, j'y dors depuis deux jours.

Jake alla regarder par la fenêtre, d'où l'on découvrait une superbe vue donnant sur la lande enneigée.

— Il a l'air de faire un froid glacial, observa-t-il.

— Oui, mais c'est si beau, Jake ! Tu tomberas amoureux de ce pays, tu verras. Et il est chargé d'histoire. David m'en a déjà appris beaucoup, c'est fascinant.

Jake vint me rejoindre près de la cheminée et passa un bras autour de mes épaules.

— Il t'a parlé du Faiseur de Rois ?

— Le comte de Warwick, veux-tu dire ?

— Lui-même. Un de mes personnages préférés de l'histoire d'Angleterre. Quel homme ! Je suis enchanté que nous soyons ici ensemble, Val, poursuivit-il en me serrant contre lui. Fiona est adorable d'avoir organisé ce Noël familial pour nous tous.

— Adorable est le mot juste. Quelle femme merveilleuse !

J'entrepris alors de lui relater notre conversation de la veille au soir. Toujours sensible à mes problèmes, Jake m'écouta avec attention.

— Te crois-tu capable de pardonner à ta mère, Val ? demanda-t-il quand j'eus terminé.

— Oui, mon chéri, parce qu'il n'y aucune autre solution. Tout ce que Fiona m'a dit est d'ailleurs la vérité vraie, pour reprendre son expression. Quand j'aurai pardonné à ma mère dans mon cœur, alors je pourrai enfin tourner le dos au passé et marcher vers l'avenir.

3

La soirée du 24 décembre à Ure House ne fut qu'un avant-goût de ce qui allait se dérouler les jours suivants.

Vers la fin de l'après-midi, nous nous sommes tous rassemblés dans le grand salon où David nous servit du lait de poule chaud à la cannelle ou du champagne, selon nos préférences, accompagnés de délicieux amuse-gueule. Puis, après avoir bu le premier verre, nous nous sommes dirigés vers le vestibule afin de décorer l'arbre.

— Tous les ornements sont or et argent, déclara Fiona en montrant les boîtes empilées dans un coin, de sorte que personne ne pourra faire d'erreur. Accrochez ce que vous voudrez où vous voudrez.

Au milieu des rires et des plaisanteries, nous nous sommes attelés à cette joyeuse tâche tandis qu'émanaient de la cuisine les arômes de la dinde farcie en train de rôtir, qui nous mettaient l'eau à la bouche. De temps en temps, Noël apparaissait sur le pas de la porte, coiffé de sa toque de chef, pour nous informer de la progression de ses préparatifs et nous adjurer de nous hâter.

J'accrochais une pomme d'argent à une branche du sapin quand j'entendis tinter des cloches dans le lointain.

— Il y a un office à l'église ce soir, nous dit Fiona, mais il y en aura un autre demain, pour ceux qui voudront y assister.

Elle parlait encore quand nous avons entendu à

la porte un chœur d'enfants venus chanter les chants de Noël traditionnels. Nous nous sommes interrompus, le temps d'écouter *Douce nuit*, émerveillés par la beauté et la pureté de leurs voix. Puis, quand ils eurent terminé, Fiona et David ouvrirent la porte et les invitèrent à entrer boire une boisson chaude et se réchauffer près de la cheminée. Pour nous remercier de leur avoir accordé l'hospitalité, ils chantèrent un autre cantique et s'en furent porter la joie dans les maisons du voisinage.

Un peu à l'écart, j'observais les autres en me réjouissant de les voir tous heureux. Plus détendu que jamais, Mike plaisantait avec Jake qui ne s'arrêtait pas de rire et de sourire. Les filles de Mike, entichées de Françoise, l'aidaient joyeusement à accrocher des ornements sur les branches les plus hautes. Rory et Fiona déroulaient des guirlandes de cheveux d'ange pendant que Moira leur parlait avec animation. Comme moi, David regardait discrètement la scène avec une expression reflétant un profond bonheur.

Et je me suis alors rendu compte que pour la première fois de ma vie, je vivais une vraie fête de Noël dans une atmosphère familiale débordant d'amour et d'affection.

4

Le réveillon préparé par Noël fut grandiose. Fiona, Françoise et Moira lui avaient prêté main-forte pendant la journée, mais ils m'avaient résolument chassée de la cuisine en dépit de mes offres pleines de bonne volonté. Fiona avait elle-même dressé le couvert. La porcelaine, l'argenterie, le cristal brillaient sur la nappe brodée à la lumière des bougies, un surtout d'argent débordant de roses blanches ornait le centre de la table.

Après le saumon fumé d'Écosse, le foie gras et autres savoureuses entrées, la dinde farcie aux marrons fit son apparition, saluée par des applaudissements admiratifs que Noël accueillit avec une fierté justifiée, car elle était exquise et dorée à point. Portrait de son père en plus jeune et en un peu plus grand, c'était un jeune homme extrêmement sympathique qui s'attirait l'amitié de chacun.

— J'espère que vous prendrez le temps d'aller à Leeds avant de partir, nous dit David vers le milieu du repas. Il y a en ce moment au musée une exposition de peinture qu'il ne faut pas manquer.

— Elle en vaut vraiment la peine ? commenta Mike distraitement.

— Tout à fait. Et si voulez, je vous y conduirai moi-même, Leeds est à moins d'une heure d'ici. Vous aurez d'ailleurs une surprise en découvrant le nom de l'artiste.

— Qui est-ce donc ? s'enquit Jake.

— Un enfant du pays doué d'un immense talent. Ce n'est plus un enfant, à vrai dire, mais un homme fait. Il est né à Leeds et s'appelle Bill Smith, mais le monde entier ne le connaît que sous le nom d'Alexander Saint Just Stevens.

— Il est de Leeds ? ai-je demandé, ébahie, en échangeant un regard avec Mike, non moins surpris que moi.

— Je l'ignorais, dit Mike. Est-ce de notoriété publique ?

— Franchement, je ne sais pas. Mais tout le monde le sait dans le Yorkshire, puisqu'il en est originaire et que c'est un personnage peu commun. Né dans un quartier pauvre, il a fait des études à l'école des Beaux-Arts de Leeds avant d'entrer au

Royal College of Art de Londres. C'est à ce moment-là, je crois, qu'il a pris ce pseudonyme, arborant un accent et des manières aristocratiques, ainsi que des tenues vestimentaires excentriques. Mais il a du génie, personne ne le conteste. Les tableaux dont il a fait don au musée sont tout simplement extraordinaires. Il s'est toujours montré très généreux envers sa ville natale, où tout le monde apprécie son talent à sa juste valeur.

— Nous en serons... estomaqués ? ai-je hasardé.

David pouffa de rire.

— Sans aucun doute, Val. Ses œuvres font cet effet-là à tous ceux qui les voient.

Mike, qui avait écouté sans mot dire, intervint alors :

— C'est une étrange coïncidence, David, car j'avais demandé à Val d'aller le voir quand il était à New York. Malheureusement, il était reparti pour sa maison du Mexique avant qu'elle ait pu obtenir un rendez-vous. Plusieurs magazines me demandent un reportage photographique sur la série de tableaux qu'il prépare pour l'exposition du millénaire en l'an 2000.

— Mais alors, dit David en nous regardant Mike et moi avec intérêt, raison de plus pour aller voir son exposition de Leeds. Puisque vous allez photographier ses nouvelles œuvres...

— Je n'en suis pas si sûre, l'ai-je interrompu en lançant un regard mécontent à Mike. En tout cas, il a l'air d'être un personnage intéressant, ai-je ajouté d'un ton radouci pour faire passer mon incorrection.

— Oh, ça oui ! renchérit Moira. Disons même pittoresque. N'est-ce pas, maman ?

— Très pittoresque, approuva Fiona. Nous irons

tous à Leeds, vous ne le regretterez pas, croyez-moi.

Nous avons acquiescé et l'illustre Alexander Saint Just Stevens alimenta la conversation jusqu'à la fin du repas.

5

— Quelle merveilleuse soirée, ai-je dit à Jake pendant que nous remontions dans notre chambre.

— Oui, mais surtout parce que nous étions ensemble, ma chérie.

La porte refermée, il me prit dans ses bras, me donna un baiser et plongea une main dans sa poche. Puis il me fit me tourner et me mit autour du cou un rang de perles en me disant « Joyeux Noël ».

Étonnée, heureuse, j'ai couru me regarder dans la glace.

— Oh ! mon chéri ! Elles sont superbes ! C'est une folie, mais je suis ravie. Merci mille fois, ai-je dit en l'embrassant. Tes cadeaux sont restés en bas. Veux-tu que je descende les chercher ?

— Ils peuvent attendre demain, dit-il en riant.

Je me suis de nouveau tournée vers le miroir en caressant les perles d'une main.

— Je les porterai toujours, mon amour, ai-je murmuré.

— Sauf sur les champs de bataille, j'espère.

— Je n'irai jamais plus sur un champ de bataille, ai-je répliqué avec conviction. Ni toi non plus.

Une fois encore, je ne me doutais pas que je tentais le destin.

CHAPITRE TRENTE

1

Paris, mars 1999. Nous avions regagné Paris après le nouvel an, mais Jake attendit deux mois avant de lancer sa bombe.

Un après-midi au début du mois de mars, je travaillais à la maison, heureuse et en paix avec moi-même, à trier le paquet de photos des tableaux d'Alexander Saint Just Stevens que j'avais prises à Leeds. Mike me harcelait toujours pour faire le reportage chez lui au Mexique et, tandis que je me demandais comment convaincre Jake d'y aller avec moi — *si* je décidais d'accepter ce reportage —, Jake apparut devant moi. Il avait dû entrer dans l'appartement sans faire de bruit, car je le vis soudain appuyé au chambranle de la porte.

— Te voilà déjà, mon chéri ? Justement, je pensais à toi.

— Et que pensais-tu ? demanda-t-il en me rendant mon sourire.

J'hésitai une seconde avant de me jeter à l'eau :

— Tu sais que Mike n'arrête pas de me tanner pour que j'aille au Mexique photographier les toiles de Bill Smith, alias Alexander Saint Just Stevens, et je me demandais si tu ne pourrais pas m'y accompagner — à condition que j'accepte d'y aller, bien entendu.

— Veux-tu faire ce reportage, Val ? me demanda-t-il en me regardant d'un air dont j'aurais dû me méfier.

— Franchement, je n'en sais rien. Ça pourrait être intéressant, les œuvres sont exceptionnelles, comme nous avons pu nous-mêmes le constater à Leeds. Mais je ne sais pas... Le Mexique est bien loin.

— Oui, mais il y fait très beau à cette époque de l'année.

— C'est vrai. De toute façon, pourquoi rentres-tu d'aussi bonne heure ? Je croyais que tu avais une réunion importante avec Jacques Foucher et ce type de *Vanity Fair*.

— Oui, et la réunion a eu lieu.

— Elle s'est bien passée ?

Il fit un signe affirmatif et quitta enfin le pas de la porte pour s'arrêter à côté de mon bureau. Cette fois, son air sérieux m'alerta.

— Tu me caches quelque chose, Jake. Qu'y a-t-il ?

— Il faut que je te parle, Val.

— De quoi donc ? Pourquoi cet air grave, tout à coup ?

Je le sentis hésiter avant de répondre :

— J'envisage de retourner au Kosovo.

Je crus d'abord avoir mal entendu. Une longue minute, je l'ai fixé des yeux, bouche bée, sans pouvoir articuler un mot.

— Tu m'avais pourtant promis de ne plus y aller, ai-je enfin proféré d'une voix mal assurée.

— Je ne te l'ai pas *formellement* promis, Val. Je t'ai dit que je *pensais* ne plus devoir y retourner.

— Ne coupe pas les cheveux en quatre, Jake ! C'est à moi que tu parles.

— Je ne coupe pas les cheveux en quatre. Je t'ai dit que je ne *souhaitais* plus y aller, que je *pensais* ne plus devoir y aller, mais je ne t'ai rien promis.

— Et maintenant, tu m'annonces que tu *veux* y aller. C'est bien ça, n'est-ce pas ?

— Oui, Val. Parce que je le dois.

— Non, tu ne le dois pas ! Aucune raison sur terre ne te force à retourner là-bas ! Tu te feras tuer !

Je criais malgré moi d'une voix presque hystérique.

— Mais non, voyons. Je ne suis pas Tony Hampton, je ne prends pas de risques inutiles.

— Non, bien sûr. Tu te compares plutôt à Robert Capa qui ne prenait jamais de risques, d'après toi, et qui s'est pourtant tué en Indochine en sautant sur une mine. Bravo pour ta sûreté de jugement.

— Il faut que j'y aille, Val. C'est important pour moi...

— Pourquoi ? l'ai-je interrompu.

— Parce que je suis juif, voilà pourquoi. En conscience, je ne peux plus fermer les yeux sur ce qui se passe au Kosovo, sur la « purification ethnique » de Milosevic. Il faut que j'y retourne, que j'en rapporte des témoignages sur les atrocités qui y sont perpétrées. La guerre connaît une escalade de la violence, d'ici peu l'OTAN sera forcée d'intervenir pour faire cesser le génocide.

Un moment, je suis restée paralysée, hors d'état de parler et de faire un geste. Je savais déjà que j'avais perdu la bataille et que rien de ce que je lui dirais ne le dissuaderait de partir.

— Écoute, Jake, ai-je enfin réussi à articuler, il

y a des génocides qui se commettent en ce moment même dans d'autres parties du monde et tu n'as pas...

— Celui-ci est différent. Il se passe en Europe, ma famille vient d'Europe et je me sens moralement obligé d'y aller. Ce qui se passe dans l'ex-Yougoslavie reproduit ce qu'ont fait les nazis et je ne peux pas laisser de telles horreurs se dérouler sous mes yeux sans lever le petit doigt. Ou plutôt lever mon appareil.

— Ta mère te dirait de ne pas y aller, j'en suis sûre.

— Je ne suis plus un petit garçon qui doit demander la permission de sa mère, a-t-il répliqué d'un ton excédé. Et contrairement à ce que tu crois, elle me dirait d'y aller, de prendre des photos, de rapporter la preuve que cet homme est un criminel et qu'il doit être jugé pour crime contre l'humanité.

— Je ne voulais pas dire que tu avais besoin de la permission de ta mère. Tu m'as mal comprise ou je me suis mal exprimée.

— Écoute, dit-il avec force en se penchant vers moi. Mes grands-parents paternels ont fui l'Allemagne nazie en 1937, parce qu'ils savaient ce qui leur arriverait s'ils restaient. Mes grands-parents maternels étaient sans doute plus clairvoyants car ils les avaient précédés en 1935, avant le déchaînement de la folie criminelle de Hitler et de sa clique. Toute leur famille a disparu dans les camps d'extermination. Milosevic est de la même espèce que Hitler. Il fait la guerre à un peuple entier, il est prêt à éliminer des milliers d'innocents pour imposer son idéologie. Chaque homme civilisé, quels que soient les moyens dont il dispose, a le devoir de l'empêcher de nuire.

— Je te comprends, Jake, je comprends ce que

cela représente pour toi. Intellectuellement, je sais que tu as raison. Mais sentimentalement, je ne peux pas me résigner à te voir partir là-bas. J'ai peur, peur qu'il t'arrive... malheur.

Ma voix se brisa. Le regard de Jake avait une intensité que je ne lui avais pratiquement jamais vue. Je me suis affaissée contre le dossier de ma chaise, en proie à un soudain malaise. J'avais l'affreux pressentiment qu'il lui arriverait malheur et je l'aimais trop pour le laisser partir sans avoir fait tout ce qui était en mon pouvoir pour le retenir. Et je devais le faire maintenant, avant qu'il ne soit trop tard.

— N'y va pas, mon amour, je t'en prie, l'ai-je imploré. Je te supplie de ne pas partir, Jake. Pour moi, pour toi. Pour notre avenir.

— Oh Val, ma chérie !... Tu sais que je *dois* le faire. Je ne pourrais plus me regarder en face si je n'écoutais pas la voix de ma conscience. Tu lis les journaux, tu regardes la télévision, tu sais ce qui se passe là-bas. L'OTAN va intervenir d'ici la fin du mois et il faut que j'y sois, Val. Que je prenne des photos qui aideront peut-être à changer la vision que le public a de cette guerre. C'est une des raisons de mon engagement dans ce métier, montrer au monde la réalité de la violence, de la souffrance, pour lui ouvrir les yeux.

— Si tu pars, ce sera fini entre nous, ai-je dit en usant de la seule arme dont je disposais encore.

Jake ne m'entendit même pas :

— Viens avec moi, ma chérie.

— Non, j'en suis incapable. Je suis... épuisée, Jake. Je ne veux plus, je ne *peux* plus aller sur des champs de bataille.

— Je sais et je te comprends, dit-il comme à regret.

Il se pencha pour m'embrasser, me serra sur sa poitrine. Je parvins de justesse à retenir mes larmes.

— Je t'en supplie, mon amour, reste avec moi. Reste...

Je ne pus en dire davantage. Il me donna encore un baiser, se redressa, me fit un sourire de petit garçon qui se sent coupable mais refuse de l'admettre.

— Il ne m'arrivera rien, tu verras. Tout ira bien, je t'assure. Tu dois me faire confiance, je te reviendrai bientôt.

2

Il est parti trois jours plus tard. Je me suis retrouvée seule dans l'appartement, désespérée, perdue sans lui après sept mois d'une intimité physique et morale qui m'avait comblée de bonheur.

Je passais mon temps à me demander avec incrédulité comment tout cela était arrivé si vite. Il m'avait annoncé son intention de partir et il l'avait mise à exécution aussitôt, sans un regard en arrière, ses appareils sur une épaule et, sur l'autre, son gros sac de voyage où il avait fourré ses bottes et sa tenue de campagne. Il était reparti pour le Kosovo, où Tony Hampton avait trouvé la mort et où ma vie avait été transformée à jamais. Par superstition plus peut-être que par intuition, je sentais, je savais que ce pays portait malheur et je ne supportais pas l'idée, même si je la repoussais de toutes mes forces, que Jake y succomberait peut-être à son tour.

Un élément, cependant, jouait en sa faveur : il n'était pas aussi téméraire et inconscient du danger que Tony l'avait été. J'espérais, je priais qu'il ferait preuve de discernement et ne s'exposerait pas par bravade à des risques inutiles.

Oui, je priais pour lui parce que je l'aimais de tout mon cœur. Mais au plus profond de moi-même, je lui en voulais d'avoir fait passer avant moi ce qu'il considérait comme son devoir. Il m'avait infligé une blessure qui mettrait longtemps à guérir.

3

C'est Mike qui finit par surmonter mes réticences et me persuader d'accepter le reportage au Mexique. Ses arguments étaient pleins de bon sens. Je serais au loin, occupée par mon travail, donc moins encline à me morfondre en pensant à Jake. Mes inquiétudes ne se dissiperaient pas par miracle, je le savais trop bien, mais Acapulco se trouvait à l'autre bout du monde et, si on y recevait les dernières nouvelles, je n'étais pas forcée de regarder la télévision.

Ayant enfin reçu d'Alexander Saint Just Stevens l'autorisation de venir chez lui, nous devions organiser la mission de la manière la plus efficace. « Il te faudra au moins deux assistants », m'avait dit Mike quelques jours avant mon départ, en suggérant de m'affecter deux jeunes collaborateurs de l'agence de New York. Je les connaissais, ils étaient sympathiques et compétents, mais je les avais refusés. « Je préférerais emmener mon frère Donald et Alex, sa fiancée. Ce sont l'un et l'autre des journalistes expérimentés, j'aurai besoin de gens capables de prendre des notes et de rédiger les interviews en vrais professionnels. Ils seront aussi capables que les autres de m'assister pour régler les éclairages, par exemple, ou d'autres tâches simples qui n'exigent pas la connaissance approfondie de la photographie. Et en plus, ai-je ajouté à titre d'argument massue, ils ne coûteront pas cher. »

Mike avait accepté sans discuter, en partie pour me faire plaisir car il connaissait la détresse dans laquelle l'absence de Jake me plongeait, en partie aussi parce qu'il savait que je m'étais réconciliée avec mon frère et qu'il était d'humeur, ces temps-ci, à encourager l'esprit de famille.

Les premiers jours ayant suivi le départ de Jake, j'avais passé le plus clair de mes nuits à pleurer avant de trouver le sommeil, mais j'avais fini par me ressaisir. Je devais me comporter en adulte, pas en gamine sentimentale. J'avais plus de trente ans, j'étais responsable de ma vie, j'avais des factures à payer, des engagements à respecter. Errer dans mon appartement désert, comme une Ophélie hébétée par la douleur, ne me mènerait à rien.

J'ai donc mis dans mes bagages des tenues adaptées au climat chaud, mes meilleurs appareils et un stock de rouleaux de film pouvant me durer les quinze jours prévus pour fixer sur la pellicule les chefs-d'œuvre de l'excentrique Alexander Saint Just Stevens. Son histoire était de fait assez extraordinaire, celle d'un pauvre gamin né dans un taudis de Leeds qui avait atteint grâce à son seul génie la fortune et la gloire. Mike avait raison : le public, toujours friand de tout ce qui touchait aux célébrités, se précipiterait dessus.

La veille de mon départ, je me préparais à dîner sans beaucoup d'appétit, l'esprit très loin de ma cuisine et de mes tâches domestiques. J'étais avec Jake quelque part au Kosovo, dans la région de

Pristina m'avait dit Jacques Foucher, quand la sonnerie stridente du téléphone mural me fit sursauter.

Dans l'espoir que ce serait Jake, je me suis hâtée de décrocher.

— Il est mort, fit en réponse à mon « Allô » une voix de femme que je ne reconnus pas.

Mon cœur cessa de battre, ma main se crispa sur le combiné.

— Qui est mort ? Qui est à l'appareil ?

— Olivier Brégon est mort, mademoiselle Denning.

— C'est vous, Simone ? ai-je presque crié de soulagement. Vous m'avez fait une belle peur ! Je croyais qu'on m'appelait du Kosovo pour me dire que Jake avait été tué.

— Pardonnez-moi, mademoiselle, je ne voulais pas vous faire peur. Mais je suis tellement excitée...

— Alors, reprenez calmement, je vous prie. Olivier est vraiment mort ?

— Oui, mademoiselle. Je ne souhaite la mort de personne, mais dans son cas, c'est une délivrance pour ma pauvre petite Françoise.

— Vous en êtes sûre ? Comment l'avez-vous appris ?

— C'était au journal télévisé de ce soir. Il a été abattu par un des trafiquants de drogue sur lesquels il enquêtait. Voulez-vous appeler Françoise pour le lui dire, puisque je ne sais pas où elle est ? Ou alors, donnez-moi son numéro, je l'appellerai moi-même.

— Je lui demanderai plutôt de vous appeler, Simone. Je crois que cela vaudra mieux.

— Vous n'êtes pas sûre que ce soit moi au bout du fil, mademoiselle ? demanda-t-elle en riant.

— Mais si, Simone, c'est bien vous, je vous ai reconnue.

Je voulais quand même m'assurer que le mari de Françoise était réellement mort avant de divulguer un numéro de téléphone qui aurait pu tomber dans les oreilles ou les mains qu'il ne fallait pas.

— Vous avez raison, mademoiselle, répondit Simone. J'attendrai que ma fille m'appelle elle-même. Nous ne bougerons pas des Roches Fleuries, son père et moi.

Aussitôt après avoir raccroché, j'ai téléphoné à Mike pour l'informer de ce que je venais d'apprendre et lui faire part de mes craintes ou, plutôt, de mes doutes. Il m'approuva et me promit de vérifier sans délai l'information. Plus d'une heure après, alors que je me rongeais les sangs en regardant les nouvelles du Kosovo sur CNN, Mike me rappela.

— J'ai appelé un de mes contacts à Interpol qui connaît tout le monde dans la police française, m'annonça-t-il d'un air triomphant. Il vient de me le confirmer, c'est vrai ! Cet enfant de salaud a été descendu par un des truands qu'il allait arrêter, comme Simone te l'avait dit. Veux-tu que je téléphone à Françoise ?

— Oui, Mike, il vaut mieux qu'elle l'apprenne par toi. Dis-lui d'appeler tout de suite sa mère. Dis-lui aussi que je lui passerai un coup de fil demain avant de partir.

— D'accord. Merci pour tout, Val. Et puis...

— Et puis quoi, Mike ?

— Cesse de t'inquiéter au sujet de Jake. Il s'en sortira sans une égratignure, tu verras. Fais-moi confiance, tu n'es pas la seule au monde à avoir de l'intuition.

4

Acapulco. L'Hacienda Rosita était sans conteste la plus luxueuse propriété de la région, qui en comprenait pourtant beaucoup. Elle comportait un groupe de villas et de maisons d'amis, un immense atelier où peignait le Maître, un bâtiment réservé aux cuisines et une vaste maison pour le logement du personnel. Bâtie dans le style local traditionnel, comme toutes les autres sur la propriété, la villa principale où résidait l'artiste était pourvue de sols en marbre blanc et meublée de superbes meubles mexicains anciens. De nombreuses toiles du maître des lieux ornaient les murs. L'ensemble, proche de la ville, occupait un vaste terrain au sommet d'une falaise d'où l'on découvrait un panorama spectaculaire. Les jardins regorgeaient de fleurs et de plantes tropicales. L'ensemble était entouré d'un mur élevé, et des gardes armés veillaient à la grille d'entrée et à celle réservée au service.

Le jour de mon arrivée, il y avait maintenant près d'une semaine, la vue de ces hommes en armes m'avait stupéfaite. Len Wilkinson, le charmant secrétaire particulier et factotum du peintre, était venu me chercher à l'aéroport. Il m'avait expliqué que c'était indispensable : « Il y a tellement d'objets de valeur dans la maison, en dehors des œuvres du Maître, qu'il est plus prudent de ne pas tenter les voleurs, surtout quand Alexander est absent. La présence permanente de ces hommes nous assure la tranquillité, croyez-moi. »

Len, originaire lui aussi de Leeds, m'avait été d'emblée sympathique. « J'appartiens à la mafia du Yorkshire dont s'entoure notre héros », m'avait-il dit avec un clin d'œil complice. J'avais tout de suite senti qu'il était dénué de toute prétention et que nous nous entendrions à merveille.

Donald et Alex étaient arrivés deux jours avant moi, munis des projecteurs et du matériel dont j'aurais besoin. Je me rendis bientôt compte qu'ils travaillaient très bien ensemble et formaient une équipe efficace. Plus je la connaissais, plus Alex me plaisait. Charmante, sûre d'elle-même, énergique, elle était aussi très belle et avait de la classe.

Le jour de mon arrivée, Len m'avait accompagnée à la grande villa que j'allais partager avec mon frère et sa fiancée, en me laissant quartier libre jusqu'au dîner annoncé pour neuf heures du soir. Donald m'avait accueillie avec de grandes démonstrations d'affection et Alex avait aussitôt proposé de m'aider à m'installer, ce que j'avais accepté avec gratitude. J'avais beau avoir l'habitude des voyages, j'étais fatiguée et, avec le décalage horaire, je tombais de sommeil.

— Comment vais-je tenir le coup jusqu'à neuf heures ? me suis-je exclamée.

— Fais la sieste, c'est une institution nationale au Mexique, m'avait répondu Donald en riant. Nous te réveillerons à temps.

Une fois mes affaires rangées avec l'aide d'Alex, je suis quand même sortie au jardin boire avec eux quelque chose de frais et me détendre avant ma sieste. Donald s'était empressé de me mettre au courant des habitudes du domaine.

— L'endroit est fabuleux et Alexander te plaira, j'en suis sûr. Malgré son excentricité et ses tenues invraisemblables.

— Et il est très bel homme, avait ajouté Alex.

— Et c'est un redoutable coureur, avait précisé Donald.

— Je sais, je me suis renseignée sur son compte

avant de partir. Il a eu plusieurs femmes, de nombreuses maîtresses et d'innombrables enfants.

— Qui vivent tous ici, m'avait informé Donald en riant.

— Pas sa première femme, en tout cas, elle est morte depuis longtemps, lui avais-je répondu en riant aussi.

— Oui, mais tu sais ce que je veux dire. Les autres sont toutes ici, sauf qu'il n'a personne en ce moment dans sa vie. Rien que des ex. Fais attention à toi, Val, il a l'œil pour les jolies filles.

— Ne te fais pas de souci pour moi, mon petit frère. Veille plutôt sur Alex.

Donald avait de nouveau éclaté de rire :

— Oh ! pas de danger ! Il l'a toisée une fois de la tête aux pieds et lui a tourné le dos. Il faut croire qu'elle n'est pas son type.

— Merci du compliment, sauvage ! s'était esclaffée Alex en lui lançant un coup de poing sur l'épaule.

5

Cette conversation avait eu lieu une semaine auparavant. Depuis, j'avais si bien pris mes habitudes à l'Hacienda Rosita que je me demandais si je serais capable d'en partir. Le lieu était non seulement splendide, mais tranquille et apaisant. Il faisait doux, ni trop chaud ni trop froid, le ciel était toujours bleu. Je me sentais renaître.

Je connaissais maintenant tous les habitants du domaine. La « mafia du Yorkshire » était composée de vieux amis et condisciples d'Alexander, dont la fidélité en amitié et la droiture m'avaient conquise d'emblée. Len Wilkinson était le « parrain » de la bande, comme Alexander l'appelait en plaisantant. C'était lui, en effet, qui supervisait tout et se chargeait des négociations portant sur les expositions, les galeries et les ventes de tableaux. Les autres, y compris Jennifer Wilkinson, la femme de Len, étaient des artistes n'ayant pu pour diverses raisons atteindre la célébrité de leur ancien condisciple à l'école des Beaux-Arts. Ils l'aidaient à préparer ses toiles, ses peintures, fabriquer les cadres. Tout le monde travaillait dans la joie, car Alexandre se montrait toujours courtois et respectueux. J'avais vite compris que, sous ses dehors excentriques et son côté séducteur, c'était un homme foncièrement bon, un artiste intègre et un père exemplaire, qui se considérait en outre responsable du bien-être des femmes qui avaient à un moment ou à un autre partagé sa vie.

Quant à sa peinture, elle était enthousiasmante. Chaque tableau de sa nouvelle série étonnait, bouleversait par la puissance de la composition et la richesse de la palette. Une fois dévoilé au public, l'ensemble ferait sensation, j'en étais certaine.

J'avais consacré la première semaine à photographier ces toiles dont chacune était à mes yeux un chef-d'œuvre. Je m'étais appliquée à leur rendre justice et je crois que j'y étais parvenue. Aujourd'hui, je devais commencer une série de photos de l'artiste lui-même, au travail dans son atelier, au repos dans sa villa avec ses enfants ou dans ses jardins avec ses collaborateurs et amis. Ayant compris qu'il était impossible pour moi de tout réaliser en un ou deux jours, il avait accepté de me réserver le temps qu'il faudrait et de poser selon mes instructions. C'était moi, après tout, la spécialiste dans ce domaine.

6

Ce matin-là, je me suis habillée confortablement et j'ai chaussé des tennis, car j'allais passer la journée à rester debout et à courir d'un bout à l'autre du domaine.

— Je m'en vais, Donald ! ai-je crié à la porte de mon frère qui était encore dans sa chambre.

— Ah oui, c'est vrai, ce matin tu prends le petit déjeuner avec le maestro, dit-il en passant la tête par l'entrebâillement. Méfie-toi, Val, il n'arrête pas de te dévorer des yeux. Tu lui plais, c'est évident.

— Mais non, voyons ! ai-je répondu, consciente que Donald adorait me taquiner.

— Si, Val, c'est vrai, je t'assure, intervint Alex en sortant de la chambre.

— Vous devenez des obsédés sexuels, vous deux ! ai-je protesté.

— Tu te trompes, c'est lui qui l'est, affirma Donald.

— Arrête de harceler ta sœur, le rabroua Alex. Allons prendre le petit déjeuner et nous retrouverons Val à dix heures, comme convenu.

— C'est exact, ai-je approuvé. Alexander m'a invitée à boire le café à l'atelier, pas à la villa. C'est donc là que vous me rejoindrez. Et n'oublie pas d'apporter le matériel, Donald. L'atelier est bien éclairé, mais je voudrais créer des contrastes de lumière.

— Pas de problème, frangine.

— Merci, petit frère, ai-je répondu avec un large sourire.

Sur quoi, Donald éclata de rire.

— Qu'est-ce qu'il y a de si drôle ? lui ai-je demandé en fronçant les sourcils, intriguée.

— Depuis huit jours, je te dis tout le temps

« frangine » et tu ne m'as pas engueulé une seule fois.

— Parce que ça ne me dérange plus du tout, ai-je répondu.

Et j'étais tout à fait sincère.

CHAPITRE TRENTE ET UN

1

En me rendant à l'atelier d'Alexander à travers les jardins, je pensais à Jake. Il ne quittait jamais mes pensées et mon inquiétude à son sujet n'avait rien perdu de son intensité. Ami toujours fidèle, Mike gardait le contact quotidiennement avec Jacques Foucher et me tenait au courant par fax. Pour le moment, Jake était en bonne santé et couvrait le secteur de Pristina. Je retenais donc mon souffle, je priais pour lui et je m'absorbais dans mon travail.

Ce reportage qui m'avait d'abord tant rebutée me plaisait, en fin de compte. Alexander avait du génie et de réelles qualités humaines, mais j'étais surtout impressionnée par la puissance et la beauté de ses œuvres. À quarante-cinq ans, c'était un très bel homme dans la force de l'âge. Une chevelure noire prématurément striée d'argent encadrait son visage aux traits réguliers et fermement dessinés, qu'éclairaient des yeux verts au regard perçant. Bâti en athlète, il se maintenait dans une parfaite forme physique en pratiquant tous les sports.

Je n'avais pas eu besoin de mon frère pour savoir que sa réputation de coureur impénitent était amplement justifiée, la presse se régalait depuis des années de son appétit pour les femmes et du nombre de ses conquêtes. Mais je comprenais maintenant que cette passion reflétait d'une certaine manière celle qu'il mettait dans son travail. Len Wilkinson m'avait appris qu'il lui arrivait de travailler plusieurs jours d'affilée sans prendre de repos et j'avais pu constater par moi-même l'extraordinaire énergie qui émanait de sa personne.

Ses ex-femmes et maîtresses disposant chacune d'un pavillon, Alexander vivait seul dans sa villa. C'est là qu'il nous recevait à dîner presque tous les soirs avant de se rendre à son atelier, où il passait souvent une partie de la nuit. Il était obsédé par son art. Pour lui, m'avait-il dit une fois, la peinture était toute sa vie.

Si j'avais feint de prendre à la légère les mises en garde de Donald, je savais qu'il avait raison. Son œil exercé ne laissait échapper aucun détail et, comme nous travaillions ensemble tous les jours, il n'avait pas pu manquer les regards appuyés que me lançait Alexander. Jugeant plus sage de feindre l'ignorance, j'étais cependant préoccupée de la tournure que la situation risquait de prendre, car je sentais que je ne représentais pas pour Alexander une simple fantaisie. L'intérêt qu'il me portait était plus profond, bien que je n'aie rien fait pour l'encourager.

D'un autre côté, nous passions beaucoup de temps ensemble depuis plus de huit jours, nous avions appris à nous connaître, à nous découvrir de nombreux points communs, nous nous comprenions à demi-mot et nous nous plaisions en compagnie l'un de l'autre.

L'atelier se dressait au bord de la falaise dominant la mer. Comme à chaque fois que j'y pénétrais, je me suis arrêtée un instant sur le seuil pour admirer l'intérieur. C'était un immense espace rectangulaire d'un seul tenant, avec une grande verrière occupant tout un pan de mur. À une extrémité, une estrade servait à exposer les tableaux en cours d'exécution ou juste achevés, que le maître voulait garder sous les yeux pour y apporter des retouches éventuelles. Derrière cette estrade étaient aménagées une cuisine, une salle de bains et une chambre, où Alexander dormait parfois quand il passait la nuit à l'atelier. Une autre estrade, située du côté opposé, était éclairée par une batterie de spots surpuissants, rivalisant avec la lumière du jour pour lui permettre de travailler la nuit.

J'hésitais à entrer, car l'atelier était silencieux et je ne voyais pas trace d'Alexander. Au bout d'un instant, je me suis avancée d'un pas.

— Alexander ! Vous êtes là ?

Sa voix me parvint de derrière l'estrade :

— C'est vous, Val ?

Il apparut presque aussitôt, le visage barbouillé de crème à raser. Il était torse nu, vêtu d'un vieux pantalon blanc maculé de peinture et chaussé de tennis elles aussi couvertes de taches.

— Vous attendiez quelqu'un d'autre ? ai-je dit en riant. Bonjour, Alexander. J'espère que je n'arrive pas trop en avance.

— Vous n'arrivez jamais trop tôt pour moi, ma chère. Accordez-moi une minute, je suis à vous. On a déjà apporté le petit déjeuner.

— Bon, je vous attends sur la terrasse, ai-je dit en m'éclipsant.

Située derrière l'atelier, hors de vue des autres bâtiments, la terrasse ombragée de quelques arbres était un lieu paisible et intime. Pourvue d'une table, de fauteuils de jardin et d'un parasol, elle donnait elle aussi sur la mer. Je me suis assise en attendant Alexander, qui me rejoignit deux minutes plus tard, un grand plateau dans les mains. Il avait troqué son vieux pantalon et ses tennis tachées pour un ensemble blanc immaculé en coton mexicain.

2

— Je travaillais, m'annonça-t-il en posant le plateau sur la table.

— Toute la nuit ?

— Non, seulement depuis l'aurore. Je voulais terminer quelque chose de... spécial. Je vous le montrerai plus tard.

Il remplit nos tasses de café, me tendit un panier garni de tranches de pain de campagne, de toasts, de brioches. Nous avons commencé à boire et à manger dans un silence amical.

— Êtes-vous d'accord pour que je débute les photos ce matin par l'atelier ? lui ai-je demandé au bout de quelques instants. Je pensais vous prendre devant les tableaux terminés.

— Si vous voulez, Val. Mais je souhaite apparaître le moins possible sur vos photos, poursuivit-il. Cela vous va ?

— Comme vous voudrez, Alexander. J'aimerais quand même inclure deux ou trois photos de vous en train de peindre ou devant un tableau. Et aussi...

Soudain embarrassée, je laissai ma phrase en suspens.

— Vous n'allez pas me demander de poser avec mes ex, au moins ? demanda-t-il en fronçant les sourcils. Elles n'ont aucune envie d'apparaître dans ce reportage.

— Eh bien...

— Eh bien quoi ?

— Je comprends, bien sûr, mais... je pensais que cela ajouterait au reportage une touche, disons... d'intérêt humain.

Mon embarras le fit sourire.

— Écoutez, Val, j'ai mené, je mène encore une vie assez peu conventionnelle, c'est le moins qu'on puisse dire. Beaucoup de gens pensent que je suis fou d'avoir réuni tout ce monde au domaine, mais cela ne les regarde pas. Pour ma part, j'estime que je le dois à ces femmes et aux jeunes enfants. Ici, ils sont protégés, bien soignés, il ne peut rien leur arriver de mal. Cela ne veut pas dire que je souhaite exhiber mon mode de vie devant le monde entier.

— Vous avez raison, Alexander. Mais peut-être qu'une ou deux photos de vous avec les enfants ?...

— Pas question. Le monde regorge de déséquilibrés et de bandits, je ne veux pas exposer mes enfants au risque d'un enlèvement.

— Pourtant, vous venez de dire qu'ils sont en sécurité ici, dans ce domaine si bien protégé.

— C'est vrai. J'y réfléchirai.

J'ai profité du silence qui suivit pour repenser aux séances de photo et mieux en organiser le déroulement.

— Pardonnez-moi si je vous en demande trop, Alexander, mais ce reportage a beaucoup d'importance. Les photos et les articles seront publiés dans le monde entier.

— Je sais, Val, et je suis toujours d'accord pour le faire. Je préfère seulement laisser ma vie privée à l'écart du reste.

Me rendant compte qu'il resterait intraitable sur ce point, je n'ai pas insisté, de peur de le contrarier et de compromettre la suite.

— Je vous comprends, ai-je simplement répondu.

— Je suis heureux de vous accueillir chez moi, Val, dit-il un instant plus tard. L'Hacienda Rosita vous plaît ?

— Oh, oui ! Énormément. C'est si beau, un vrai paradis comme il n'y en a plus beaucoup sur terre.

— Pourquoi n'y resteriez-vous pas un peu plus longtemps ?

— Je voudrais bien, mais il faut que je rentre livrer les photos à Paris à la fin de la semaine.

— Si ce n'est que cela, je peux y envoyer un de mes assistants. Neal, par exemple, serait ravi de passer quelques jours à Paris.

Prise au dépourvu, je ne sus que répondre.

— Vous me plaisez, Val, reprit-il. Dès que je vous ai vue, j'ai su que votre présence me ferait du bien.

J'attendis la suite en gardant le silence.

— Et c'est ce qui s'est passé, poursuivit-il. Nous avons eu des discussions si profondes, la semaine dernière. Jamais je ne m'étais confié ainsi à quiconque depuis mes années d'études à Leeds. Vous n'ignorez plus rien de moi maintenant, dit-il avec un sourire chaleureux. Vous connaissez à peu près tout de ma vie, de ce qui me motive. Moi aussi, je crois vous connaître assez pour savoir que vous êtes unique.

— Vous savez si bien écouter, Alexander ! ai-je répondu avec un rire un peu forcé. Vous voilà dépositaire de tous mes secrets, à présent. J'ai peur de vous avoir cassé les oreilles avec mes confidences.

— Au contraire, et je suis content que vous ayez bien voulu rester à bavarder aussi tard. Cela ne m'arrive plus guère, ces derniers temps.

— Nous sommes devenus bons amis, je crois.

— Oui, du moins je l'espère en ce qui vous

concerne. Restez encore un peu, Val, ajouta-t-il avec un regard persuasif. Votre présence ici m'apporte quelque chose de si précieux.

— J'y réfléchirai, me suis-je bornée à répondre.

Nous nous étions beaucoup confiés, c'est vrai. Nous avions parlé de nos enfances et de nos existences respectives, de ceux que nous avions aimés et aimions. De fait, nous étions devenus excessivement proches, mais il n'y avait rien de bien étonnant à cela, vu les circonstances. Nous avions des atomes crochus, et nos atomes s'étaient... eh bien, tout bonnement accrochés.

3

La journée fut longue. Je pris dans l'atelier d'innombrables photos d'Alexander seul et avec deux de ses assistants, si efficacement secondée par Donald et Alex que tout se passa sans anicroche.

Nous avons déjeuné tous ensemble sur la terrasse avant de reprendre le travail. Quand la séance se termina enfin vers sept heures du soir, j'étais fatiguée, mais Alexander débordait toujours d'énergie et de vitalité. Il insista pour que nous allions ensuite boire des cocktails sur la terrasse de la villa, nager dans la piscine avant le dîner puis, le repas terminé, regarder un film avec lui dans sa salle de projection.

À minuit, n'en pouvant plus, j'ai déclaré que j'allais me coucher. Je sentis qu'Alexander aurait désiré me raccompagner jusqu'à notre pavillon, mais Donald et Alex le prirent de vitesse et nous sommes rentrés ensemble.

De retour chez nous, j'ai trouvé un fax de Mike m'annonçant que Françoise était enfin rentrée à

Paris et que tout allait bien. Comme il ne me donnait pas de nouvelles de Jake, j'en déduisis qu'il était toujours au Kosovo et qu'il ne lui était rien arrivé.

J'étais tellement épuisée que je me suis endormie sitôt couchée. Après une nuit de sommeil sans rêves, je me suis réveillée fraîche et dispose pour la première fois depuis des semaines.

4

Vers la fin de la semaine, Alexander me demanda de le rejoindre à l'atelier pour boire un verre. Je devais venir seule car, me dit-il, il voulait me montrer quelque chose. J'avais passé la journée à le photographier dans la bonne humeur avec la « mafia du Yorkshire » et je me réjouissais de ce dernier verre en tête à tête avant le dîner.

L'atelier était vide quand j'y suis entrée. À mon appel, Alexander apparut de derrière l'estrade, une bouteille de champagne dans une main et deux verres dans l'autre.

— Ah ! Vous voilà, Val. Buvons, nous dévoilerons ensuite.

— Dévoiler quoi ? Ne me dites pas qu'il s'agit d'un tableau que je n'ai pas encore vu !

— Si, je viens de le terminer et je ne vous l'ai jamais montré.

Il posa la bouteille sur une table, remplit les deux flûtes, m'en tendit une.

— À vous, ma chère Val, dit-il en choquant sa flûte contre la mienne. Je vous souhaite longue et heureuse vie.

— À vous, Alexander, ai-je répondu. Je forme pour vous le même vœu.

Puis, me prenant par la taille, il m'entraîna vers l'estrade située à l'autre bout de l'atelier. Nous avons gravi les marches et traversé l'estrade jusqu'à un chevalet sur lequel un tableau d'assez grand format était recouvert d'un linge blanc, qu'Alexander enleva d'un geste large.

Stupéfaite, je découvris alors que le tableau était un portrait de moi devant la mer. Alexander l'avait peint dans son style très personnel, mais la ressemblance était frappante.

Un instant, je suis restée sans voix.

— Oh, Alexander, me suis-je exclamée enfin, c'est une merveille ! Je ne sais que vous dire... Je suis flattée, bouleversée que vous m'ayez prise pour modèle. Mais comment avez-vous fait ? Je n'ai pas posé.

— Je l'ai peint de mémoire, Val. Ce n'était pas difficile, vous avez été pour ainsi dire jour et nuit avec moi pendant quinze jours. Votre visage est resté gravé dans mon esprit.

— Je suis... plus que flattée, Alexander. C'est un honneur d'être peinte par vous.

— Je suis très content que ce portrait vous plaise, répondit-il.

Il me prit alors la main et m'entraîna vers la terrasse où nous nous sommes assis.

— Restez ici, Val, me dit-il. Neal emportera vos photos à Paris.

— Vous savez que c'est impossible, Alexander. De toute façon, je tiens à ce que le reportage soit réussi et il me reste beaucoup de travail pour finir de le préparer.

— Je me disais, l'autre jour, qu'on peut côtoyer certaines personnes toute sa vie sans jamais vraiment les connaître. Et puis on en rencontre d'autres que l'on connaît immédiatement. C'est ce qui m'est arrivé avec vous, Val.

Je ne pus que le regarder sans mot dire.

— Saviez-vous que le roi Hussein de Jordanie a fait la connaissance de la reine Nour, est tombé amoureux d'elle et lui a demandé sa main en moins de vingt jours ?

— Non, je ne savais pas.

— Je vous cite cet exemple pour que vous me compreniez quand je vous dis que je suis tombé amoureux de vous, Val.

— Oh, Alexander...

— Restez ici, avec moi. Je vous en prie.

— Écoutez, Alexander, je ne me crois pas très douée pour devenir votre maîtresse. Ni celle d'un autre, d'ailleurs.

— Avec vous, Val, ce ne serait pas pareil. Je vous resterais fidèle.

Comme je gardais le silence, il me prit dans ses bras et me donna un baiser plein de tendresse que je me surpris à lui rendre.

— Restez, Val, répéta-t-il en s'écartant.

J'étais toujours incapable de parler.

— Je ne vous demande pas de coucher avec moi cette nuit, si c'est ce que vous croyez. Je serai patient, jusqu'à ce que vous ayez confiance en moi, le vieux coureur de jupons que j'ai toujours été.

— Vous n'êtes pas vieux ! ai-je lâché sans le vouloir.

Ma repartie le fit rire.

— Vous avez besoin de beaucoup d'amour pour guérir toutes vos blessures de l'âme, Val, dit-il quand il eut repris son sérieux. Je les guérirai par amour pour vous, parce que vous êtes la seule femme que je connaisse qui m'ait rendu meilleur. Dites-moi que vous restez.

Je ne répondais toujours pas. Alors, il me reprit dans ses bras et nous sommes restés longtemps ainsi sans parler, blottis l'un contre l'autre.

Je savais qu'il était sincère. Oui, il était séduisant, fascinant. Oui, j'aurais pu facilement le laisser me convaincre de rester à l'hacienda. J'aurais pu être heureuse avec lui, j'aurais même pu l'aimer. Ensemble, nous aurions sans doute mené une vie merveilleuse. Enrichissante.

Mais c'était impossible, car j'aimais un autre homme. Un homme que j'aimais du fond du cœur. Un homme auquel j'appartenais corps et âme, parce que le destin, notre destin à tous deux, en avait décidé ainsi. Et c'est la raison pour laquelle je devais partir.

CHAPITRE TRENTE-DEUX

1

Kosovo, avril. Il faisait froid, bien que le printemps fût déjà arrivé dans cette malheureuse contrée gorgée de sang. Le soleil brillait, le ciel était bleu, mais peu de gens étaient en état de le remarquer, encore moins de s'en réjouir dans cet enfer. Jake ne s'était pas trompé en m'annonçant l'intervention de l'OTAN. Les frappes aériennes avaient débuté le 24 mars et rien ne permettait d'en prévoir la fin.

J'étais à Pristina, la capitale, à la recherche de Jake qui s'y trouvait quelques jours auparavant. Jacques Foucher m'avait communiqué toutes les informations dont il disposait quand j'étais revenue à Paris. Je n'y avais fait escale que le temps de passer une nuit chez moi et de faire des bagages réduits au strict minimum avant de reprendre l'avion pour Belgrade et, de là, gagner Pristina.

Dans les rues encombrées de gravats, les derniers habitants se hâtaient de prendre la fuite en s'abritant de leur mieux des bombes serbes. Il ne restait d'ailleurs plus grand monde, la plupart ayant déjà déserté la ville en voiture, à pied ou en charrette vers l'Albanie et la Macédoine.

Je me frayais un passage entre les ruines et les groupes de piétons, affolés par le fracas assourdissant des barrages d'artillerie. Il était presque impossible de repérer qui que ce soit dans cette débandade. Pourtant, je reconnus tout à coup Hank Jardine, correspondant d'une chaîne de télévision américaine, et je m'élançai à sa poursuite en criant son nom à pleins poumons.

Il marchait à une dizaine de mètres devant moi avec son cameraman. C'est ce dernier qui m'entendit et tapa sur l'épaule de Hank, qui se retourna et me reconnut avec stupeur.

— Salut, les amis ! leur ai-je lancé en m'arrêtant, hors d'haleine.

— Val ! Qu'est-ce que tu fais ici ? s'étonna Hank.

— Je cherche Jake. L'as-tu vu ?

— Oui, il y a moins de deux heures avec Clee Donovan, du côté des tentes de la Croix-Rouge. C'est à dix minutes d'ici, les tentes sont installées au bord d'un champ.

— Ils étaient blessés ?

— Non, je ne crois pas.

— Merci, Hank. Vous allez dans cette direction, vous deux ?

— Non, par là. Je dois essayer d'interviewer des Kosovars.

— Bonne chance. À bientôt, peut-être.

Je suis partie de mon côté, inquiète. Savoir Jake et Clee près des tentes de la Croix-Rouge était un mauvais présage. Au bout de quelques pas, je me suis mise à courir. J'étais hors d'haleine quand je suis enfin arrivée en vue des tentes. Des soldats de l'UCK palabraient, des civils allaient et venaient, des médecins en blouse blanche entraient et sortaient des tentes.

Parmi eux, je vis Clee Donovan. Seul.

Je me suis arrêtée une seconde, le cœur battant à tout rompre. Il était arrivé quelque chose à Jake, j'en étais sûre. Ce pays me portait malheur. La mort y planait sans trêve.

Je suis repartie en courant vers les tentes. Et c'est alors que j'ai reconnu Jake. J'ai hurlé son nom en courant de toutes mes forces. Il m'entendit, se retourna, leva un bras :

— Val ! Val, c'est toi ?

Il courut à ma rencontre et je tombai dans ses bras tendus. Nous nous sommes étreints sans parler au milieu de la route poussiéreuse et je me mis à sangloter de joie et de soulagement.

— Dieu soit loué, tu es indemne ! ai-je enfin dit d'une voix brisée par l'émotion.

— Je t'avais dit que tout se passerait bien et qu'il fallait me faire confiance.

Puis, m'écartant à bout de bras, il me regarda avec un sourire amusé :

— Tu es toute barbouillée, ma chérie.

Je le dévisageai une seconde, bouche bée, sans comprendre.

— Tu te moques de moi ? ai-je crié. Comment veux-tu qu'on ne soit pas barbouillé de crasse dans ce bourbier !

Sur quoi, j'ai éclaté de rire tandis qu'il me serrait de nouveau sur sa poitrine.

— Oh, Val ! Ma chérie, tu ne peux pas savoir combien je suis content de te voir. Heureusement que tu n'es pas arrivée plus tôt, ces dernières semaines ont été épouvantables.

— Mais je suis là, maintenant, ai-je répondu en plongeant mon regard dans la profondeur de ses yeux bleus. Avec toi. Dans tes bras, parce que c'est ma seule, ma vraie place. Je suis revenue sur un champ de bataille et j'irai partout où tu voudras, mais à condition que nous soyons toujours ensemble.

— Moi aussi, je veux être toujours avec toi, mon amour. Mais pas ici. Plus jamais ici. J'ai pris assez de photos pour atteindre le but que je m'étais fixé en venant, maintenant cela suffit. J'avais décidé de partir juste avant que tu arrives.

— Tu veux vraiment quitter le Kosovo ?

— Oui, et le plus tôt sera le mieux. Allons dire au revoir à Clee.

Nous tenant par la taille, nous sommes descendus ensemble vers les tentes. Jake s'arrêta tout à coup et se tourna vers moi.

— Une dernière chose, Val, dit-il d'un air sérieux.

— Quoi donc ?

— Tu m'as dit que ta place était dans mes bras. Cela signifie-t-il que tu veux bien m'épouser ?

— Oui, Jake. Je veux bien, ai-je dit en souriant.

— Tu viens de faire de moi le plus heureux des hommes.

Main dans la main, nous nous sommes aventurés au milieu du champ boueux. Et j'étais enfin certaine qu'il ne pourrait désormais plus rien m'arriver de mal.

Du même auteur
aux Éditions Albin Michel :

À FORCE D'AIMER

PASSIONS DANGEREUSES

POUR QUE TRIOMPHE LA VIE

UN AMOUR SECRET

POUVOIR D'UNE FEMME

UN SOUDAIN MOUVEMENT DU CŒUR

Composition réalisée par NORD COMPO

Imprimé en France sur Presse Offset par

BRODARD & TAUPIN

GROUPE CPI

La Flèche (Sarthe).
N° d'imprimeur : 18151 – Dépôt légal Éditeur 32411-05/2003
Édition 1
LIBRAIRIE GÉNÉRALE FRANÇAISE - 43, quai de Grenelle - 75015 Paris.
ISBN : 2 - 253 - 15509 - 8

31/5509/0